Marlene Menzel wurde 1992 in Berlin geboren. Bereits in ihrer Kindheit entdeckte sie die Liebe zum Schreiben und zu spannenden Geschichten Ab 2021 arbeitete sie als selbstständige Vollzeit-Autorin und veröffentlicht inzwischen als Marlene von Mainau, Mel Maroon sowie unter Klarnamen regelmäßig romantische und spannende Heftromane für Bastei Lübbe.
Zum dp Verlag verschlug es sie 2023 gleich in mehreren Genres.

Churchyard Crimes

Mord beim Krimidinner

Erstausgabe Juli 2023
Deutsche Erstausgabe August 2023

Mord beim Krimidinner

ISBN 978-3-98778-471-2
E-Book-ISBN 978-3-98778-349-4

Covergestaltung: ARTC.ore Design / Wildly & Slow Photography
Umschlaggestaltung: ARTC.ore Design
Unter Verwendung von Abbildungen von
shutterstock.com: © Lasse Johansson, © 1000 Words, © Inga Locmele, © L Julia, © Rob van Hal, © Evgeniya Litovchenko
Lektorat: Katrin Gönnewig
Satz: dp DIGITAL PUBLISHERS GmbH
Druck und Bindung: Books on Demand GmbH, Norderstedt

Für Marco

Prolog

Lancashire, 2021

Ein Schaben durchbrach die Stille der Nacht. Wie von Geisterhand öffnete sich ein Fenster an der Rückseite des kleinen Cottages, das einzig vom Vollmond beschienen wurde. Unheimliche Schemen glitten über den Teppichboden, bevor sich ein einzelner großer Schatten aus der Dunkelheit schälte.

Penny wartete, bis die Luft rein war, ehe sie durch das Fenster stieg. Der Sommer sorgte für milde Temperaturen und einen vollen Garten. Die Pflanzen hinter dem Haus boten ihr zusätzlichen Schutz vor fremden Blicken. Niemand durfte bemerken, dass sie hier war. Wenn sie erwischt wurde, war ihr Plan dahin, Antworten auf die bohrenden Fragen zu erhalten. Auch ihre Karriere würde darunter leiden. Vielleicht wäre sie sogar mit der heutigen Nacht für alle Zeiten beendet. Doch Penny stand knapp vor dem Durchbruch, das spürte sie mit jeder Faser ihres adrenalingepuschten Körpers. Ihr Einbruch kam einem Rausch gleich, den man sonst nur mit Drogen herbeiführen konnte. Sie wollte, nein, sie *durfte* jetzt nicht einfach aufgeben.

Fast hätte sie sich an einem rostigen Nagel verletzt, der aus der Wand ragte. Er verfing sich in der Gürtelschlaufe ihrer Hose und riss sie entzwei. Ein leiser Fluch glitt ihr über die Lippen, bevor sie weiterging und angespannt auf jedes Geräusch lauschte, das außerhalb dieses Arbeitszimmers zu hören war.

Die Bewohner lagen seelenruhig in ihren Betten eine Etage über ihr. Sie hatte sie lange genug ausgekundschaftet, um das zu wissen. Erst gegen drei Uhr würde sich die Frau ein Glas Wasser ans Bett holen, wie sie es immer tat, weil die sommerliche Luft in Lancashire ihre Kehle offenbar austrocknete.

Penny erwartete donnernde Schritte auf den Stufen oder einen Wutschrei, vielleicht sogar eine Gewehrkugel, die ihr hinterherjagte, aber nichts dergleichen passierte.

Erleichtert stieß sie den angehaltenen Atem aus und ließ ihren Blick schweifen. Der Lichtkegel ihrer Taschenlampe glitt über Bücherregale und einen imposanten Eichenschreibtisch, dem sie sein stattliches Alter ansah.

Mit fließenden Bewegungen lief Penny von einem Regal zum nächsten, zog Schubladen auf, um deren Inhalt zu inspizieren, und untersuchte die Möbel nach Geheimfächern, wie sie es aus etlichen Filmen kannte. Nicht einmal ein Safe befand sich hinter den Gemälden an der Wand. Sie hatte deutlich mehr erwartet als ein einfaches Büro. Weil sie nicht fündig wurde, galt ihre Aufmerksamkeit dem Laptop auf dem Schreibtisch. Natürlich war er passwortgeschützt.

Mist! Sie bewegte ihre Lippen, wagte es aber nicht, einen Ton von sich zu geben. Verärgert legte sie den Kopf an die Lehne hinter sich und dachte nach.

Sie schwitzte in ihrem Rollkragenpullover, der für den Hochsommer schlecht gewählt war. Oder war es in

Wahrheit die zerreißende Angst, die ihr in den Knochen saß, seit sie diesen Einbruch geplant hatte?

Pennys Herz überschlug sich, als sie nun doch und viel zu früh die knarrende Treppe vernahm. Mit all ihren Sinnen konzentrierte sie sich wieder auf eine einzige Sache. Schnell schob sie den Ärmel zurück und sah auf die Uhr. *Zehn nach eins.*

Sie war unschlüssig. Die Lösung lag so dicht vor ihrer Nase. Sollte sie aufgeben und davonlaufen, ehe sie Antworten hatte? Nein, das kam nicht infrage! Sie hatte so lange danach gesucht. Lediglich ein Passwort trennte sie von ihrem Ziel. Sie probierte es mit den gängigsten Zahlen- und Buchstabenkombinationen, erinnerte sich an Geburtsdaten und den Hochzeitstag der Eigentümer, aber immer wieder wackelte das Eingabefeld, als wollte es den Kopf schütteln und sie verhöhnen.

Penny verzweifelte und hätte am liebsten auf die Tastatur geschlagen. Die Schritte kamen näher. Gleich würde sich die Tür öffnen. Sie klappte das Gerät zu und versteckte sich eilig unter dem Tisch.

Das Fenster!, dachte sie erschrocken, aber dafür war es zu spät. Sie kauerte sich zusammen und beobachtete den Lichtstrahl, der vom Flur aus ins Zimmer fiel.

Penny legte sich, für den Fall, dass sie auf frischer Tat ertappt wurde, eine aberwitzige Geschichte zurecht. Mit ihrem Schauspieltalent würde sie es vielleicht schaffen, den Einbruch unter den Teppich zu kehren und als Missverständnis abzutun. Es wäre nicht das erste Mal, dass sie die überzeugende Schlafwandlerin gab. Wie sie allerdings Sturmhaube und Einweghandschuhe erklären sollte, wusste sie in diesem Moment noch nicht. Da wäre wohl Stand-up-Comedy gefragt, die sie schlecht beherrschte.

Ein tiefes Seufzen erklang. »Francis, du hast schon wieder das Fenster offen gelassen! Kein Wunder, dass es zieht!«, rief er hinauf zu seiner Frau, die etwas Unverständliches antwortete. Seine schweren Schritte waren selbst auf dem weichen Teppich deutlich zu hören, als er durch das Zimmer ging und das Fenster schloss. »Diese alte Kuh wird immer vergesslicher«, murmelte er verärgert, bevor er den Raum wieder verließ.

Penny fasste sich ans Herz, das heftig hämmerte. Sie wartete auf das Geräusch der Klinke. Erst danach kam sie vorsichtig aus ihrem Versteck. Das Zimmer war stockdunkel. Sie wandte sich noch einmal dem Laptop zu, um sich an weiteren Passwörtern zu versuchen.

Plötzlich wurde Penny unsanft aus dem Stuhl gerissen und zu Boden geworfen. Ihr Steißbein schmerzte vom Aufprall, und ein Keuchen drang aus ihrer Kehle.

»Hab ich dich!«, brüllte ihr Angreifer mit dem Handy in der einen und einem Brieföffner in der anderen Hand. »Rühr dich nicht vom Fleck, Bürschchen. Gleich holt dich die Polizei ab. Dann war es das mit deinen Machenschaften.« Er wählte den Notruf.

Penny blieb ganz still. Sie war wie gelähmt vor Angst. Da er sie nicht erkannt hatte, wollte sie ihm auf keinen Fall einen Hinweis auf ihre Identität geben. Ihre Panik schnürte Penny ohnehin die Kehle zu und machte es unmöglich, etwas zu erwidern. Sie suchte nach einer Fluchtmöglichkeit, die es nicht gab. Im Mondschein sah sie seinen Körper, der steil und bedrohlich über ihr aufragte. Besänftigend hob sie beide Hände und schüttelte den Kopf, um ihm zu signalisieren, dass sie harmlos war. Die Klinge des Brieföffners blitzte ein letztes Mal auf, ehe sich wieder eine Wolke vor den Mond schob und alles Licht verschluckte.

Penny schnellte nach vorne und umklammerte seine nackten Waden. Sie wusste, dass sie auch mit weniger Kraft siegen konnte, indem sie den Schwerpunkt ihres Gegners kannte. Penny schaffte es, ihn zu überrumpeln. Mit einem Aufschrei ging er zu Boden.

Sie musste sich selbst zunächst an die Dunkelheit gewöhnen. Wie eine Blinde tastete sie sich zum Fenster zurück. Penny wurde wieder zurückgezogen und prallte mit dem Kinn auf den Teppich, der sich auf einmal gar nicht mehr so weich anfühlte. Ein metallischer Geschmack breitete sich in ihrem Mund aus. Der Druck auf ihrem Fußknöchel war unmenschlich.

»Hiergeblieben! Du entkommst mir nicht!« Er drückte noch etwas stärker zu.

Penny biss sich auf die Wange, um nicht vor Schmerz aufzuschreien. Eine Flucht erschien unmöglich. »Nein!«, kreischte sie nun doch, als sich seine Fingernägel durch ihren Strumpf ins Fleisch bohrten.

Penny nutzte seine Überraschung, eine Frauenstimme zu hören, aus und trat nach seinen Händen. Die Wolke führte ihren Weg über das schwarze Himmelszelt fort und ließ sie endlich wieder sehen.

Der Brieföffner war ihm während des Kampfes aus der Hand gefallen und lag nun gut erreichbar neben ihr. Sie wollte danach greifen, aber er war schneller und nahm Penny in den Schwitzkasten. Sie keuchte und würgte, als er ihr die Luft abdrückte. Der Geruch von Schweiß und einem widerlichen Aftershave drang ihr in die Nase. Sollte es das gewesen sein? *Er wird mich töten! Hilfe! Ich ... bekomme keine ...*

Sie nutzte ihren letzten klaren Moment, tastete nach dem Brieföffner und rammte ihn blind, aber mit voller Wucht in seine Seite. Ihr Angreifer ließ sofort von ihr ab und sackte mit einem Stöhnen zu Boden. Er presste sich die Hand auf seine blutende Taille und verfluchte Penny lautstark. »Du Miststück! Dafür wirst du büßen!« Seine Worte gingen in einem Gurgeln unter.

Penny funktionierte in diesem Augenblick bloß. Es fühlte sich an, als hätte ihr Geist längst den Körper verlassen. Wie ein Roboter richtete sie sich auf und öffnete das Fenster ein weiteres Mal. Pennys Fluchttrieb wurde von einer Erinnerung unterbrochen, die wie ein Blitz durch ihre Gedanken zuckte. Sie sah ein bleiches, verschwitztes Gesicht vor sich. Weit aufgerissene Augen und Lippen, die sich zu einem Hilferuf formten.

Sie wandte den Kopf um und beachtete den Verletzten nicht mehr, der alle Mühe hatte, sich aufzurappeln. Penny packte kurzerhand den Laptop, ehe sie es sich anders überlegte. Sie wusste, dass es nach dieser Attacke keine weitere Chance mehr geben würde, um die Wahrheit zu erfahren. Dafür war sie überhaupt so weit gegangen und sogar beinahe umgebracht worden. Nichts und niemand hielt sie mehr auf. Nicht einmal dieser Widerling, der sie hatte erwürgen wollen. Nichtsdestotrotz sorgte sie sich um ihn, aber da der Notruf gewählt worden war, würde bald Hilfe auftauchen.

Mit zitternden Beinen kämpfte sie sich durch Sträucher und Hecken bis zur Straße. Ihr Atem stockte, als ein Polizeiwagen direkt vor dem Haus hielt. Sie hetzte weiter und richtete ihre Augen starr nach vorne. Es war an der Zeit, nicht mehr zurückzublicken.

***

Penny wusste nicht, wie lange sie gerannt war, bis sie bemerkte, dass es auf einmal bergauf ging. Sie war am Pendle Hill gelandet, dessen Landschaft grau und verlassen vor ihr lag. Erst in sicherem Abstand zur Zivilisation zog sie sich die Sturmhaube vom Gesicht und übergab sich hinter der nächsten Mauer, die zwei Grundstücke voneinander trennte. Erschöpft und erleichtert glitt sie in das feuchte Gras der Schafweide. Dort blieb sie, bis sich ihr Puls beruhigte und sie wieder normal atmete.

Für Penny zählte einzig und allein das Gerät, das sie noch immer wie einen Schatz an ihre Brust drückte. Sie registrierte erst jetzt, dass sie davongekommen war und niemand sie verfolgte. Hatte sie Spuren hinterlassen? Blut, Speichel, Haare? Hatte er sie womöglich erkannt? All das war plötzlich egal, denn sie hatte, was sie wollte. Nun musste sie bloß noch eine Möglichkeit finden, an die Daten darin zu kommen. An ihre Beweise ... ihre Wahrheit.

Das Adrenalin ließ nach. Penny wurde von einem hysterischen Lachanfall geschüttelt, der in einem Heulkrampf endete. Mit tränennassen Augen beobachtete sie den Sternenhimmel. Sie bildete sich ein, dass er heute besonders schön strahlte.

1. Kapitel

Lancashire, 2023

Thea lenkte das Lastenrad von Clitheroe aus zurück nach Pendle. Reverend Peter Hughing hatte es ihr netterweise geliehen, um Besorgungen für St. Benet's zu machen. Mittlerweile war sie sich nicht mehr sicher, ob das Rad sie tatsächlich entlastete oder ihr eher im Weg war.

»Du dämliches Ding!«, rief sie, als nun auch noch ein Platten ihren Heimweg erschwerte. Mehr als Schieben war nicht mehr möglich. Die letzten paar Meilen würde Thea zu Fuß gehen müssen, da kein Bus weit und breit fuhr.

Sie hörte ein Brummen und sah auf. Oakley hielt mit seinem Motorrad neben ihr. Er trug keinen Helm, dafür aber ein smartes Lächeln auf den Lippen, das Theas Beine weich werden ließ.

»Kann ich dir helfen?«, fragte er und zeigte sich hilfsbereiter denn je.

Thea blieb hart. Sie erinnerte sich zu gut an seinen Betrug, um ihm jetzt schon entgegenzukommen. »Nein, danke, ich komme klar.«

»Das sieht mir nicht danach aus.« Er war drauf und dran, von seinem Gefährt zu steigen.

»Wirklich, Oakley, bemühe dich nicht. Ich schaffe das allein.«

Er lächelte verschmitzt. »So kenne ich dich, tough und abweisend.«

Sie berichtigte ihn, ehe er sich zu viel darauf einbildete. »Ich lebe erst seit ein paar Wochen in Pendle. Wir können uns also gar nicht wirklich kennen. Und dich kenne ich von allen am wenigsten.« Sie wusste, dass sie störrisch wie ein kleines Kind klang, aber Thea war noch immer verletzt von seinen Lügen.

»Bist du sauer wegen der Sache mit den Schlössern? Ich wollte bloß hilfsbereit sein.«

Sie stellte das Fahrrad beiseite und stemmte die Hände empört in die Seiten. Thea reckte das Kinn, um ihm in seine unverschämt blauen Augen zu sehen. Im Stillen verfluchte sie Oakley dafür, dass er so verboten gut aussah und sie jedes Mal schwach machte. Kein anderer Mann schaffte das. »Was würdest du an meiner Stelle davon halten?«

»Ich wollte nichts weiter als deinen Schutz. Das musst du mir glauben.«

»Ich entscheide selbst, wer einen Schlüssel zu meinem Haus bekommt und wer nicht. Ebenso, wer mich beschützen darf. Ich habe dich nicht darum gebeten. Du hast über meinen Kopf hinweg entschieden und vorher nicht einmal mit mir geredet.«

»Es tut mir leid. Wie oft muss ich das denn noch sagen? Ja, ich habe deine Schlösser gewechselt und mir einen Zweitschlüssel anfertigen lassen, damit ich im Notfall einschreiten kann. Und wie wir gesehen haben, hättest du diesen Schutz gut gebrauchen können«, erwiderte er und zog sich den Zopf nach. Seine Miene war ernst.

Thea sah absichtlich weg, um sich nicht aus dem Konzept bringen zu lassen. Sie mochte seine keltischen Symbole und Runen auf den muskulösen Armen. Neben ihm wirkte sie fast schmächtig. Außerdem hatte Thea immer schon ein Faible für verwegene Schwarzhaarige gehabt. Oakley hätte gut für ein Magazin posieren können.

»Evans hat mich genug beschützt, da brauche ich keinen Mann, der sich als Held aufschwingt. Sie kennt die Gefahr und die Verbrecher besser als wir beide zusammen.«

»Myrna Evans ist auch ein Detective Inspector und trägt eine Waffe. Hatte sie nicht außerdem Kampfkunstunterricht? Hank hat mir von einem Vorfall im Pub erzählt, bei dem Brian und Nate dumm aus der Wäsche geguckt haben. Mit dieser Frau würde sich wohl niemand gern anlegen. Sie könnte wahrscheinlich jeden in Pendle beschützen, aber genauso gut niederstrecken.« Er machte eine kurze Pause und sah zu Boden. »Es tut mir leid, dass ich gelogen habe. Kann ich es wiedergutmachen? Bei einem Abendessen? Ich koche für uns.«

»Du verstehst immer noch nicht, was Freiraum für mich bedeutet«, sagte sie etwas milder. »Bitte akzeptiere, dass ich dich fürs Erste nicht sehen will. Mit deinem Schlüssel wurde bei mir eingebrochen.«

»Ich habe dir schon gesagt, dass er mir gestohlen wurde. Ich war das nicht.«

»Was soll ich davon halten? Selbst wenn du die Wahrheit sagst, ist es deine Schuld. Die Schlösser sind längst wieder getauscht. Wenn ich Hilfe brauche oder ein Treffen will, frage ich von selbst danach. Ich lasse mich nicht bevormunden, aber schon gar nicht einengen oder überreden, Oakley. Nicht hier, nicht jetzt. Gib mir Zeit.«

»Wieso sperrst du dich vor der Welt und den Menschen derart aus? Was ist in deinem Leben passiert, dass du niemandem mehr vertraust?«

»Nathan Shaw ist passiert«, antwortete sie knapp und schluckte beim Gedanken an ihren toten Vater einen Kloß herunter.

Oakleys Mund öffnete und schloss sich wieder. Er nickte starr, stieg auf seine Kawasaki und fuhr davon.

Thea sah ihm eine Weile nach und seufzte niedergeschlagen. *Wieso kann ich ihm nicht einfach verzeihen?*, dachte sie auf dem Rückweg wie in einer Endlosschleife.

Die Wahrheit war Thea immer schon wichtig gewesen. Menschen, die sie betrogen, hatten keinen Platz in ihrem Leben. Einzig bei Oakley machte ihr das Herz einen Strich durch die Rechnung. Sie spürte, dass er weiterhin log, und hätte gern gewusst, wieso. Thea hatte es ihm angesehen, ehe sie wie besessen die grünen Punkte in seinen blauen Iriden gezählt hatte.

Ihre Gedanken wurden jäh von einer Blondine mit großen Augen und einem Muttermal auf der Wange unterbrochen, die wutentbrannt auf sie zustürmte. Ihre Fäuste waren geballt, ihre Mundwinkel verhärtet. Sie wirkte sehr angespannt und machte keine Anstalten, Thea auszuweichen. Instinktiv bereitete sie sich auf einen Angriff vor, der jedoch ausblieb. Sie musste fast aus dem Weg springen, damit die andere nicht gegen sie prallte. Mit wehenden Haaren rannte die

Fremde an ihr vorbei und verschwand um die nächste Kurve.

Was sollte das denn? Ein eigenartiges Gefühl breitete sich in ihr aus.

Sie schob das Rad ein paar Fuß weiter und hielt inne, um zurückzublicken, aber die Frau tauchte nicht noch einmal auf. In Pendle hatte sie sie jedenfalls noch nie gesehen, was nichts bedeutete, da sich Thea aufgrund ihrer Arbeit als Totengräberin die meiste Zeit hinter den Friedhofsmauern des St. Benet's Churchyard aufhielt.

Als Jolene Downing ihren Weg kreuzte, fragte sie sie nach der Blondine. Wenn jemand Bescheid wusste, dann eine Tratschtante wie Jolene.

»Frag doch deine neue Freundin«, giftete die Alte und humpelte auf ihren Gehstock gestützt an ihr vorbei. »Die weiß doch immer alles.«

Sie meinte damit sicher Myrna, mit der Thea erst vor Kurzem einen fünfzehn Jahre alten Mordfall aufgeklärt hatte. Im Laufe der Ermittlung waren sie nicht nur einer Person gehörig auf die Zehen getreten.

»Dann eben nicht!«, rief sie ihr hinterher. Den Fluch verschluckte sie absichtlich, weil sie wusste, dass er an Mrs Downing verschwendet gewesen wäre. *Alte Hexe*, dachte sie stattdessen und setzte ihren Fußweg mit dem Lastenrad fort.

***

Jolene schäumte innerlich. Sie krallte ihre Finger so fest um den Elfenbeinknauf ihrer Gehhilfe, dass die blauen Äderchen an ihrer Hand hervortraten. Alethea

Shaws bloße Anwesenheit ließ sie explodieren. Die Tatsache, dass sie ihr das Chamberling-Anwesen vor der Nase weggeschnappt hatte, machte die Sache nicht besser. Ja, die kleine Shaw hatte es von ihrem Vater geerbt, aber das war noch lange kein Grund, sich darin einzunisten und Hausbesitzer zu spielen. Sie hätte es lieber verkaufen und nach London zurückkehren sollen. Was wollte eine wie die überhaupt in Pendle?

Jolene gab ihr keine zwei Monate mehr, bis sie das Renovierungsprojekt, ein Fass ohne Boden, aufgab und wieder in die Hauptstadt zog. Am besten verkroch sich Miss Shaw bis dahin hinter den hohen Mauern des Friedhofes, wo sie hingehörte. Je weniger Jolene sie sah, desto besser.

»Warte!«, hörte sie Lucretias unverkennbar schrille Stimme hinter sich und blieb stehen. Ihre Feindfreundin und heimliche Komplizin trippelte auf sie zu. »Hast du schon gehört?«

Jolene musste sich noch immer an die leuchtend rote Igelfrisur gewöhnen, die Lucretia sich im letzten Winter zugelegt hatte. Hatten denn auf einmal alle ihren Geschmack verloren? Erst Lu mit diesem gewagten Schnitt, dann Alethea Shaw mit ihren Ringen in Nase und Ohren. Dazu kamen die unförmigen Pullover, die aus der zierlichen Frau eine Kuriosität machten. Und zu guter Letzt Inspector Myrna Evans mit ihrem blonden Pixie. So lief man vielleicht in der Hauptstadt herum, aber nicht durch das verschlafene Pendle, wo jeder jeden kannte und viel geredet wurde. Jolene kam sich mittlerweile wie die einzig normale Person in der Gemeinde vor.

»Du wirst es mir sicher gleich sagen«, antwortete sie, weil Lucretia noch immer auf eine Reaktion wartete. Sie schien ganz aus dem Häuschen zu sein. Ihre Augen waren vor Aufregung geweitet. »Geht es etwa um deinen Sergeant?«

»Er ist nicht *mein* Sergeant. Wir verstehen uns gut und treffen uns manchmal. Mehr ist da nicht.« Jolene glaubte ihr nicht. Lucretia regte sich dafür viel zu sehr auf. »Nein, es geht um das neueste Mitglied unserer Gemeinde.«

»Was hat diese Shaw nun schon wieder angestellt?« Jolene kniff sich angestrengt in die Nasenwurzel.

Ihre Freundin machte eine wegwerfende Geste. Lucretias Stirn wurde noch ein Stück runzliger. »Von der spreche ich doch gar nicht.«

»Von wem dann? Inspector Evans?«

»Viel besser: Penny Halligan ist nach Pendle gekommen und hat das alte Haus ihrer Eltern draußen bei Bracewell übernommen. Du kennst doch Manor Hall. Es stellt sogar das Chamberling-Anwesen in den Schatten. Vielleicht wird sie irgendwann wieder Bälle geben und das Vermächtnis ihrer Eltern ...«

Jolene blendete ihren Redeschwall gekonnt aus. Das hatte sie über Jahre geübt und mittlerweile perfektioniert.

Sie begriff nicht, wieso sich Lucretia über den Zuzug irgendeiner Frau freute. Als ihre Nachbarin gar nicht mehr aufhörte, zu schwärmen, ging sie dazwischen. »Und nun? Soll sie eben ihr Erbe antreten. Solche Leute wohnen hier zuhauf.« Ihre Gedanken wanderten zurück zu Alethea Shaw und dem Haus, auf das sie es abgesehen hatte.

»*Und nun*?!«, rief Lucretia entsetzt und machte noch größere Augen. Sie gestikulierte wild. »Das bedeutet endlich Aufschwung in Pendle! Miss Halligan ist ein Broadwaystar und steht auf den Theaterbühnen der ganzen Welt! Die Regisseure streiten sich um sie. Hast du denn nie einen ihrer Filme gesehen? Nicht einmal im Fernsehen?«

Jolene war auch dann nicht begeisterungsfähig. »Ich besitze gar keinen Fernseher, wie du weißt. Damit verblödet man bloß. Was soll an einer dahergelaufenen Schauspielerin bitte gut sein? Als Nächstes stehen wieder diese Verrückten vor der Tür, die nach Hexen auf dem Pendle Hill Ausschau halten. Geisterjäger und Verschwörungstheoretiker. Darauf habe ich keine Lust. Ich bin froh, dass uns endlich niemand mehr belästigt, seit sich der Trubel um Hope Fernsby gelegt hat. Meine Ruhe ist mir heilig, Lu.«

»Du Langweilerin. Auch deine Zimmer wären wieder ausgelastet. Oder glaubst du, dass du den Inspector bei deinen Horrorpreisen noch lange in deiner Pension halten kannst? Nicht jeder mag deine Kochkünste oder deine fünf Katzen. Penny Halligan ist ein Promi und wird dafür sorgen, dass Pendle zu neuem Glanz erstrahlt. Dann klingeln die Kassen. Freu dich doch einfach darüber.«

»Du klingst schon fast wie John Birming. Und nun sieh dir an, wo ihn sein Enthusiasmus hingebracht hat.«

Die Erinnerung an ihren ehemaligen Bürgermeister ließ Lucretias Euphorie offenbar abebben. Ihre Mundwinkel fielen herab, und sie verschränkte die Arme fest vor der flachen Brust, wie sie es immer tat, wenn sie beleidigt war. Jolene war zufrieden mit sich. Sie verdarb anderen gern den Spaß. Manchmal hasste sie sich dafür, aber das war nur von kurzer Dauer. Eher freute sie sich über ihre Boshaftigkeit. Sollten die anderen ruhig genauso leiden wie sie, wenn sie früh morgens unter Schmerzen aus dem Bett stieg. Von Jahr zu Jahr wurde es schlimmer mit ihrem kaputten Rücken.

Lucretia wechselte das Thema. »Weiß jemand, wer Birmings Nachfolger wird? Wie wäre es denn mal mit einer Frau?«

»Uns braucht das nicht zu kümmern, oder glaubst du, dass zwei alte Damen um Rat gefragt werden? Träum weiter, Lu. Wir sollten uns stattdessen lieber wieder auf unser eigentliches Ziel konzentrieren. Das hat Vorrang. Oder bist du auf einmal nicht mehr interessiert?«

»Natürlich!«

»Siehst du.« Sie tätschelte Lucretias Igelkopf wie bei einem kleinen Kind. »Dann haben wir ja kein Problem miteinander, nicht wahr?«

»Haben wir nicht.« Lucretia schürzte die schmalen Lippen und schlug ihre Hand weg. »Wie gehen wir vor?«

»Wir warten auf den geeigneten Moment, wenn Alethea Shaw eine Weile nicht zu Hause ist.«

»Sie ist fast immer nebenan auf dem Friedhof, wenn sie nicht gerade zusammen mit dieser Evans das alte Anwesen renoviert«, sagte Lucretia mürrisch. »Die beiden kleben aneinander wie Kaugummi. Es wird schwierig, sie auseinanderzuziehen.«

»Sicher wird sich eine Möglichkeit auftun. Das habe ich im Gefühl«, erwiderte Jolene lächelnd. Nun war sie wieder die Königin von Pendle.

Solange Lucretia ihr aus der Hand fraß und keine eigenmächtigen Schritte unternahm, fühlte sie sich wohl.

»Und was, wenn sie den Schatz längst geborgen haben? Ich habe bei meinem Besuch ...«

»Du meinst, bei deinem Einbruch.«

Lucretias Lächeln erstarb. »... bei meinem Besuch die Tür zum Geheimgang offen gelassen«, sprach sie unbeirrt weiter. »Nicht dass sie in den letzten Wochen, statt zu renovieren, ihr Herrenhaus erkundet hat.«

Jolenes Gesicht wurde wahrscheinlich genauso finster wie das ihrer Freundin. Es arbeitete hinter ihrer Stirn. »Dann werden wir uns mit den Nachforschungen eben beeilen müssen. Bei der nächsten Gelegenheit gehen wir rein.«

Lucretia nickte eifrig. Ihre Augen leuchteten. Sie freute sich offenbar auf das bevorstehende Abenteuer. Schließlich passierte kaum etwas im idyllischen Pendle, wenn nicht gerade ein fünfzehn Jahre altes Skelett aus der Erde gespült wurde.

Als Jolene endlich wieder allein war, stieß sie den angehaltenen Atem aus. Sie musste sich einen Moment lang setzen. Die gierige Lucretia ahnte ja nicht, was für die Downings auf dem Spiel stand! Wenn es einzig um das Gold gehen würde, würde sie deutlich entspannter sein. Lucretias Schuldenberge gingen sie nichts an. Reichtum machte nicht glücklich, sondern einsam, wie

Jolene immer predigte. Nein, sie verfolgte lieber ihre eigenen, ganz persönlichen Pläne, von denen nicht einmal ihre Nachbarin etwas ahnte.

***

Thea setzte sich in einen kleinen Bagger, den sie gekonnt zwischen den Gräbern entlang manövrierte. Sie bediente die Schaufel nach ein paar Wochen Übung mit Leichtigkeit, auch wenn ihr heute, genau wie damals, Schweißperlen auf der Stirn standen. Sie schob es auf das sommerliche Maiwetter. Wenigstens auf dem St. Benet's Churchyard fand sie etwas Schatten.

Die Stimme des alten Pfarrers ließ sie innehalten. »Althea, haben Sie kurz Zeit? Ich müsste Sie sprechen.«

Sie stellte das Gerät ab und kletterte geschickt hinaus. Ein wenig mulmig war ihr nach wie vor, wenn sie ein frisches Grab für die Zeremonie am folgenden Tag ausheben sollte. Thea sortierte die Träger ihrer Latzhose und zog den kurzen Zopf in ihren Haaren nach.

Der Pfarrer trug ein geheimnisvolles Lächeln auf den Lippen, das sie nur zu gut kannte.

»Eigentlich habe ich keine«, antwortete sie ehrlich, wie sie war. »Aber für Sie mache ich eine Ausnahme. Immerhin arbeite ich für die Kirche.«

»Für die Gemeinde, meinen Sie.« Er lächelte nach wie vor. Seine ruhige Stimme sorgte für ein Heimatgefühl bei Thea. Sie wusste nicht genau, ob sie nach London oder nach Pendle gehörte. »Nathan wäre stolz, Sie so zu sehen ... in seinen Fußstapfen.« Als sie widersprechen wollte, hob er beschwichtigend eine Hand. »Ich weiß, das hören Sie nicht gern, aber er war nicht der Mann, für den Sie ihn halten.« Sein trauriger Blick wanderte hinüber zum Grab ihres Vaters, auf dem – wie jede Woche – frische Lilien eines Unbekannten lagen.

»Wissen Sie inzwischen, von wem die Blumen kommen?«, fragte sie leise und bemerkte, dass ihre Stimme brach. Schnell räusperte sie sich.

Hughing drückte ihre Schulter aufmunternd. Sie konnte ihm nichts vormachen. »Irgendwann, Alethea, werden alle Fragen geklärt. Das verspreche ich Ihnen. Lassen Sie sich selbst etwas Zeit und kommen Sie erst einmal richtig in Pendle an. Ihr Haus ist die reinste Baustelle, Ihre Arbeit noch neu für Sie. Das alles braucht Zeit.«

»Die meisten Antworten hat mein Vater mit ins Grab genommen. Zum Beispiel, wieso er mir das Anwesen vermacht hat, wo er doch deutlich beliebter bei anderen Menschen war. Das will mir einfach nicht in den Kopf gehen. Ich habe ihn verachtet und kaum gekannt.«

»Verachtet und kaum gekannt sind zwei sehr unterschiedliche Dinge«, sagte er schmunzelnd. »Um jemanden zu verachten, muss man ihn kennen.« Hughing nahm sie gern auf den Arm und drehte Thea die Worte im Mund herum. Das konnte er besonders gut.

Sie hatte einen Narren an dem alten Pfarrer gefressen, der die anglikanische Kirche am Stadtrand leitete und jeden Sonntag volles Haus hatte.

»Ich habe begriffen, worauf Sie hinauswollen«, sagte sie schnell und etwas genervt, schluckte den Ärger aber herunter. Wirklich böse konnte sie diesem Mann ohnehin nicht sein.

Er lächelte sie noch immer an.

Thea erinnerte sich auf einmal wieder an den Grund ihrer Arbeitspause. »Sie wollten mich sprechen, haben Sie gesagt?«

»Richtig. Vorhin ist ein Brief für Sie abgegeben worden.«

»Ein Brief?« Thea riss erstaunt die Augen auf und klopfte sich die schmutzigen Hände an der Arbeitshose ab. »Was für ein Brief?«

»Ich habe nicht reingesehen. Eine langhaarige Blondine hat ihn mir in die Hand gedrückt und mich gebeten, eine Stunde zu warten, ehe ich Ihnen das Kuvert überreiche.« Er holte einen weinroten Umschlag mit goldenem Emblem und kunstvollen Verzierungen aus seiner Soutane und hielt ihn ihr hin.

Wie Thea wusste, nahm der Pfarrer seine Versprechen sehr ernst. Natürlich hatte er eine Stunde gewartet, bis er ihr den Brief zeigte.

»Wieso hierher?« Misstrauisch beäugte sie den Umschlag, ohne ihn anzurühren.

»Ich habe gesehen, dass Sie Ihren Briefkasten schon eine Weile nicht mehr am Zaun hängen haben. Das wird wohl der Grund sein.«

Thea nickte. Daran hatte sie nicht gedacht. »Er war schief und verbeult. Nicht gerade einladend für einen Postboten. Ich wollte längst einen neuen kaufen, aber die Arbeiten im Haus haben überhandgenommen.« Sie hatte in Wahrheit nicht mit Briefen gerechnet. Zu ihren Kommilitonen und Mitbewohnern aus London hatten sie den Kontakt längst eingestellt, und ihre nahen Verwandten lebten allesamt nicht mehr. Sie war allein und auf sich gestellt mit einem geerbten Herrenhaus und jeder Menge Arbeit. Ihre einzigen Vertrauten Myrna und

Callan wohnten in ihrer Nachbarschaft und brauchten bloß zu klingeln, um Kontakt mit ihr aufzunehmen. Umso neugieriger wurde sie auf den Brief, den sie nun endlich entgegennahm, aber nicht öffnete. »Woher weiß sie, wo ich arbeite? Wer war sie überhaupt?«

Hughing fuhr sich nachdenklich über sein schütteres graues Haar. Die Falten auf seiner Stirn vertieften sich, als er grübelte. »Wenn ich das nur wüsste. Ihr Gesicht kam mir vage bekannt vor, aber in meinen fünfzig Berufsjahren gingen so viele Menschen ein und aus, da kann ich nicht jeden im Gedächtnis behalten. Ich werde leider nicht jünger.«

»Sie werden uns sicher alle überleben, Reverend«, erwiderte sie lächelnd. Weit hergeholt war es nicht. Der betagte Pfarrer litt zwar an Rückenschmerzen, wirkte aber oftmals zehn bis fünfzehn Jahre jünger, als er in Wahrheit war.

»Sie war etwa so alt wie Sie, also Mitte oder Ende zwanzig. Blonde lange Haare und dunkle Augen. Ein hübsches Gesicht mit hohen Wangenknochen. Aber sie hat eine tiefe Traurigkeit ausgestrahlt. Etwas ist in ihrem Leben passiert, das sie aus der Bahn geworfen hat. Ihr Lächeln hat die Augen nicht erreicht. Für mehr Details reichte die Zeit leider nicht. Jedenfalls war sie in großer Eile. Eine Nachricht auf ihrem Handy hat sie verärgert. Ohne einen Abschiedsgruß ist sie verschwunden.«

»Alle Achtung, Reverend. An Ihnen ist ein Detektiv verloren gegangen. Sicher, dass Sie nicht in unsere illustre Truppe eintreten wollen? Sie wären eine Bereicherung für *Churchyard Crimes* oder meinen True-

Crime-Blog. Meine Follower lechzen seit der Toten vom Pendle Hill nach neuem Lesestoff.«

Er winkte lächelnd ab. »Nicht doch. Das überlasse ich besser Miss Evans und Ihnen. Sie beide sind ein eingeschworenes Team, wie es heißt. Hope Fernsby hat durch Sie die ersehnte Erlösung bekommen – Gott habe sie selig – und ihre Familie Gewissheit.« Er bekreuzigte sich in Ehrfurcht.

»Auch Callan hat seinen Teil dazu beigetragen. Ohne ihn wären wir nie auf die Lösung gekommen. Es war sein Plan, dem Mörder eine Falle zu stellen.«

Thea betrachtete den Umschlag weiterhin skeptisch. Sie wüsste niemanden, der ihr schreiben sollte. Die einzige Blondine, mit der sie zu tun hatte, war Myrna, doch die trug ihr Haar kurz. Vielleicht jemand aus London? Dann erinnerte sie sich an die seltsame Begegnung ein paar Stunden zuvor. Hatte die Fremde, die sie beinahe umgerannt hatte, etwas damit zu tun?

Hughing durchleuchtete Thea eine Weile. Er nestelte an seinen Fingern und verlagerte sein Gewicht mehrmals von einem auf das andere Bein. »Wollen Sie den Umschlag nicht öffnen?«

Ganz schön neugierig, der Alte, dachte sie amüsiert und ließ ihn absichtlich zappeln. »Ach, das hat keine Eile. Sicher nur ein Rundschreiben.«

»Nicht in einem anonymen Umschlag, der persönlich abgegeben wurde.« Seine Miene flehte sie nahezu an, den Brief endlich zu lesen und das Siegel auf der Rückseite zu brechen.

Thea hatte ein Einsehen. Sie wollte ihn nicht länger quälen. Außerdem fragte sie sich selbst, was hinter dem goldenen Emblem steckte. Das Zeichen war wie ein

Wappen geformt, in dem eine Lupe steckte. Vielleicht ein neuer Auftrag für *Churchyard Crimes*? Ihren letzten hatte Thea allein gelöst und den verschollenen Bruder von Pendle-Touristin Paula McDuff sturzbetrunken im Bett einer Prostituierten vorgefunden. Kein wirklicher Kriminalfall, aber wenigstens ein Ausweg aus der Langeweile. Seitdem hatte sie keine neuen Beiträge mehr auf ›Churchyard Crimes‹ gepostet und überlegte bereits, den Blog wieder in ›Theas Krimiblog‹ umzubenennen. Die Verbrechen vor der eigenen Tür ließen auf sich warten.

Mit klopfendem Herzen zog sie eine weiße, ebenfalls verzierte Karte aus dem Kuvert. Sie bewegte ihre Lippen, während sie las. Thea musste den Text mehrmals überfliegen, bis sie begriff. »Jemand ... lädt mich zu einem Krimidinner hier in Pendle ein. Nächstes Wochenende schon.«

»Jemand?«

Sie drehte und wendete die Karte. »Hier steht kein Name. Der Absender verspricht nur, dass es ein spannender Abend voller dunkler Geheimnisse wird. Es winkt sogar ein Preisgeld für denjenigen, der das Rätsel löst.«

»Wie überaus mysteriös.« Hughing hob und senkte seine Augenbrauen vielsagend.

Thea hätte gelacht, wenn diese Krimidinner-Einladung sie nicht vollkommen für sich eingenommen hätte. Sie fragte sich, wer ausgerechnet Wert auf ihr Erscheinen legte. Dass Thea nicht besonders beliebt in Pendle war, war kein Geheimnis. Sie hielt sich lieber fern von den verschrobenen und abergläubischen Einwohnern, die sie bei jeder Gelegenheit als Hexe verschrien, weil sie ein Nasenpiercing trug.

»Eine Blondine, sagten Sie?«

Hughing nickte bedächtig. »Mir war sie fremd. Vielleicht die Verwandte eines Gemeindemitglieds. Das würde ihr Gesicht erklären, das mir trotz allem vage bekannt vorkam.«

»Die Adresse sagt mir nichts. Kennen Sie diese Straße?«

Er musste seine Augen zusammenkneifen, um die kursive Schrift zu lesen. »Ja, die Summon Road ist eine der ältesten Straßen von Pendle, liegt heutzutage aber fast gar nicht mehr im Borough. Sie müssen acht oder neun Meilen nach Bracewell and Brogden fahren, um sie zu erreichen. Mit dem Fahrrad können Sie über den Wanderweg Richtung Norden hingelangen. Ich weiß nicht, ob die Gegend viel bewohnt ist. Die Menschen haben sich mit der Zeit Richtung Kirche und Kern bewegt und ihre Häuser hier am Pendle Hill erbaut. Der Rest wanderte weiter nach Norden.«

»Danke, ich schaue es mir lieber erst einmal an, bevor ich zusage«, sagte Thea.

»Wieso auf einmal so vorsichtig? Hat unsere regeltreue Inspector Evans etwa auf Sie abgefärbt?«

Thea schmunzelte. Sicher würde Myrna es begrüßen, etwas Einfluss auf sie zu haben, aber dem war nicht so. »Ich möchte meine Situation gern vorher erfassen. Mir kommt es seltsam vor, dass mich jemand einlädt, der mich nicht einmal kennt.«

»Das klingt schlüssig. Wenn Sie Fragen haben, ich bin im Pfarrhaus und bereite den Gottesdienst vor.«

Thea steckte den Brief fürs Erste weg und machte sich wieder an die Arbeit. Das Grab hob sich nicht von allein aus.

2. Kapitel

Myrna reckte den Hals und beobachtete die Straße.

»Können Sie ihn sehen?«, fragte Sergeant Ward Harrison neben ihr. Der füllige Mann hatte alle Mühe, sich unter der Plane, die neben den beiden Ermittlern noch Brennholz verdeckte, zu verstecken.

»Ich weiß ja noch nicht einmal, nach wem ich eigentlich Ausschau halte. Aber bis jetzt ist alles ruhig.« Myrna warf einen Blick durch den Feldstecher. Sie stellte die Sichtschärfe ein und beobachtete den Eingang des kleinen Cafés aufmerksam.

Ihr Kollege ächzte und stöhnte, seit sie auf der Lauer lagen. »Dass ich mich einmal dazu hinreißen lasse, einen Ladendieb zu stellen, hätte ich nicht für möglich gehalten«, sagte er. »Es sind doch nur Brötchen.«

Myrna schmunzelte, ließ ihn aber nicht gehen. Ward sollte seine Arbeit als Sergeant endlich wieder ernst nehmen und durch ein paar Aufgaben lernen, was es bedeutete, Ansprechperson und Polizist in einem zu sein. Zeitgleich blieb er auf diese Weise von seiner Schreibtischschublade fern, in der er heimlich Whisky lagerte, um im Dienst zu trinken. »Auch Brötchen werden mühsam hergestellt und sind zum Verkauf gedacht. Fiona Healy hat eine Familie zu ernähren. Sie hat nichts zu verschenken. Sie würden auch nicht wollen, dass sich jemand an Ihrem Eigentum bereichert.«

Ward brummte eine unverständliche Antwort. Der Entzug machte ihm zu schaffen. Da musste er durch – ob er wollte oder nicht. Sie hatte als Detective Inspector das Sagen.

Myrna hielt ihren Blick fest auf das Geschehen vor ihrer Nase gerichtet. Die Kunden kamen und gingen. Nichts passierte. Fiona Healy verkaufte munter Cakes und Earl Grey oder Coffee to go, hatte ein Lächeln für jeden Gast und ging sogar auf Extrawünsche ein. Diese Frau war ein Geschenk für Pendle. Nicht jeder in der dörflichen Gemeinschaft zeigte sich freundlich und hilfsbereit seinen Mitmenschen gegenüber.

Ward verlagerte sein Gewicht anders. »Wenn das noch lange so geht, schläft mein anderes Bein auch noch ein.«

»So etwas nennt sich Observierung.«

»Was Sie nicht sagen, Evans«, erwiderte er grummelnd. »Glauben Sie denn wirklich, den Ladendieb auf frischer Tat zu ertappen?«

»Sonst wäre ich nicht hier. Dieser Platz ist perfekt, um das Café im Auge zu behalten. Da regelmäßig Brötchen und Cupcakes gestohlen werden, gehe ich davon aus, dass es nicht mehr lange dauert, bis er auftaucht. Der Täter ist bisher davongekommen, weil ihm nie eine Falle gestellt wurde. Er fühlt sich sicher und begeht bestimmt einen Fehler.«

Den kleinen Seitenhieb musste sich Ward gefallen lassen. Er hatte es zuletzt versäumt, seiner Arbeit nachzugehen, und Fiona Healy sich selbst überlassen.

Harrison zuckte hoch. »Es tut sich was«, flüsterte er. »Brian Downing und Nate Custer sind hier.«

Tatsächlich betraten die beiden größten Raufbolde von Pendle das Geschäft. Ihre lauten Stimmen ließen vermuten, dass es Ärger gab. Myrna machte sich für ein Einschreiten bereit, doch Fiona schmiss die angetrunkenen Männer gekonnt hinaus. Man sollte sich eben nie mit einer Vollblutirin und Mutter von vier Söhnen anlegen.

Wenig später betrat Fionas Jüngster, der fünfzehnjährige Callan, das Café. Sie unterhielten sich eine Weile, ehe er mit einem belegten Brötchen für den Heimweg davonging. Ruhe kehrte ein, und eine Weile geschah nichts.

Ward gähnte mit Myrna um die Wette. Die beiden lagen bereits seit mehreren Stunden unter der Plane. Sie hatten Fiona nicht eingeweiht, damit sich diese nicht verriet und anders verhielt als sonst. Alles sollte so normal wie immer erscheinen.

Als sich ein kleiner weißer Hund mit braunen Flecken dem Café näherte, seufzte Myrna vor Entzückung. Sie liebte Hunde mehr als Katzen. Ihre unbändige Treue und Herzenswärme imponierte ihr. Nun dachte sie wieder an Foster, Hanks braunen Labradorrüden. Sie würde dem ›Hills Inn‹ bald einen Besuch abstatten. Natürlich nur, um Foster und nicht den stattlich gebauten Wirt mit den schönen braunen Augen zu sehen.

»Was haben Sie?«, fragte Ward und versuchte, Myrna das Fernglas wegzunehmen, aber sie verteidigte es gekonnt.

»Nur ein Hund, der vor dem Café auf und ab trottet.«

»Und da reagieren Sie wie ein verliebtes Mädchen?«

»Mögen Sie keine Hunde?«

Harrison schnaubte. »Sie stinken, machen Dreck und lecken einem über das Gesicht, nachdem sie am Hintern eines anderen geschnuppert haben. Ich kann mir Schöneres vorstellen.«

Myrna schmunzelte und ließ seine Meinung so stehen. Stattdessen beobachtete sie das Tier, das sich erstaunlich lange vor dem ›Café Healy‹ aufhielt. Der Hund lief ungeduldig von einer auf die andere Seite und schien auf etwas zu warten. Sicher fütterte ihn ein Gast regelmäßig mit Essensresten. Da er kein Halsband trug, ging Myrna von einem Streuner aus, der sich auf der Straße durchschlug.

Der letzte Gast verließ das Café. Niemand achtete auf den kleinen Jack Russell Terrier, der sich in Position gebracht hatte und brav abwartete. Womöglich gehörte er Fiona und durfte das Café nur nicht betreten.

»Und es gab wirklich keinen offenen Hintereingang?«, fragte sie noch einmal nach.

»Ich habe die Lage vorher genau untersucht. Mrs Healy schließt die Hintertür immer ab, sobald sie im Laden ist. Auf dem Hof stellt sie ihr Fahrrad ab und lagert den Müll, mehr nicht. Angestellte hat sie keine. Der Dieb muss also durch die Vordertür gekommen sein.«

Die korpulente Inhaberin mit dem rotblonden Dutt sah sich vorne einmal um und tätschelte den Terrier, als sie ihn neben der Tür entdeckte. Der Hund genoss ihre Berührung sichtlich. Die beiden kannten sich also. Dennoch holte sie ihn nicht hinein. Fiona verschwand kurz in der Backstube, um nach ihren Brötchen zu sehen, die noch im Ofen lagen.

Myrna traute ihren Augen nicht, als sich der Terrier plötzlich in Bewegung setzte und in den Laden lief.

»Das gibt es doch nicht«, hauchte sie mit dem Fernglas vor ihren Augen.

»Was sehen Sie?«, fragte Ward aufgeregt.

Myrna beobachtete, wie der kleine Hund einmal um die Theke rannte und sich gekonnt an der Auslage zu schaffen machte. Mit einem Muffin im Maul verließ er das Café.

»Wir haben unseren Täter!«, rief Myrna und sprang auf. Ihre steifen Beine erschwerten das Gehen.

Der Hund zuckte zusammen, als sie sich langsam auf ihn zubewegte. Er rührte sich nicht mehr und starrte sie aus großen Augen an.

»Na du?«, sprach sie beruhigend auf das Tier ein. Myrna hockte sich hin, um nicht wie eine Bedrohung zu wirken. Sie hielt ihm ihre Hand zum Schnuppern hin, doch der Kleine wagte es nicht, den Muffin loszulassen.

Alle Mühe war vertan, als Harrison auf die beiden zugelaufen kam. Sein Bauch hüpfte beim Rennen auf und ab, und sein grauer Vollbart wirkte nicht minder einschüchternd auf den Hund. »Her damit!«, schrie der Sergeant und schnappte nach dem Gebäck im Maul des Rüden.

Dieser rannte flink die Straße hinab Richtung Pendle Hill. Wenn er erst einmal dort war, würden sie ihn nicht mehr einfangen. Wald und Hügel gaben das perfekte Versteck für einen kleinen Vierbeiner ab.

»Sie haben ihn vergrault!«, schimpfte Myrna mit ihrem Kollegen. »Hinterher! Er darf nicht länger stehlen!«

Myrna war deutlich trainierter als Ward und brachte schnell etliche Fuß zwischen sich und ihn. Sie holte nicht auf, hatte aber die Kondition, um den Hund bis zu seinem Versteck zu verfolgen. Der Terrier schlug Haken und beschleunigte seine Schritte. Als sein Muffin kurz vor dem Pendle Hill aus dem Maul rutschte, kam er ins Straucheln.

Hab ich dich!, dachte Myrna siegesgewiss und hechtete mit einem gewagten Sprung nach vorne.

Tatsächlich bekam sie das Tier zu fassen und rollte sich mit ihm in den Armen ab, ohne dem Hund zu schaden. Ihr Rücken schmerzte vom Aufprall auf dem steinigen Pfad, der den Beginn eines Wanderweges quer durch die englische Landschaft markierte. Myrna landete nach einer weiteren Drehung in einer Grube neben dem befestigten Pfad. Sie schmeckte Walderde und ahnte, dass ihre Frisur zerstört war. Das alles war zweitrangig angesichts ihres kleinen Erfolgs.

Myrna musste sich zunächst gegen scharfe Zähne und Krallen wehren. Der Kleine hatte ein Kämpferherz. Sie drückte ihn sanft an die Brust und streichelte seinen Bauch, bis er sich beruhigt hatte. Ein paar liebe Worte mit sonorer Stimme sorgten für ein angenehmeres Miteinander. Myrna beschwichtigte ihr eigenes Herz, so gut es ging, damit er sich gut aufgehoben fühlte. Hunde waren unfassbar sensibel und bemerkten, wer ihnen wohlgesinnt war und wer nicht. Die Stimmung des Menschen ging gemeinhin auf sie über.

In diese Augen könnte ich mich verlieben! Wieder glitten ihre Gedanken zu Hank Forsythe und seinem smarten Lächeln. Myrna schüttelte ihn ab. Jetzt war nicht der passende Zeitpunkt zum Schwärmen.

Ward brauchte eine Weile, um aufzuschließen. Keuchend hielt er sich die Seite und machte ein wehleidiges Gesicht. Ein gälischer Fluch glitt ihm über die Lippen.

»Wenn ich das noch einmal machen muss, kündige ich.«

Myrna lachte leise und kraulte den Terrier zwischen den Ohren. Er leckte ihr die Hand als Zeichen seiner Liebe. »Solange Sie im Dienst sind, werden Sie bestimmt noch ein paarmal auf Verbrecherjagd gehen müssen, Harrison. Sehen Sie es positiv: Ein Bürojob bringt Sie früher ins Grab als etwas Sport zwischendurch.«

Er schnaufte zu viel, um antworten zu können. Sein Schweigen und Nicken deutete sie als Zustimmung. Ward hielt ihr die Hand hin.

Sie kletterte mit seiner Hilfe aus dem grasbewachsenen Loch. »Danke. Was machen wir nun mit ihm? Ich möchte ihn ungern in ein Tierheim geben. Die sind ohnehin völlig überfüllt. Nicht dass er am Ende noch eingeschläfert wird.«

»Behalten Sie ihn doch.« Sein Vorschlag klang erstaunlich simpel. »Sie meinten, Sie mögen Hunde.«

»Für einen Hund braucht es aber auch Zeit«, sagte sie nachdenklich.

»Die Sie hier draußen in Hülle und Fülle haben. Bis auf Hope Fernsby taucht wahrscheinlich keine Leiche mehr auf. Genießen Sie die Ruhe, Evans.«

»Sie vergessen, dass ich seit Wochen in Mrs Downings Katzen-Cottage lebe. Sie duldet schon keine Männerbesuche, ein Hund würde sie wahrscheinlich an den Rand des Wahnsinns treiben.«

Er lachte mit ihr. »Ja, die alte Downing sollte man mit Vorsicht genießen.«

»Zunächst lasse ich checken, ob er gechippt ist. Nicht, dass wir jemandem sein Haustier stehlen. Außerdem muss er geimpft und untersucht werden. Wenn es stimmt, dass er seit einer Weile auf der Straße lebt, könnte er Flöhe oder Räude haben.«

Wards Mundwinkel fielen herab. »Das sind ja schöne Aussichten.«

Ein Klingeln ließ beide herumfahren. Der Postbote hielt mit seinem Fahrrad neben ihnen und streckte Myrna ein weinrotes Kuvert hin. »Wie gut, dass ich Sie hier treffe, Inspector. Der ist für Sie.«

»Evans genügt völlig.« Der Rang war Myrna nicht wichtig, auch wenn sie sich insgeheim eine Beförderung zum Chief Inspector wünschte.

Da London noch immer nicht angerufen und sie zurückgeholt hatte, rückte ihr Traum in weite Ferne. Selbst der aufgeklärte Mordfall rund um Hope Fernsby hatte ihre Vorgesetzten nicht dazu bewogen, Myrna aus der Verbannung zu entlassen. Sie verstand bis heute nicht, wieso sie sie nach Lancashire geschickt hatten.

Thea glaubte, dass man Myrna loswerden wollte, indem man sie abschob, aber sie selbst war sich da nicht so sicher. Sollte Thea recht haben, würde sie lange auf die verdiente Anerkennung warten.

Kurzerhand drückte sie Ward den Terrier in die Arme. »Was soll ich denn damit?«, rief er verblüfft und eine Spur angewidert aus.

»Haben Sie Allergien?«

»Nein.«

»Dann halten Sie ihn bitte kurz. Nicht entwischen lassen. Der Kleine ist flink und intelligent.«

»Habe ich gemerkt«, antwortete Harrison wenig begeistert. Das Tier fletschte die Zähne und knurrte ihn leise an.

Myrna klopfte sich währenddessen den Schmutz von der Kleidung und nahm den geheimnisvollen Brief entgegen. Ein goldenes Wappen zierte die Rückseite. Das Schreiben war sogar mit einem altmodischen Siegel verschlossen worden. Hier hatte sich jemand große Mühe gegeben. Auf der Vorderseite stand Myrnas Name in geschwungener Schrift. Es gab keinen Zweifel: Dieser Brief war an sie gerichtet.

Sie sah auf. »Wer ist der Absender? Jemand muss Ihnen das Kuvert ja gegeben haben. Es hat keine Briefmarke.«

Der Postbote zuckte mit den Schultern. »Eine Blondine, die sich nicht weiter vorgestellt hat. Hübsch, jung und in Eile. Es war ihre persönliche Bitte, den Brief zuzustellen. Ich habe sie noch nie gesehen, also stammt sie sicher nicht aus Pendle. Ich kenne hier sonst jedes Gesicht.«

»Danke.«

Er beugte sich neugierig über den Lenker. »Haben Sie denn einen Verdacht, um wen es sich handeln könnte?«

Ein ›*Hätte ich sonst gefragt?*‹ lag ihr auf der Zunge, doch sie schluckte die patzige Antwort gekonnt herunter. »Leider nicht. Es gibt nur eine Möglichkeit, das herauszufinden«, antwortete sie deutlich milder und lächelte ihn an. Als er keine Anstalten machte, weiterzufahren, fügte sie hinzu: »Dafür ist später noch Zeit. Erst einmal gibt es ein anderes Verbrechen zu klären.« Sie deutete auf den Hund.

»Wieder ein ausgerissener Welpe von Agnes McAllister?«

Er war eine Spur zu vorlaut, fand Myrna. Sie schüttelte den Kopf. »Agnes musste ihre verbotene Hundezucht längst aufgeben. Das Veterinäramt überprüft sie und ihren Bruder regelmäßig seit ihrem Verstoß. Außerdem stünde ein Jack Russell Terrier nicht auf ihrer Liste. Wir gehen davon aus, dass er ein Streuner ist.« Myrna streichelte das Tier liebevoll, während Ward es von sich weghielt, als wäre es ansteckend.

Endlich verabschiedete sich der Postbote und fuhr weiter.

Ehe sie ihren Kollegen erlöste, suchte Myrna auf der Straße nach dem verloren gegangenen Blaubeermuffin. Sie überprüfte, ob er Schokolade enthielt, was nicht der Fall war. Myrna nahm Ward den Hund ab und fütterte ihn mit seinem gestohlenen Muffin. In den Verkauf würde das Gebäckstück nach diesem Abenteuer sowieso nicht mehr gehen.

»Wer bezahlt Fiona Healy ihren Ausfall?«, fragte Ward nachdenklich. »Er hat keinen Besitzer, wenn er keinen Chip trägt.«

»Ich komme für den Muffin auf. Alles andere dürfte sich im Sande verlaufen. Wir können schlecht den Hund verantwortlich machen.«

Ihr Blick wanderte ein letztes Mal über den Pendle Hill, der hinter ihnen in den Himmel ragte. Ein mystischer Ort, an dem es einst Hexen gegeben haben sollte. Noch heute kursierten Geschichten über tanzende Wesen auf der Spitze des 1.827 Fuß hohen Berges, unheimliche Lichter in den Wäldern ringsherum und verschollene Wanderer.

Gemächlich gingen sie den langen Weg zurück bis zum ›Café Healy‹, um Fiona aufzuklären, wer für die gestohlenen Backwaren verantwortlich gewesen war.

Den Brief hatte sich Myrna vorsorglich in die Tasche gesteckt.

***

Es klingelte. Thea erwartete Myrna, mit der sie verabredet war, auf ihrer Veranda, doch es war Callan. »Was führt dich her? Soweit ich weiß, haben wir gerade keinen Fall, so leid es mir tut.« Sie machte eine kurze Pause und schmunzelte. »Na ja, eigentlich tut es mir nicht leid. Aber ich wäre froh, etwas für meine Follower zu haben. Sie fragen schon ständig.«

»Dir auch einen guten Tag, Thea«, erwiderte er leicht gekränkt. Callan war schnell eingeschnappt, wovon sie sich nicht beeindrucken ließ. »Bedenke, dass jemand, der an deine Tür klopft, vom Himmel geschickt sein könnte.« Callan warf wieder mit irischen Weisheiten um sich. Das kannte sie von ihm bereits.

»Und du bist so ein Engel?« Sie musterte ihn aufmerksam. »Du willst doch etwas«, sprach sie unbeirrt weiter. »Das kann ich dir ansehen. Also?«

Er seufzte und fuhr sich durch die rote Lockenpracht. »Mir ist sterbenslangweilig!«, rief er stöhnend aus und verdrehte die Augen. »Unsere Schule ist einsturzgefährdet, also haben wir frei, aber nichts passiert hier draußen. Mum arbeitet den ganzen Tag, Dad lässt sich nicht blicken, weil er wieder einmal im Ausland ist, und ich versauere zwischen alten Menschen und Wandertouristen. Nun ist auch noch mein Fahrrad kaputt. Ich kann also nicht einmal meine Freunde besuchen.«

»Dann kommen deine Freunde eben zu dir. Wo liegt das Problem?« Thea runzelte die Stirn.

Sie ließ Callan ein und bot ihm ein Glas Cola an. Er verschönerte sich seine Freizeit sonst damit, Menschen auf den Geist zu gehen und ihre Konten oder Websites zu hacken. Noch vor ihrem Kennenlernen hatte er sich mit Theas Blog einen Scherz erlaubt, den sie ihm heute nicht mehr übel nahm. Dafür hatten sich seine Fähigkeiten zu oft als hilfreich erwiesen.

Callan ließ sich in den alten Ohrensessel in der zweigeschossigen Bibliothek ihres Vaters fallen. Das gute Stück diente Thea sonst als Leseecke. »Mein Problem ist, dass niemand herkommen will. Alle haben Angst vor diesem Ort.«

»Also sind sie abergläubisch? Ich dachte, ihr Teenager würdet über solchen Dingen stehen oder euch als Geisterjäger auf die Lauer legen.«

Callan ließ die Schultern hängen. »Leider genügt mein Wort nicht, dass ihnen hier draußen nichts passiert. Sie sind tatsächlich der Meinung, dass Hope vom Geist einer gehängten Hexe geholt wurde.«

Er tat Thea leid. Sie beeilte sich mit dem Colaglas und reichte es ihm. »Bleib doch eine Weile hier und lies etwas«, bot sie ihm an. »Außerdem könnten wir nebenbei weiter renovieren. Ich kann dir aber kein Gehalt zahlen. Mein eigenes reicht gerade so für ein paar Renovierungsschritte und meinen täglichen Bedarf.«

Callans Blick veränderte sich mit einem Mal. Ihr war das Leuchten in seinen Augen nicht entgangen. Er beugte sich verschwörerisch vor. »Mir wäre lieber, wir würden endlich einen Blick hinter diese Tür werfen.« Er nickte zu einem Regal, das sich mit einem Mechanismus verschieben ließ. Dahinter lagen eine geheime Tür und ein Gang, von dem drei weitere Wege abführten. Mehr wusste auch Thea nicht.

Sie folgte seinem Blick und schüttelte vehement den Kopf. »Kommt nicht in die Tüte! Nicht heute und auch nicht nur zu zweit! Das ist viel zu gefährlich. Wer weiß, was dahinter alles lauert?«

»Wie lange willst du denn noch warten, bis du das Geheimnis deines Vaters löst? Es sind Wochen vergangen, seit du das Chamberling-Anwesen geerbt und den Geheimgang entdeckt hast.« Callan sprang voller Elan auf. Dieser Junge hatte eindeutig zu viel überschüssige Energie. »Dein alter Herr hat dahinter vielleicht Leichen versteckt. Möchtest du nicht endlich wissen, was er verbirgt? Wer direkt neben dem Friedhof gewohnt hat, kann ja nicht alle Tassen im Schrank haben.«

»Du weißt schon, dass ich nun auch hier wohne?«, entgegnete sie amüsiert und seufzte.

Thea war bewusst, dass sie die Erkundungstour durch das alte Herrenhaus absichtlich nach hinten schob. Sie bekam schon beim bloßen Gedanken Angst, dass sich Nathan Shaw womöglich als Verbrecher herausstellte. Sie hatte kaum Erinnerungen an ihren verstorbenen Vater bis auf seine Pfeife und einen schwarzen Mantel, als er den Koffer in die Hand genommen hatte und für immer gegangen war, um in Pendle zu leben, statt bei seiner Familie zu sein. Dieser Mann war für sie ein Phantom, kein Vater. Sie war enttäuscht von ihm, während die anderen Einwohner in den höchsten

Tönen von Nathan sprachen, als wäre er ein Held. Die Lilien auf seinem Grab zeugten von dieser Zuneigung.

»Ich mache mir bloß Sorgen. Du weißt, dass das Haus im Zweiten Weltkrieg als Spionageeinrichtung genutzt wurde. Es könnte gefährlich sein, den Dingen auf den Grund zu gehen.«

»Aber es wäre mal wieder eine spannende Story für ›Churchyard Crimes‹, oder nicht?«

Sie konnte ihm nur schwer etwas abschlagen, aber zuzugeben, dass sie sich vor der Wahrheit fürchtete, die ihr das letzte Fünkchen Respekt für ihren Vater nehmen könnte, kam ebenso wenig infrage. Thea entschied sich für den Mittelweg. »Lass uns erst das Haus fertig renovieren. Du kannst uns gern dabei helfen, wenn du magst. Danach sehen wir weiter.«

»Bei zwölf Zimmern und zwei Etagen dauert das ewig.«

»Dafür lassen wir den wilden Garten fürs Erste ruhen. Zu dritt bringen wir das Anwesen bestimmt bald auf Vordermann«, erwiderte sie und lächelte aufmunternd. »Willst du mir vielleicht direkt im Bad zur Hand gehen? Ich tausche heute die gebrochenen Fliesen aus und kontrolliere den Abfluss in der Dusche. Myrna stößt später dazu und kümmert sich um die Löcher in den Wänden. Sie hat letzte Woche ihr Talent fürs Spachteln entdeckt.«

Callan gab sich geschlagen und nickte. »Ich ziehe mich um und hole den Rest Holz aus unserem Schuppen. Vielleicht brauchen wir ihn für den Boden.«

Thea war froh angesichts seines Tatendrangs. Durch Callans Auftauchen blieb ihr allerdings keine Zeit mehr, um die mysteriöse Adresse im Norden von Pendle in Augenschein zu nehmen.

***

Penny hatte es geschafft! Alle Briefe waren ihren zukünftigen Gästen zugestellt worden. Ganze drei Tage hatte es sie gekostet, aber nach zwei Jahren Vorbereitung und ständiger Recherche kam es auf ein paar mehr oder weniger auch nicht mehr an. Die Arbeit hatte sich definitiv gelohnt.

Es war ihr eine Freude gewesen, die Briefe loszuwerden. In ganz Lancashire war sie dafür herumgefahren. Zuletzt hatten Alethea Shaw und Inspector Myrna Evans aus Pendle ihre Einladung erhalten.

Nur noch wenige Tage, dachte sie und starrte auf die Namensliste in ihrer Hand. Etliche Male hatte sie sich dabei ihre wundervolle Rache ausgemalt. *Ich muss geduldig sein und abwarten, bis sie alle dort sind, wo ich sie haben will.*

Penny beobachtete ihr Spiegelbild in der Fensterscheibe irgendeines Dorfladens. Ein böses Lächeln hatte sich unbewusst auf ihre Lippen geschlichen. Und auch in ihren Augen erkannte sie den Siegeswillen nach einer langen Phase der Leere.

Sie riss sich los und ging ein Stück. Penny wartete auf die wohl wichtigste E-Mail ihres Anwalts. Wenn sie das Haus ihrer Eltern nun doch nicht bekam, wäre ihr Plan dahin und alle Umbauten wären umsonst, die sie in den letzten zwei Jahren vorgenommen hatte. Zu dumm, dass sie es erst nicht gewollt und das Erbe sogar ausgeschlagen hatte, da sie nichts mit Manor Hall zu tun haben wollte. Sie hatte sich letztlich genauso darum bemühen müssen wie jeder andere. Da es kein Gegengebot für das angebliche Spukhaus gegeben hatte, hatte sie es wenigstens günstig ersteigert.

Ich habe noch so viel vorzubereiten, bevor die Party steigt! Penny war gestresst.

Ihr Handy vibrierte. Sie überflog die eingegangene Nachricht. Zum Glück gab es dieses Mal gute Neuigkeiten und niemanden mehr, der ihr das Haus mit gefälschten Urkunden eines angeblichen Erben abspenstig machen wollte. Die Klage war zurückgewiesen worden, Manor Hall gehörte weiterhin und rechtskräftig ihr. Endlich hatte dieser Betrüger davon abgelassen, es für sich zu beanspruchen. Einen langjährigen Rechtsstreit hätte sie sich zwar finanziell, aber leider zeitlich nicht leisten können.

Erneut lächelte Penny und drückte das Handy glücklich an ihre Brust. Die eingegangene Mail ihres Agenten missachtete sie geflissentlich. Sie hatte jetzt keine Zeit für einen neuen Film, denn sie steckte mitten in den Vorbereitungen für die Rolle ihres Lebens.

Dieses Kaff namens Pendle kam ihr gerade recht. Der Großteil der Einwohner würde sie wahrscheinlich nicht einmal erkennen, geschweige denn, Kinofilme mit ihr sehen. Dass ihre Eltern kurz vor ihrer Geburt weggezogen waren und das Haus sich selbst überlassen hatten, wunderte Penny nicht im Geringsten.

Eine Träne der Erleichterung löste sich aus ihrem Augenwinkel und rollte ihr über die Wange. Sie wäre vor Freude am liebsten herumgehüpft, wenn sie nicht die bleischweren Blicke aus den umliegenden Häusern bemerkt hätte, die auf ihr lasteten. Sicher reisten nicht viele Menschen nach Pendle in Lancashire, einem verfluchten Hexenstädtchen ohne nennenswerte wirtschaftliche Fortschritte. Für Pennys Vorhaben hätte es keinen besseren Ort gegeben. Zwischen alten Cottages und allerlei Dorfcharme würde sie ihre Geschichte endlich beenden.

Ihr Brustkorb entspannte sich. Im Auto rief sie erst ihren Anwalt zurück und danach die Baufirma an. Penny wollte nun die wichtigsten Vorkehrungen für das Krimidinner treffen.

Ihr blieb keine Zeit mehr zum Durchatmen und Däumchendrehen. Endlich war der Weg für ihre Rache bereitet. Fehlten bloß noch die Gäste. *Lasset die Spiele beginnen!*

3. Kapitel

Thea radelte am folgenden Tag erst bis nach Burnley, um ein weiteres Paar Schlüssel für Callan in ›Charlies Keyshop‹ anfertigen zu lassen. Dann hätten ab sofort alle Mitglieder von *Churchyard Crimes* Zugang zum Chamberling-Anwesen und zu ihrer inoffiziellen Ermittlungsbehörde in Theas Bibliothek.

Danach suchte sie sich die Route gen Norden heraus. Acht bis neun Meilen sollten es vom Pendle Hill aus bis nach Bracewell and Brogden sein. Die Einladung zum Krimidinner war auf das kommende Wochenende angesetzt. Es schadete nicht, sich schon einmal einen Eindruck von der ominösen Gastgeberin zu machen.

Thea legte zu Hause eine Pause ein, um sich ihrem True-Crime-Blog zu widmen und ihren Followern von der mysteriösen Einladung zum Krimidinner zu erzählen.

›Wookieeboy‹ war wie immer der Erste, der sich meldete:

Geh nicht! Sie werden dich gefangen nehmen und Experimente an dir durchführen! Die menschliche Spezies soll ausgerottet werden!!!

Thea fragte sich, ob dieser ›UFO-Spinner‹, wie sie ihn insgeheim nannte, jemals offline war. Er hatte eindeutig zu viel Zeit, aber auf ›Churchyard Crimes‹ durfte jeder seinen Senf dazugeben. Jede Meinung wurde berücksichtigt und auf Augenhöhe diskutiert. Das war wohl das Geheimnis ihres erfolgreichen Blogs. Das und der Mordfall Hope Fernsby, der ihr neuen Schwung und eine Menge Follower beschert hatte.

Sie antwortete mit flinken Fingern:

Nur die Ruhe. Es ist nichts weiter als ein Abendessen. Ich hoffe, dass die Unbekannte etwas Spannung reinbringt und uns nicht langweilt.

Eine Weile tat sich nichts. Selbst ›Wookieeboy‹ blieb still. Als plötzlich ein neuer Kommentar auftauchte, riss Thea die Augen auf.

Das wird sie nicht, Miss Shaw. Vielleicht verläuft der Abend ganz anders, als Sie denken. Ich heiße Sie herzlich willkommen in Manor Hall. Für mehr als ein Rätsel wird gesorgt sein. Bitte beachten Sie den Hinweis bezüglich der Kleidungsvorgaben.

Der Absender nannte sich ›LadyRevenge‹. Thea schrieb Callan eine Nachricht. Keine zehn Minuten später stand er vor ihrer Tür.

Thea hielt ihm als Erstes die Schlüssel hin. »Einer ist für die Vorder- und Hintertür, einer für die Tür zum Keller. Du findest sie auf der Rückseite des Anwesens. Nicht verlieren, nicht verleihen, nicht verschenken.«

Callans Augen glänzten vor Glück. Nun gehörte er offiziell dazu. »Ich hüte sie wie einen Schatz. Danke, Thea.«

»Ich habe dich aber nicht nur deshalb hergeholt. Könntest du bitte eine IP-Adresse für mich herausfinden?«

»Nichts leichter als das. Meinst du den Kommentar von ›LadyRevenge‹? Sie klang, als würde sie dich kennen.«

Thea stutzte. »Woher weißt du davon?«

»Ich langweile mich, wie gesagt. Dein Blog ist wahrscheinlich das einzig Aufregende in diesem Borough, wenn ich Mrs Downings Stützstrümpfe nicht dazuzähle.«

»Ich glaube, ich will lieber nicht wissen, was du damit meinst«, antwortete Thea mit hochgezogenen Brauen.

Callan stellte seinen verbeulten Rucksack auf den Boden der Bibliothek und verteilte sein Equipment neben sich. Dann wählte er sich in Theas Blog ein und durchforstete dessen Hintergrund. Sie selbst sah wieder nichts weiter als lange Zahlen- und Buchstabenkombinationen, die für Thea keinen Sinn ergaben. Mit HTML-Codes, Sicherheitslücken, Computersystemen und Hacking kannte sie sich nicht aus.

»Diese ›LadyRevenge‹ hat von einem Handy aus geschrieben. Sie war in einen Mast nicht weit von hier eingewählt.«

»Wo genau?«

»Moment ...« Er tippte noch ein paarmal rasant auf die Tastatur. »Der Mast steht auf einem Feld zwischen Bracewell und Pendle. Hier.« Er drehte den Monitor und zeigte Thea auf einer Landkarte die genaue Position. »Sie muss sich also in einem Umkreis von sechs bis sieben Meilen aufgehalten haben.«

Theas Aufregung stieg. Sie lief unruhig auf und ab. »Dann könnte es sich tatsächlich um die Gastgeberin handeln. Ich habe ihre Adresse, aber keinen Namen. Kennst du ein Haus namens Manor Hall? Sie erwähnt es auf meinem Blog.«

Zu ihrer Überraschung nickte Callan. »Sicher. Jeder hier kennt es. Manor Hall ist bis heute verlassen und noch größer und prächtiger als das Chamberling-Anwesen, als es neu gewesen ist. Die Besitzer sind aber vor vielen Jahren weggezogen und haben es bis zu ihrem Tod nie verkauft, soweit ich weiß. Eine richtige Spukvilla. Anscheinend hat es einen neuen Besitzer gefunden, der ein Krimidinner veranstaltet. Einen besseren Platz hätte er oder sie nicht finden können.«

»Ich gehe von einer Frau aus. Reverend Hughing sprach von einer Blondine, die ihm die Einladung persönlich überreicht hat. Dazu passt auch ihr Nickname.«

»Wieso hat sie sie nicht dir gegeben, sondern dem Pfarrer?«, fragte Callan. Ein guter Einwand.

Thea konnte nur mutmaßen. »Wahrscheinlich, um diese geheimnisvolle Aura beizubehalten. Solange die Gäste nicht wissen, um wen es sich handelt, bleibt es spannend. Ich kenne sie definitiv nicht und wundere mich, dass sie mich überhaupt eingeladen hat.« Sie zeigte Callan den edlen, verzierten Umschlag.

»Hier hat sich jemand große Mühe gegeben. Meinst du, sie hätte etwas gegen einen weiteren Gast einzuwenden?«

Thea zuckte mit den Schultern. »Das weiß ich nicht, aber ich fahre heute hin. Vielleicht treffe ich sie ja und kann sie fragen.«

Callan sprang mit Leichtigkeit auf seine Füße. So schnell hätte sich Thea niemals aus einem Schneidersitz befreit. »Ich komme mit.«

»Nichts da. Du bleibst hier und hältst die Stellung.«

»Aber ich gehöre auch zu *Churchyard Crimes*. Es passiert schon nichts.«

»Ich habe Grund zu der Annahme, dass die beiden alten Hexen damals meinen Vorgarten verwüstet haben. Denen traue ich alles zu.« *Und Oakley genauso*, fügte sie stumm hinten an, auch wenn sie nicht daran denken wollte.

Lucretias Neffe spukte ihr ständig durch den Kopf. Leider auch sein Verrat. Jemandem, der heimlich Schlüssel nachmachen ließ, um unangemeldet in ein Haus zu kommen, konnte Thea nicht trauen.

»Aber es ist schon so lange nichts mehr passiert.«

Thea wehrte seinen Einwand gekonnt ab. »Nur, weil fast immer jemand hier war. Ich lasse das Haus nicht unbewacht. Entweder setzt sich Myrna mit ihrem Papierkram hierher, oder du bist da und schlägst Zeit tot. Ich selbst gehe kaum weg, sondern nur zur Arbeit und wieder heim. Und nebenbei schaue ich ständig nach dem Haus. Ich weiß bis heute nicht sicher, wer der Einbrecher war, der die Geheimtür gefunden hat. Nicht nur wir drei wissen von diesem Durchgang.«

»Umso wichtiger, endlich herauszufinden, was sich dahinter verbirgt und worauf er es abgesehen hatte.« Callan sah sie mit einem Dackelblick an.

Sie schüttelte den Kopf. »Vielleicht ist es gar keine große Sache.«

»Du bist bloß feige. Da ist es selbst mit Myrna spannender.« Auch sein Jammern und Betteln stimmte sie nicht um.

Thea suchte seinen Blick und bannte ihn. »Versprich mir, dass du niemals allein hineingehen wirst.«

»Aber ...«

»Callan, das ist wichtig!« Sie hatte ihre Stimme erhoben. Thea ließ keinen Zweifel daran, dass es ihr ernst war. »Niemals!«

Er rollte mit den Augen und überwand sich. »Versprochen.«

»Was ist versprochen?« Sie legte eine Hand hinters Ohr.

Callan stöhnte genervt. »Ich werde niemals allein durch diese Tür gehen.«

Thea war zufrieden, auch wenn sie seine interessierten Blicke Richtung Regal bemerkte. Er würde noch lange keine Ruhe geben. Sie musste sich wohl oder übel dazu durchringen, das Innere ihres Hauses zu erkunden und Nathan Shaws Geheimnisse offenzulegen. Nur noch nicht jetzt.

»Du hältst die Stellung, und ich erzähle dir nachher, wie es war.«

»Schick bitte Fotos, wenn ich hier schon versauern muss.«

Thea kniff ihm in die Wange. »Mache ich, mein Kleiner.«

Callan schlug ihre Hand weg und fiel in das Lachen ein.

***

Myrna hatte den niedlichen Streuner kurzerhand in der Polizeistation gelassen, wo sich Harrison mit ihm herumschlagen durfte. Er hatte die Aufgabe, den Hund zu füttern und auf ihn aufzupassen. Eine notdürftige Leine hatten sie sich auch besorgt, um mit ihm Gassi zu gehen.

Myrna hatte daraufhin ein paar Häuser abgeklappert und Fotos des Hundes herumgezeigt, aber niemand fühlte sich verantwortlich für ihn. Es sah alles danach aus, als wäre er allein.

Nun stieg sie die paar Stufen der Veranda hinauf und wollte gerade die Tür zum Chamberling-Anwesen in der Blackburn Road 13 aufschließen, als sie auch schon aufgerissen wurde.

Thea stand vor ihr. »Ach, Sie sind es, Evans!«

»Wer sonst? Haben Sie jemand anderes erwartet?« Myrna lächelte amüsiert.

Außer Callan und Myrna besuchte sie wohl niemand. Theas Leben musste bis auf *Churchyard Crimes* sehr einsam sein. Den Einzigen, der sich für sie interessierte, hatte sie davongejagt, weil er ihr in den Rücken gefallen war und sie belogen hatte, ihre Eltern lebten nicht mehr, Freunde aus London hatte sie keine. Allerdings war Thea auch kein Mensch, der sich gern welche machte. Sie hielt die Menschen meist auf Abstand, um ihre Ruhe zu haben.

Thea band sich einen Pferdeschwanz und eilte zu ihrem Fahrrad, das am Zaun lehnte. »Ich wollte gerade Richtung Bracewell. Callan ist hier und passt so lange auf. Er hat Zwangsferien und sehr viel Zeit. Ich schaue mir Manor Hall an.«

»Ist das ein Ort? Noch so ein verschlafenes Nest wie Pendle?«

»Nein, ein altes Herrenhaus. Ich bin nächstes Wochenende zu einem Krimidinner dort eingeladen.«

»Aus diesem Grund bin ich hier«, sagte Evans schnell, ehe Thea auf ihr Rad sprang und davonfuhr. Diese hielt inne und lauschte aufmerksam. Myrna zog den hübschen Umschlag aus ihrer Tasche und hielt ihn hoch. Das Siegel war inzwischen gebrochen, der Brief gelesen. »Ich habe den letzten Beitrag auf ›Churchyard Crimes‹ gesehen und eins und eins zusammengezählt. Dann steht Manor Hall in der Summon Road?«

Thea nickte langsam. »Also sind wir beide eingeladen. Das ist ja ziemlich interessant.«

»Vielleicht möchte unsere Gastgeberin bloß Bekanntschaften machen. Wenn sie neu in Pendle ist, läge das nah.«

Thea war anderer Ansicht. »Ich denke, da steckt mehr dahinter. Mein Bauchgefühl sagt mir, sie plant größer.«

»Sie kennen diese ›LadyRevenge‹ doch gar nicht.«

»Würde sie sich sonst so nennen? Der Name ist Programm.«

Myrna nickte. »Klingt logisch. Aber seien Sie nicht enttäuscht, wenn es sich um ein gewöhnliches Krimidinner handelt statt um einen großen Fall.«

»Hmm, mal sehen.« Thea knabberte auf ihrer Unterlippe herum. Sie verhielt sich auf einmal anders und strahlte weniger Selbstbewusstsein aus.

»Sie wissen doch, was ein Krimidinner ist?«

»Um ehrlich zu sein, nein«, sagte Thea kleinlaut und senkte den Blick. »Ich war noch nie bei einem eingeladen.«

Myrna hatte also richtig vermutet und legte ihr die Hand auf die Schulter. »Das macht nichts. Ich erkläre es Ihnen auf dem Weg nach Bracewell.«

»Fahren wir denn gemeinsam?«

»Sie wollen sicher nicht so lange auf diesem Rad sitzen«, erwiderte Myrna grinsend und deutete auf Theas alten Drahtesel. »Kommen Sie, wir nehmen meinen Ford. Callan hält die Stellung. Sind Sie vielleicht an einem Wachhund interessiert?«

»Ich bin leicht allergisch, also eher nicht«, meinte Thea zerknirscht. »Außerdem bin ich mehr der Katzentyp. Warum fragen Sie?«

»Ach, nur so.«

***

Missmutig blickte Callan den beiden Frauen nach. Er ärgerte sich, dass sie ihn ständig für die langweilige Arbeit einsetzten. Dabei wäre er furchtbar neugierig auf Manor Hall gewesen, von dem er bislang nur Geschichten gehört hatte. Andererseits waren Thea und Myrna seine einzigen Freunde hier draußen und verließen sich auf ihn. Er konnte sich glücklich schätzen, Mitglied eines kriminalistischen Trios zu sein und seinen Teil beizusteuern. Er arbeitete dadurch sogar mit einer echten Kommissarin zusammen. Wenn das mal nichts hieß!

›LadyRevenge‹ meldete sich nicht mehr. Es blieb ihre einzige Nachricht auf Theas Blog.

Gelangweilt streifte er durch das Haus, tippte auf seinem Handy herum, hörte Musik und zog ein paar Bücher zum Test aus den Regalen, um weitere Geheimtüren ausfindig zu machen, doch nichts tat sich. Er löste den bereits bekannten Mechanismus aus, der das Regal an der Wand zur Seite schob und die alte Tür freilegte.

Callan wischte den Staub von der Klinke und legte seine Hand darauf.

Sofort drängte sich ihm ein Gedanke auf: *Du hast es versprochen! Nicht allein!*

»Mist!« Er riss sich los, obwohl es ihm in den Fingern juckte. Leider mussten sich Thea und Myrna ja immer durchsetzen. Es war, als hätte Callan zwei zusätzliche Mütter zu seiner eigenen dazubekommen. »Frauen bringen nur Ärger«, murmelte er und suchte sich einen spannenden Krimi heraus, in dem er versank.

***

Sie hielten vor einem Bauzaun. Weit und breit war nur ein einziges Haus zu sehen.

»Sind wir hier richtig?«, fragte Thea.

»Sind wir«, sagte Myrna und deutete auf ihren Standort in ihrem Smartphone. »Das da vorne muss Manor Hall sein.«

»Seltsam, dass hier sonst niemand mehr lebt. Es gibt gar keine Nachbarn, sondern nur Wald oder Felder.«

Myrna konnte Thea ansehen, wie neugierig sie war. Auf sie wirkte das riesige Herrenhaus mit dem dunklen Schieferdach noch einschüchternder als das Chamberling-Anwesen, dessen zwei Flügel und Stockwerke durchaus Eindruck schindeten. Hier waren es drei Etagen mit einer hellen Fassade, die einst strahlend weiß gewesen war, wie man an der grau verfärbten, teilweise abgeblätterten Wandfarbe erkennen konnte. Ein Turm mit Zeltdach wie der einer Kirche sorgte für ein herrschaftliches Antlitz.

»Das hier ist kein Herrenhaus, sondern ein Schloss«, sagte Thea und machte große Augen.

Ein paar Arbeiter tummelten sich auf dem Gelände, das weiträumig mit Zäunen abgesperrt worden war. Sie konnten nicht so einfach über den breiten Weg, der halbseitig mit einer alten, kniehohen Mauer eingefasst war, zum Haupteingang spazieren.

»Leider kein Zutritt«, murmelte Myrna mit Blick auf das Schild. »Wir müssen uns wohl oder übel gedulden, bis wir hereingebeten werden. Unsere Gastgeberin liebt jedenfalls rote Rosen. Da drüben sind ...« Aus dem Augenwinkel sah sie, dass sich ihre Freundin in Bewegung setzte. Sie ahnte Böses. Als sich Myrna umdrehte, verschwand Thea gerade im nächsten Maisfeld, um sich zur Rückseite von Manor Hall durchzuschlagen. Eilig folgte sie ihr. Ehe sie sich's versah, hatte Thea eine Lücke im Zaun gefunden und stand auf der anderen Seite der Absperrung. »Was soll das hier werden?«, zischte Myrna und stemmte die Hände in die Seiten. »Sie können nicht ständig alle Vorschriften missachten.«

»Sie sehen doch, ich kann«, antwortete Thea frech und reckte trotzig ihr Kinn. Ein aufmüpfiges Lächeln zuckte um ihre Mundwinkel. »Geben Sie sich einen Ruck, Evans. Zur Not ziehen Sie Ihre Marke und denken sich eine Geschichte dazu aus.«

»So einfach, wie Sie das immer darstellen, ist das nicht«, entgegnete Myrna, schloss ihre Augen und blieb ruhig, auch wenn es in ihr brodelte. Mit Alethea Shaw in der Nähe musste sie sich stets auf Probleme gefasst machen. »Wir brauchen zuerst einen Beschluss, um ein Grundstück ohne Zustimmung des Besitzers zu betreten. Bislang haben wir keine Befugnis dazu. Kommen Sie sofort zurück.«

Thea drehte sich einfach um und kämpfte sich durch den Mais bis zur Villa. Myrna hatte keine andere Chance, als ihr zu folgen. Insgeheim war sie ebenso gespannt auf das Haus und seine Bewohnerin. Sie grüßte die Arbeiter, als wäre ihre Anwesenheit erwünscht. Thea klopfte unterdessen bereits.

»Was tun Sie denn da?«, flüsterte Myrna empört und zog sie am Arm zurück. »Dass Sie klopfen, war nicht Teil unserer Abmachung ... Eigentlich gab es gar keine, wenn ich so darüber nachdenke.«

»Nur die Ruhe, Evans. Was soll schon groß passieren? Sie sagten doch, ein Krimidinner sei bloß ein Gesellschaftsspiel mit fiktiven Rollen. Es gibt ein Opfer, die Gäste sind die Tatverdächtigen, einer von ihnen ist sogar der Mörder. Nichts, was irgendwie gefährlich ist. Ach ja, und nebenbei wird natürlich noch gegessen. Es ist immerhin ein Dinner.«

Niemand öffnete. Thea scharrte ungeduldig mit dem Fuß. Sie rannte einmal ums Haus und warf Blicke durch die Fenster im Erdgeschoss. Myrna tat es ihr gleich, doch durch Schmutz und schwere Vorhänge konnte sie nichts erkennen. Thea fragte daraufhin einen der Arbeiter nach der Eigentümerin.

»Und?« Myrna war genervt. Ihre Zündschnur verkürzte sich in Theas Gegenwart schneller, auch wenn sie für ihre Disziplin und innere Ruhe bekannt war.

»Es ist etwas mysteriös.«

»Mysteriös?«

»Keiner der Männer kennt sie persönlich. Es gab nur schriftliche Aufträge. Sie haben sie nie zu Gesicht bekommen.«

Nun wurde auch Myrna hellhörig. »Eines muss man ›LadyRevenge‹ lassen: Sie gibt sich die größte Mühe für ein einfaches Krimidinner.«

Der Blick, den sie wechselten, sprach Bände. Ob sich Theas Vermutung, dass mehr dahintersteckte, bewahrheitete, würden sie erst Samstagabend erfahren.

***

Ward tippte seinen letzten Bericht mit ungelenken Fingern in den Computer. Seit Detective Inspector Evans aus London nach Pendle gezogen war, zwang sie ihn zum Umdenken. Das neue System auf seinem Rechner sollte ihm dabei helfen, moderner zu werden und mit der Zeit zu gehen, doch das Gegenteil war der Fall. Er fühlte sich dadurch ausgebremst. Ward hasste es, damit zu arbeiten. Lieber wären ihm die guten alten Akten gewesen, von denen zahlreiche in ihrem staubigen Archiv versauerten. Myrna hatte ihnen beiden die Aufgabe gegeben, sie nach und nach zu digitalisieren und die Kammer zu leeren, um die Küche durch einen Wanddurchbruch zu vergrößern. Ward würde den 70er-Jahre-Stil redlich vermissen, der zwar nicht schön aussah, an den er aber gewöhnt war.

Er hätte gleich ahnen müssen, dass sie für mehr als den miesen Kaffee gekommen war. Diese Städter bedeuteten nichts als Ärger und Unruhe.

Ein Winseln riss ihn aus der Arbeit. Plötzlich war er froh über das Tier, das mit ihm im Büro der kleinen Polizeistation ausharrte.

Ward sah hinab und direkt in die großen traurigen Augen des Hundes. »Was willst du jetzt schon wieder?«, fragte er schroff und schob ihn mit seinem Fuß weg. Der Terrier glaubte anscheinend, das wäre ein Spiel, denn er sprang plötzlich von einer zur anderen Seite, rollte sich auf den Rücken und hechelte wie wild, bevor er zu guter Letzt in Wards Schuh biss. »Geh woanders spielen«, knurrte dieser und wandte sich ab.

Er klickte ein paarmal auf die Tastatur und versuchte, Ordnung in das jahrzehntelange Chaos seiner Station zu bringen. Sosehr ihn Miss Evans nervte, war er doch genauso froh, sie als seine Kollegin zu haben. Ein anderer hätte ihn längst rausgeworfen, wenn er von seinem Alkoholproblem erfahren hätte. Sie war anders und gab ihm wenigstens die Chance, dieses Dilemma langsam, aber stetig zu lösen.

Ein Rascheln im Nebenzimmer lenkte ihn erneut von der Arbeit ab. »Was denn nun schon wieder?« Stöhnend erhob sich Ward und folgte den verdächtigen Geräuschen. Er fand den Hund in der Küche vor, als dieser gerade dabei war, mehrere Nudelpackungen auseinanderzureißen. »Nein, nein, nein, nein!«, rief er aufgebracht und wollte sich das Tier schnappen, das schneller als er war und durch seine Beine flüchtete.

Ward raufte sich die Haare und räumte das Chaos weg, bevor seine Chefin eintraf. Er konnte es kaum erwarten, diese Bestie loszuwerden, die ihm nichts als Sorgen bereitete.

Als er an seinen Schreibtisch zurückkehrte, hatte der Jack Russell Terrier nicht nur alle Akten auf den Boden geworfen, sondern sich auch noch auf seinem Stuhl breitgemacht.

Ward baute sich bedrohlich vor ihm auf und scheuchte ihn mit wilden Gesten davon. »Nichts als Ärger mit dir!«

Er ahnte, dass der Hund schlichtweg unterfordert war. Diesen Zustand kannte er von sich selbst gut genug.

Als er sich setzte, gab der Stuhl ein Ächzen von sich. Ward hob die Schriftstücke vom Boden hoch. Wenigstens hatte sein Schützling sie nur vollgesabbert und nicht gefressen.

»Interessant«, murmelte er, als er ausgerechnet Hope Fernsbys Fall in den Händen hielt. Damit hatte alles zwischen Myrna und ihm begonnen.

Ward war erschöpft. Automatisch fasste er an den Griff seiner Schublade. Ein Schlückchen würde nicht schaden, um diesen öden Nachmittag hinter sich zu bringen. Als er etwas Feuchtes an seinen Fingern fühlte, schreckte er zurück. Der Hund saß genau neben seinem Tisch und legte den Kopf schief, als würde er auf etwas warten.

Angewidert wischte sich Ward die Finger trocken. »Mach das nie wieder!«

Das Tier ließ sich nicht beeindrucken, sondern hob seine Leine vom Boden hoch, um ihm zu signalisieren, was es wollte.

Ward seufzte und wusch sich zunächst die Hände, ehe er mit dem Terrier an der Leine auf die Straße trat.

An den Whisky in seiner Schublade verschwendete er nur noch einen kurzen Gedanken.

***

Myrna atmete tief durch und überprüfte Frisur und Kleidung in der Fensterspiegelung, bevor sie das ›Hills Inn‹ betrat. Diesige Luft waberte ihr entgegen, die zum Ambiente dazugehörte. Urige Wurzeltische und eine schwarz lackierte Bar sorgten für Aufsehen. An den holzvertäfelten Wänden hingen irische Motive und alte Musikinstrumente. Die Luft roch rauchig, aber vertraut.

Selbst zu dieser Zeit saßen Leute im Gastraum und gönnten sich ein Ale oder das köstliche Mittagessen, das Hank selbst zubereitete. Auch diese Woche gab es wieder einen Spezialburger, wie Myrna der Karte am Tresen entnahm.

Sofort hatte sie die Aufmerksamkeit des breitschultrigen Wirtes. »Evans! Wie schön, dass Sie vorbeischauen! Was darf es sein?«

Myrna rutschte auf einen Barhocker und verlor sich sogleich in seinen braunen Augen. Mindestens genauso treu sahen die des Labradors aus, der um die Ecke getrottet kam und sie begrüßte. Myrna hatte wie immer ein Leckerli für den Hund dabei und streichelte ihn ausführlich.

»Ich wollte fragen, ob Sie noch Platz für einen niedlichen Streuner haben. Uns ist ein Jack Russell Terrier zugelaufen. Na ja, eigentlich nicht zugelaufen. Wir mussten ihn verhaften.«

»Verhaften?« Hank lachte auf. »Das klingt nach einer aberwitzigen Geschichte, die Sie mir in Ruhe erzählen sollten. Arbeiten Sie Samstagabend?«

Nun wurde Myrna doch etwas verlegen. Hatte er sie gerade nach einem Date gefragt? »Leider bin ich da schon verplant. Es findet ein Krimidinner bei Bracewell statt. Aus diesem Grund bin ich gekommen. Sie hören als Wirt des einzigen Pubs in Pendle sicher viele Gerüchte.«

»Das will ich meinen.« Er warf sich das Küchenhandtuch locker über die Schulter und stützte seine breiten Unterarme auf den Tresen. Heute roch er wieder nach Zigaretten und Pfefferminz. Myrna sah, dass er wie wild auf einem Kaugummi herumbiss. Sicher glaubte er, den Rauchgeruch dadurch zu überlagern. Hanks strahlendes Lächeln machte sein kleines Nikotinproblem mehr als wett. »Nur zu, fragen Sie. Ich bin ein offenes Buch für meinen Lieblingsinspector.«

Das Holzfällerhemd stand ihm blendend, befand Myrna, die sich kaum an ihm sattsehen konnte. Sein kantiges Kinn betörte sie genauso wie seine starken Arme oder der fein gestutzte Anchor-Bart.

Myrna konzentrierte sich wieder auf den eigentlichen Grund ihres Besuchs. »Sagt Ihnen Manor Hall etwas?«

»Das ist ein altes Spukhaus im Norden. Ich war nie da, habe aber Geschichten davon gehört.«

»Es wurde anscheinend verkauft und befindet sich nun im Umbau.«

»Also hat sich jemand dieser Villa erbarmt? Alle Achtung. Das ist wahrscheinlich ein noch schlimmeres Projekt als das Chamberling-Anwesen. Wieso es einige aus Pendle darauf abgesehen haben, kann ich nicht begreifen.«

»Einige? Wer denn so?« Myrna war vielleicht zufällig auf die Spur des Einbrechers gestoßen, der vor ein paar Wochen in Theas Haus eingedrungen war und die geheime Tür freigelegt hatte.

Hank grinste schief. »Reden wir hier noch über Manor Hall oder Alethea Shaw und ihr Haus?«

»Über beides, aber jetzt ist Manor Hall erst einmal wichtiger. Dort wird das Krimidinner stattfinden.«

Hank staunte nicht schlecht. Er goss ihnen einen Schnaps ein und stieß mit ihr an. »Sie werden sich Mut antrinken müssen. Diese Villa soll verflucht sein.«

»So wie fast alles in Pendle.« Ihr Blick ruhte auf den Etiketten der Bierflaschen, die eine Hexe auf einem Besen zeigten. »Nichts Neues.« Myrna zuckte mit den Schultern und lächelte wieder.

»Sicher, dass Sie nicht lieber mit mir einen romantischen Abend zu zweit bei Kerzenschein und Rotwein verbringen wollen? Ich würde Ihnen gern im Anschluss bei einer Nachtwanderung die Gegend zeigen.«

Und wie sie das wollte! Aber ihre Neugier war stärker. »Bedaure. Ein andermal gern«, antwortete sie zerknirscht. »Zurück zu Manor Hall. Was wissen Sie alles über das Haus und seine Besitzer?«

Hank blies die Wangen auf und fuhr sich über den Bart, als er nachdachte. »Das ist alles schon furchtbar lange her, dass dort jemand gelebt hat. Ich bin mir nicht sicher, wie alt ich war, als das Ehepaar ausgezogen ist. Es gibt Geschichten von einem Fluch, die sich um das alte Anwesen ranken. Früher, in den 50ern, sollen dort Menschen bei einem Ritual umgekommen sein.«

»Wurden sie ermordet?«

»Wahrscheinlich, sonst entsteht ja kein Fluch.« Er sagte das mit einem Ernst, als wäre es eine Tatsache. Myrna lauschte seiner sonoren Stimme zu gern, um ihn zu unterbrechen oder zu verbessern. »Wenn das Haus jetzt unter den Hammer kam, bedeutet das, dass der letzte Eigentümer gestorben ist.«

»Er könnte beschlossen haben, zu verkaufen.«

Hank schüttelte den Kopf. »Nicht Manor Hall. So eine Villa verkauft man nicht einfach. Es ist ein Endlosprojekt und viel zu wertvoll, um es einfach an den Erstbesten zu verscherbeln. Nein, so ein Haus pflegst du normalerweise.«

»Wieso sind die Besitzer damals weggezogen?«

»Sie sind nach London gegangen, hieß es. Ich glaube, die Frau war hochschwanger. Sicher haben sie sich da unten eine bessere Zukunft für ihr Kind versprochen als hier. Manor Hall stand seitdem leer und ist bestimmt baufällig. Dass Sie ausgerechnet dort Ihr Dinner abhalten, wundert mich.«

»Mich auch, Hank, mich auch«, erwiderte sie nachdenklich. »Sie wissen nicht zufällig, wie das Ehepaar von damals hieß?«

Er brauchte nicht lange zu überlegen. Seine Antwort kam wie aus der Pistole geschossen. »Halligan. Das weiß ich noch ganz genau, weil ihre Tochter später die berühmte Schauspielerin Penny Halligan wurde, die am Broadway spielt und nun eine ganze Reihe dieser Liebesschnulzen abdreht. Nicht mein Fall, aber wir könnten gern einmal ins Kino gehen, wenn Sie wieder Zeit haben.«

»Was sagen Sie zu einem zweiten Hund?«, fragte sie zur Ablenkung.

Hank kratzte sich am Hinterkopf. »Das wird leider nicht gehen. Foster braucht schon genug Raum und Pflege.« Er deutete auf den Labrador, der es sich hinter der Theke gemütlich gemacht hatte. »Meine ... Bekannte wäre sicher nicht erfreut.«

Myrna hatte das kurze Zögern bemerkt, ging aber nicht darauf ein. Außerdem fragte sie sich, ob ebenjene Bekannte vielleicht seine Mitbewohnerin war. Es passierte schon wieder, dass Hank seltsam herumdruckste.

Sie antwortete mit einem Lächeln und bedankte sich für seine Zeit. Myrna hatte nun, Hank sei Dank, die Infos, die sie brauchte. Auf ihn war eben Verlass. Sie wollte das ›Hills Inn‹ gerade verlassen, als ihr eine Notiz neben der Zapfsäule ins Auge sprang:

- *Alison anrufen* ❤
- *Geschenk besorgen*
- *Urlaubsplanung*

Myrna ging mit gemischten Gefühlen. Auf der Straße musste sie zuerst ihre Gedanken sortieren. *Wer zum Henker ist Alison? Seine Bekannte? Und wieso steht neben ihrem Namen ein Herz?*

Eine passable Ablenkung ergab sich durch die Recherche nach Mr und Mrs Halligan. Myrna wollte vor dem Wochenende alles über dieses Haus und seine ehemaligen Besitzer wissen. Sie war gern vorbereitet, bevor sie sich auf ein Spiel einließ.

4. Kapitel

Der Samstagabend rückte näher. Thea hatte nicht den leisesten Schimmer, wo sie auf die Schnelle ein passendes Kostüm für das Krimidinner auftreiben sollte. Besagter Hinweis verwies auf die Kleiderordnung, die wohl zum Spiel gehörte.

Als Myrna plötzlich im Zimmer stand, atmete sie auf. Trotzdem würde sie sich erst daran gewöhnen müssen, dass zwei andere Personen Schlüssel zu ihrem Haus besaßen und gelegentlich vorbeischauten. Erst gestern hatte Callan ohne Vorankündigung in der Bibliothek gesessen, um seinen Krimi weiterzulesen, und Thea beinahe zu Tode erschreckt. Doch etwas Menschennähe konnte einer Eigenbrötlerin wie ihr nicht schaden. »Sie kommen mir gerade recht!«

»Ich habe geklingelt, aber Sie haben mich wohl nicht gehört. Ich wollte fragen, ob wir gemeinsam nach Preston zum Kleiderverleih fahren. Dort gibt es ein großes Geschäft mit allerlei Kostümen.«

Thea hätte sie am liebsten umarmt. »Können Sie Gedanken lesen?«

»Ich bemühe mich«, antwortete Myrna schmunzelnd.

Gemeinsam suchten sie wenig später bei ›Sheamon & Forbes‹ nach passender Bekleidung, die an die 50er-Jahre erinnerte. Während sich Myrna für ein gepunktetes Petticoat-Kleid mit weißem Kragen entschied, das ihre hübschen Waden betonte, blieb Thea lieber bei einem dezenten Dreiteiler mit schneidigem Hut. Die Männerausstattung war glücklicherweise auch in Frauenmaßen erhältlich. Kleider waren nicht ihr Fall. Darin fühlte sie sich unwohl, wenn nicht sogar nackt. Myrna half ihr, eine auffällige Krawatte zu finden, die dem Kontrast diente. Thea entschied sich letztlich für eine gelbe Fliege, die sich perfekt vom Grau des Anzugs abhob.

Sie lachten, als sie sich gegenseitig in Augenschein nahmen, und Myrna knickste, während sich Thea höflich verbeugte. Sofort probten sie ein Tänzchen im Rock-'n'-Roll-Stil, wie man es aus den alten Filmen kannte. Viel Talent hatten sie beide nicht, aber das war in diesem Moment zweitrangig.

Sie liehen sich alles für eine erstaunlich kleine Gebühr.

Draußen atmete Thea auf. »Danke. Sie haben mich gerettet. Wenn ich durch ein fehlendes Kostüm abgewiesen worden wäre, wäre ich wahrscheinlich durchgedreht.«

»Sie hätten sicher einen anderen Weg gefunden. Die Alethea Shaw, die ich kenne, lässt sich nicht von Grenzen und Vorschriften aufhalten.« Sie zwinkerte und brachte Thea nach Hause. Als sie ausstieg, sagte Myrna: »Ich hole Sie dann morgen um sechs ab. Es wäre gut, als Team einzutreffen.«

»Das denke ich auch. Danke, Evans. Callan wird auf das Haus aufpassen, solange wir weg sind. Bis morgen.«

Thea wollte es sich nicht anmerken lassen, aber Myrna spürte, dass sie genauso aufgeregt war wie sie.

Keine von ihnen wusste, worauf sie sich einließen und was ›LadyRevenge‹ noch alles plante.

***

Myrna fuhr zur Polizeistation von Pendle. Da ihr Kollege nicht angerufen hatte, war alles ruhig geblieben. Sie würde ihn in dieser Nacht ablösen und nach Hause schicken, während sie die Aktenberge weiter bearbeitete.

Wards Gesicht entspannte sich deutlich, als sie das Revier betrat. »Wann werde ich diese Kreatur endlich los?«, fragte er zur Begrüßung. »Er möchte ununterbrochen meine Aufmerksamkeit und lenkt mich von der Arbeit ab.

Und von deiner Flasche. Myrna behielt ihren Gedanken für sich. An seinem gereizten Verhalten merkte sie, dass Ward schon eine Weile nichts mehr getrunken hatte.

Sie fuhr sich verlegen durch den Pixie. »Heute Nacht passt es mir, aber an meinem freien Tag morgen bin ich leider nicht zu Hause und kann ihn auch nicht mitnehmen. Könnten Sie von morgen bis einschließlich Sonntag noch einmal auf den Kleinen achten? Er hat sonst niemanden.«

Harrisons Blick wanderte zu dem Jack Russell Terrier, der hechelte und einmal bellte, als hätte er verstanden. Er legte einen Ball vor Wards Füße und setzte sich. Anscheinend war das Spiel erst vor Kurzem beendet gewesen oder durch Myrnas Erscheinen unterbrochen worden.

Harrison seufzte. »Na schön, aber nur noch das Wochenende. Dieses … Tier raubt mir den letzten Nerv. Ständig will es mit mir spielen oder raus, dann leckt oder knabbert es mein Hosenbein an, sabbert mir auf die Hand und stiehlt meine Sachen.«

»Das nennt sich Liebe, Ward«, erwiderte Myrna freundlich. »Ein Kleinkind würde Ihre Aufmerksamkeit genauso wollen. Hunde wünschen sich im Gegenzug nichts sehnlicher als etwas Liebe und Belohnung von Herrchen oder Frauchen.«

»Ich bin aber nicht sein Herrchen und auch nicht sein Rudelführer«, murmelte er schlecht gelaunt und wandte sich wieder den Akten zu.

Myrna sagte ihm nicht, dass es bereits danach aussah. So wie der Terrier Ward ansah, hatte er ihn längst als sein neues Herrchen auserkoren.

Sie legte dem Hund seine Leine an und ging mit ihm ein Stück durch das abendliche Pendle, bevor sie Ward ablöste. Der Himmel verfärbte sich rot und erinnerte sie an ihre Grundschulzeit, in der sie mit Wasserfarben experimentiert hatte.

Lucretia Miller kreuzte ihren Weg. Myrna lächelte und nickte ihr zu, bekam aber nichts zurück außer einer grantigen Miene und einem Kopfschütteln, als sie den Hund an Myrnas Seite bemerkte.

»Achten Sie darauf, dass der Köter nicht an die Beete geht!«, keifte sie von Weitem.

Myrna tat, als hätte sie die Alte nicht gehört. Sie hatte nicht vor, Gärten zu zerstören oder den Unmut der Nachbarn auf sich zu ziehen. Es gab genug Wiesen und Wälder, in denen sich der Kleine ungestört erleichtern konnte. Miss Miller verschwand daraufhin, sodass die beiden in Ruhe ihre Runde beenden konnten.

Während ihres Spaziergangs um den Pendle Hill dachte sie über ihre zurückliegende Recherche nach. Mr Halligan war erst vor fünf Monaten an Herzversagen, seine Frau bereits vor sechs Jahren an einer unheilbaren Nervenkrankheit im ›Hoskins Hospital‹ gestorben. Die beiden hatten eine Tochter, Penny Halligan. Schauspielerin und Model, international bekannt, aber in Pendle ein nichtssagender Name bis auf wenige Ausnahmen.

Myrna hatte das Gefühl, dass es Penny war, die hinter alledem steckte. Sie fragte sich, was diese Frau damit bezweckte, ein Spiel im Haus ihrer Eltern zu veranstalten. Es gab nur einen Weg, das herauszufinden.

***

Thomas streifte argwöhnisch um das große Herrenhaus, bevor er an einer Schnur zog, um zu klingeln. Innen schellte eine altmodische Glocke. Er war kein Fan von Spielen, aber die Einladung der ominösen Gastgeberin sowie das Versprechen einer Belohnung im Falle eines Sieges hatten ihn dann doch neugierig gemacht.

Seine Frau hatte ihm gut zugeredet, dem Krimidinner beizuwohnen. Wahrscheinlich wollte sie ihn wenigstens für einen Abend loswerden, um ihren jungen Liebhaber bei sich zu Hause zu empfangen. Thomas sollte es recht sein, solange die Geschäfte liefen und er seine eigenen Bettgespielinnen hatte, mit denen er sich die Zeit neben dem stressigen Klinikalltag versüßte. Seine Ehe stand sowieso seit Langem vor dem Aus. Sie waren beide lediglich zu faul für eine Scheidung, die sie wahrscheinlich viel Geld kosten und allerlei Bürokratie nach sich ziehen würde.

Endlich regte sich etwas in der Villa. Weder waren die Fenster geputzt noch die Fassade repariert worden. Vor diesem Palast von einem Haus wippte ein einzelner Schaukelstuhl geisterhaft im Wind.

»Guten Abend, Doktor Keagen«, sagte eine junge Frau in einer Dienstbotenuniform aus den 50er-Jahren. »Bitte treten Sie ein.«

Argwöhnisch folgte Thomas ihrer Aufforderung. Er hatte keine Angestellten erwartet. Anscheinend verfügte die Unbekannte, die den Brief bei seinem Gärtner abgegeben hatte, über ein kleines Vermögen. War sie womöglich reicher als er? »Wird sich denn die Gastgeberin auch selbst um uns bemühen?«, fragte er und reichte ihr seine Tasche. Im Spiegel gegenüber kontrollierte er seinen fetzigen Rockabilly-Look und richtete die braune Mütze.

»Die Lady wird sich etwas später einfinden. Sie bereitet sich derzeit vor.«

Thomas stutzte. »Lady?«, fragte er irritiert nach und lachte tief. »Das wird ja immer besser. Wo bin ich hier nur gelandet?«

»Bei einem Krimidinner, Sir. Wenn Sie mir dann bitte folgen möchten.«

Thomas ergab sich in sein Schicksal und freute sich auf einen Abend ohne seine nervige Frau und ihre Marotten. Wenigstens musste er sich heute nicht ihre ständigen Nörgeleien anhören.

Er war nicht der erste Gast. Als er im Salon ausgerechnet auf Jonathan Hart traf, verengte er die Augen.

Der Anwalt zuckte kurz zusammen, ehe er Thomas die Hand reichte. »Es ist mir eine Ehre, Sie wiederzusehen, Doktor Keagen. Auf einen geselligen Abend.« Er erhob sein Glas.

Mehr Falschheit hätte nicht in diesem Lächeln liegen können. Und natürlich log er. Jonathan hatte immer schon gelogen und betrogen, was ein Grund für seinen rasanten beruflichen Aufstieg gewesen war.

Thomas bestellte einen Cognac bei der jungen Schwarzhaarigen und wandte sich dann wieder seinem Mitstreiter zu. »Ich hatte geglaubt, Sie nie wiederzusehen. So kann man sich irren.«

»Was meinen Sie, wie erstaunt ich war, als Sie eben durch die Tür getreten sind«, antwortete Jonathan und hob seine dünnen Brauen. Das fade Braun war mit der Zeit einem reiferen Grau gewichen. Zudem ging sein Haar zurück und machte einer Halbglatze Platz. Tiefe Falten zierten Wange und Mundwinkel des hageren Rechtsanwalts.

Er rückte sich die dünne Brille zurecht, die Thomas erst jetzt bemerkte. Auch diese hatte er früher noch nicht nötig gehabt. Er erwartete offenbar eine Reaktion.

Thomas räusperte sich und bekam endlich seinen ersehnten Cognac auf einem Tablett gereicht, den er in einem Zug hinunterstürzte. »Falls Sie glauben, dass ich mich freue, täuschen Sie sich.«

Plötzlich verhärtete sich das Lächeln um Jonathans Mundwinkel. »Nur, weil Sie ein angesehener Arzt sind, bedeutet das nicht, dass Sie so mit mir umspringen dürfen.« So mochte Thomas seine Gespräche: auf den

Punkt und ohne Schnörkel. »Auch der berühmte Doktor Keagen ist nicht unantastbar.«

Mit einem Satz war Thomas bei ihm. Wütend funkelten sie sich an. »Was soll das heißen? Drohen Sie mir etwa? Wir sitzen im selben Boot, aber das Ruder habe immer noch ich in der Hand«, zischte er.

Jonathans Grinsen wurde noch eine Spur unverschämter. »Wir werden sehen. Achten Sie lieber darauf, Ihren Bauch klein zu halten. Sie wären nicht der Erste, der an einer ungesunden Lebensweise stirbt.«

»Sie ...«, grollte Thomas und ballte die Faust. Der schmächtige Mann hätte keine Chancen gegen seine Erfahrung als Ringer. Thomas vermisste die Highschool, an der das Leben noch unkompliziert gewesen war. Damals hätte er Jonathan gleich seine Faust schmecken lassen. Heute war er Chirurg und ein Vorbild in Weiß. Er ließ von ihm ab und schlenderte durch den Raum, der wie ein Salon aus dem 19. Jahrhundert eingerichtet war. »Zunächst einmal haben wir einen illustren Spieleabend vor uns. Sie wissen nicht zufällig, wer unsere Gastgeberin ist? Oder haben Sie sich nicht gefragt, wieso ausgerechnet ein Arzt aus Sheffield und ein Rechtsverdreher aus Bradford bei Bracewell wieder aufeinandertreffen?« Er stocherte mit dem Schürhaken im lodernden Feuer des Kamins herum. Funken sprühten. Hastig klopfte er sich die Glut von seiner Lederjacke.

Jonathan in seinem piekfeinen Anzug lächelte schadenfroh. Wie gern hätte Thomas ihm das Grinsen aus dem Gesicht gewischt! In seinen Augen war dieser Mann ein Idiot, der es durch den Einfluss seiner Eltern damals bis zum Rechtsanwalt geschafft hatte. Aus eigener Kraft hätte er wahrscheinlich gar nichts zustande gebracht.

»Wieso sollte ich sie kennen? Tun Sie es denn?«, erwiderte Jonathan. »Oder sind Sie nur auf den Preis aus, der versprochen wurde?«

»Sicher. Wieso sollte ich sonst bei so einem albernen Spiel mitmachen? Für mich muss immer etwas herausspringen.«

»Haben Sie etwa Geldsorgen, Doktor?«

»Das könnte ich Sie fragen, Hart. Lassen Sie diese Spielchen. Davon bekommen wir heute noch genug zu hören. Einigen wir uns darauf, dass wir uns nicht kennen und noch nie zuvor gesehen haben. Dann bekommen wir beide weniger Probleme.«

Jonathan nickte. Wenigstens jetzt zeigte er sich einverstanden. Thomas beruhigte sein Gemüt mit einem dritten Drink vor dem Essen. So langsam musste er sich zügeln, wenn er nachher bei klarem Verstand sein wollte.

Seine Hand zuckte, als er dem prallen Po der attraktiven Angestellten nachsah, doch er behielt sie bei sich. Thomas wollte nicht wegen unzüchtigen Verhaltens hinausgeworfen werden. Dazu war er zu interessiert an diesem Abend, der mit jeder Begegnung seltsamer wurde. Er riss sich von dem Hausmädchen los, dessen Uniform verboten kurz war und oben wie unten tiefe Einblicke bot. Wie alt sie wohl sein mochte?

»Meine Kameras vor dem Haus haben sie aufgezeichnet.«

»Wen?« Thomas brauchte einen Moment, um sich an den Inhalt ihres eigentlichen Gesprächs zu erinnern.

»Unsere Gastgeberin. Sie sagt mir nichts. Nur irgendeine Blondine.«

»Aber finden Sie es nicht seltsam, dass ausgerechnet wir beide ...«

Das Dienstmädchen unterbrach sie erneut. »Miss Susie Michaels«, sagte sie feierlich.

»Na, wenigstens ist noch jemand Fremdes dabei«, sagte Thomas erleichtert und forderte einen weiteren Cognac, indem er mit dem leeren Glas winkte. Es war also reiner Zufall, dass sich zwei der Gäste kannten.

Als Miss Michaels den Salon betrat, rutschte ihm das Glas aus der Hand und fiel zu Boden.

***

Samstagabend. Thea entdeckte Myrnas alten roten Ford am Horizont. Sie wartete bereits vor dem Chamberling-Anwesen und schwitzte in ihrem Anzug.

Hätte ich mich mal erst in Manor Hall umgezogen, dachte sie gestresst und wischte sich über die feuchte Stirn.

Callan saß wie ein deprimierter Hund auf der Veranda und sah ihnen zu. Seine Locken hingen heute besonders traurig herab. Aber er hatte eine wichtige Aufgabe zu erfüllen. Sie hoffte, dass er sich an ihre Absprachen hielt und nicht auf eigene Faust das Gebäude erkundete.

Sie nahm den Hut vom Kopf und klemmte ihn sich unter den Arm. Bevor sie einstieg, hielt Thea inne. Sie hatte einen markanten Geruch in der Nase, der sie irritierte und mit einem Mal in die Vergangenheit zurückkatapultierte. Wie ein Schlag traf sie die Erkenntnis. Eilig blickte sie sich um, aber außer Callan und Myrna sah sie niemanden.

Dieser Pfeifengeruch … Thea schluckte, weil sie sich sofort an ihren Vater erinnert fühlte, der exakt diese Sorte Tabak geraucht hatte. Sein Geruch war Thea stärker im Gedächtnis geblieben als sein Aussehen. Sie war immerhin erst fünf Jahre alt gewesen, als er ihre Mutter und sie verlassen hatte.

»Was ist denn mit unserem Jungspund los?«, fragte Myrna und nickte in Callans Richtung. Sie holte Thea damit in die Gegenwart zurück.

Der Pfeifengeruch verflüchtigte sich. Thea überlegte sogar, ob sie ihn sich nur eingebildet hatte. Hatte sie etwa eine Geistererscheinung gehabt? Lächelnd schüttelte sie den Kopf. Das war doch Blödsinn! Die verrückten Einwohner Pendles färbten anscheinend auf sie ab.

Endlich stieg sie ein. »Er schmollt, weil er nicht mitkommen darf. Callan hat mir vorhin ein Ohr abgekaut. Schließlich sei er Teil der Gruppe und Mitglied von *Churchyard Crimes* und so weiter.«

»Wo er recht hat …«

»Aber er hat leider keine Einladung bekommen. Ich kann es nicht ändern.« Thea warf ihre Hände ergeben in die Luft.

»Sind Sie bereit für ein Abenteuer?«, fragte Myrna, die ebenfalls einen Hut, in ihrem Fall für Damen, trug. Sie hatte ihn sich in das kurze Haar gesteckt und sah wieder einmal atemberaubend aus. Wie machte diese Frau das bloß?

»Aber immer doch!« Thea vergaß vor Aufregung beinahe, sich anzuschnallen. Sie deutete auf Myrnas Aufmachung. »Hank würde Augen machen. Sicher, dass wir keinen Abstecher zum Pub machen sollen?«

Als Myrna nicht antwortete, ließ sie das Thema ruhen. Irgendetwas war im Busch. Sie wusste nur noch nicht, was.

Myrna steuerte den Wagen auf die Landstraße hinaus Richtung Norden. Es ging mehrere Meilen an Schafweiden, Feldern und Wiesen vorbei, bis sie wieder auf eine Kleinstadt trafen. Der Pendle Hill verschwand im Rückspiegel. Thea kannte den Weg noch vom letzten Mal.

Die Bauzäune waren verschwunden, als sie eintrafen. Niemand ließ sich blicken. Das Grundstück lag verlassen da und wurde vom Abendlicht beschienen. Einzig die Lichter im Haus zeugten von Leben. Das Erdgeschoss war hell erleuchtet, und auch darüber brannte ein Licht. An einem Fenster im ersten Stock war die dunkle Silhouette einer Frau zu sehen.

»Ob die anderen schon da sind?«, fragte Thea, bevor sie ausstiegen. Sie konnte kaum still sitzen, so aufgeregt war sie.

»Wir sind pünktlich. Nur darauf kommt es an«, sagte Myrna. »Stellen Sie sich vor, dass plötzlich unsere zänkischen Busenfreundinnen mit am Tisch sitzen.« Sie lachte, als Thea ihr Gesicht verzog.

»Auf die verzichte ich gern. Obwohl man sie auf diese Weise wenigstens im Auge hätte.«

Myrna deutete auf die Laptoptasche, die Thea an sich presste. »Sie wollen doch nicht ernsthaft dieses Teil reinschmuggeln.«

»Wieso nicht? Ich muss ›Churchyard Crimes‹ aktuell halten. Meine Fans warten auf News vom Krimidinner. Es wird schon nicht so streng sein.«

»Meinen Sie? Immerhin mussten wir in Verkleidung kommen. Ich glaube nicht, dass es in den 50er-Jahren schon Laptops gegeben hat. Sie etwa?«

Thea streckte ihr spielerisch die Zunge heraus. »Sehr witzig.« Sie blieb standhaft. Thea würde schon einen Weg finden, ihren Kopf durchzusetzen.

Myrna war die Stimme der Vernunft, wenn sie über die Stränge schlug. Dafür holte Thea die gesetzestreue Kommissarin regelmäßig aus ihrer Deckung. Sie ergänzten sich perfekt. Aus diesem Grund erhielten sie ihre kleine detektivische Gruppierung, die den Namen von Theas Blog trug, aufrecht.

Sie klopfte, weil sie noch immer keinen Klingelknopf fand. Myrnas Schmunzeln verriet, dass sie mehr wusste. Sie zeigte auf eine Schnur neben der Tür. Thea läutete vorsichtig und stellte sich neben Myrna in Position, als wären sie ein Paar. Sie hielt ihr sogar den Arm hin, damit sie sich unterhaken konnte.

»Sie gehen in Ihrer Rolle ja richtig auf«, murmelte ihre Freundin amüsiert.

»Nur, solange mir niemand den Spaß verdirbt. Und da ich jeden Moment auf Menschen treffe, wird es früher oder später so weit sein«, erwiderte Thea ernst.

Myrna lächelte breit, als ein Hausmädchen die Tür öffnete. Sie hatte kurzes schwarzes Haar, das als Bob geschnitten war, und trug eine altmodische Uniform mit weißer Schürze. Es war offensichtlich, dass auch sie verkleidet war.

»Guten Abend, die Damen. Bitte treten Sie ein. Alethea Shaw und Myrna Evans, nehme ich an?«

»So ist es«, antwortete Myrna. »Das ist Miss Shaw«, sie deutete auf Thea, »und ich bin Miss Evans. Sind Sie Miss Halligan, unsere scheue Gastgeberin?«

Thea hörte, dass sie die andere aus der Reserve locken wollte. Sie sprach ein wenig, als würde sie sie ins Kreuzverhör nehmen. So ganz konnte Myrna den Inspector eben nie ablegen.

»Ich bin ihr Dienstmädchen. Die Lady entschuldigt sich bis zum Dinner. Sie wird Sie in das Spiel und den restlichen Abend einweihen, wenn sie so weit ist.«

Sie folgten ihr in ein großes Foyer, in dem ein Schrank für Mäntel und Taschen stand, und gingen direkt auf einen riesigen Spiegel zu, der fast die gesamte Wand bedeckte. Der goldverzierte Rahmen schindete Eindruck, weil er an ein anderes Jahrhundert erinnerte. Thea dachte dabei sofort an alte Schlösser und Königssäle.

»Und haben Sie auch einen Namen?«

»Für Sie bin ich heute Enya.«

Myrna ließ nicht locker. »Enya ... und weiter?«

»Enya hat keinen Nachnamen.«

»Wie bitte?«

Thea schritt ein, ehe Myrna komplett verwirrt war. »Ich denke, dass diese junge Dame hier ebenfalls eine Rolle spielt, die sie nun den gesamten Abend lang behält. Ist es nicht so?«

»In der Tat, Miss Shaw«, antwortete Enya mit großen Augen.

Myrna hakte nach. »Wie alt sind Sie, Miss ... Enya?«

»Achtzehn.« Myrna schob ihre Brauen skeptisch nach oben, bis das Dienstmädchen einknickte. »Na schön, ich bin siebzehn.«

»Also noch nicht volljährig.«

»Das hier ist nur ein Nebenjob, aber ich darf eigentlich nicht darüber reden. So steht es im Vertrag. Sie hat viel Geld für diesen einen Abend geboten. Bitte verpetzen Sie mich nicht«, sagte sie beinahe flehend. »Ab sofort bin ich Enya, Dienstmädchen, Köchin und Kellnerin in einem. Mehr nicht.« Sie hielt ihren Kopf gesenkt und spielte die untertänige Angestellte perfekt.

Thea boxte ihre Freundin in die Seite. »Ein Nebenjob, wie ihn viele Jugendliche haben. Nun seien Sie nicht so. Das wird sicher lustig mit den verteilten Rollen.«

»Ich habe das Gefühl, dass wir unsere bereits getauscht haben«, raunte Myrna. Enya führte die beiden Frauen bis zu einer Tür, während sie sich leise unterhielten. »Und außerdem muss man bei einem Nebenjob keine aufreizende Dienstmädchenuniform tragen, bei dem der Rock eher der Gürtel ist«, zischte sie.

»Kennen Sie die Lady persönlich? Haben Sie mit ihr gesprochen?«, fragte Thea die Angestellte.

»Niemand weiß, wer sie ist und wie sie aussieht.«

Die beiden wechselten einen erstaunten Blick. »Soll das heißen, weder Sie noch die Bauarbeiter kennen die Auftraggeberin, die für all das hier verantwortlich ist? Und wie hat sie Sie dann gebucht?«

»Über ein Kontaktformular auf der Jobbörse. Dort habe ich mich für kleine Arbeiten angeboten. Kellnern hier, Babysitting da. Sie wissen schon. Ihr Angebot war so gut, dass ich nicht Nein sagen konnte. Meine Anweisungen habe ich per E-Mail erhalten, und das Kostüm wurde mir zugeschickt. Ich hatte nicht ein einziges Mal persönlichen Kontakt mit ihr.«

»Sehr seltsam«, murmelte Myrna nachdenklich.

Enya legte ihre Hand auf eine vergoldete Klinke. »Wir kommen nun zum Salon. Hier werden Sie Ihre Mitspieler kennenlernen. Mit Ihnen beiden ist die Gruppe vollzählig. Wünschen Sie ein Getränk zu Beginn?«

Myrna bestellte sich ein Wasser mit Zitrone, Thea eine Limonade. Sie brauchten einen klaren Kopf und verzichteten auf Alkohol.

Daraufhin öffnete Enya die Tür zum Salon und ließ sie eintreten. Sie kündigte die Neuankömmlinge gut verständlich an.

Ein flauschiger Teppichboden dämpfte ihre Schritte. Theas Schuhe versanken ein wenig darin. Alte Ölgemälde von Landschaften und Stillleben hingen an den Vertäfelungen, und volle Bücherregale säumten die Wände. Thea war sofort Feuer und Flamme und beachtete die anderen Gäste kaum. Sie strich über die alten Buchrücken und saugte ihren Duft in sich auf. Hier fühlte sie sich wohl und wurde an ihre Bibliothek daheim erinnert.

Der Salon ging fließend in ein Esszimmer über, in dem sie wahrscheinlich später spielen und rätseln würden. Die lange Tafel war bereits gedeckt worden. Hier im Inneren glaubte man nicht, dass das Haus nicht fertig renoviert war. Das schöne Zimmer hätte sicher massenhaft Touristen angelockt.

Nun wendete sich Thea zum ersten Mal den anderen zu. Myrna streckte ihre Hand bereits aus und begrüßte eine kleine, kurvige Frau mit blonden Locken und knallrotem Lippenstift. Sie trug hohe Schuhe, um wenigstens größer als ein Kind zu wirken, und dazu ein gewagtes Bleistiftkleid, das ihre Körperform betonte.

Ein magerer Mann mit Anzug, Brille und schütterem Haar küsste Myrna sogar die Hand und umschmeichelte sie mit Komplimenten, während der Dritte im Bunde sie absichtlich ignorierte und nur ein Schnauben von sich gab.

Er war groß, fast grobschlächtig und trug eine Lederjacke aus den 50er-Jahren samt Jeans. Seine Kleidung spannte sich über seinen Muskeln, und der militärische Kurzhaarschnitt sowie sein Blick aus eisigen, grauen Augen erinnerten Thea an einen brutalen Offizier. Er hielt ein Cognacglas in den Händen. Thea war das leichte Zittern nicht entgangen. Als sich herausstellte, dass ausgerechnet Dr. Thomas Keagen ein Herzchirurg war, der Geschick und Ruhe für die Ausübung seines Berufes brauchte, hätte sie beinahe gelacht.

Na, das kann ja heiter werden, dachte Thea, als sie seinen glasigen Blick bemerkte, der sie durchbohrte.

***

Jolene hämmerte an die Tür des Backsteinhauses. Statt Lucretia öffnete Oakley ihr.

»Jojo, was willst du nun schon wieder von meiner Tante?«, fragte er wenig begeistert. Sein Blick huschte ganz automatisch hinüber zum Chamberling-Anwesen. Er war also wirklich in Alethea Shaw verliebt. Sicher ein Rückschritt für Lucretia. Sie machte sich Hoffnungen, dass ihr Mündel eines Tages reich heiratete und sie danach finanziell aushielt. Mit einer Shaw wäre das wohl nie der Fall.

»Ich habe dir Rotzlöffel schon hundertmal gesagt, dass ich nicht so genannt werden will!«, keifte sie und zeigte anklagend mit dem Gehstock auf ihn. »Wo ist sie?«

»Wo ist wer?«

»Stell dich nicht dumm. Wo ist deine Tante? Ich muss mit ihr reden. Es ist wichtig.«

»Genauso wichtig wie eure Sauerei in Theas Vorgarten? Ja, ich weiß inzwischen, dass ihr diejenigen wart, die dort faule Eier und anderen Unrat verteilt haben. Lucretia hat es mir gestanden. Alte Frauen verwandeln sich anscheinend wieder in Kinder, wenn sie gelangweilt sind. Was habt ihr euch davon versprochen? Dass sie verschwindet? Thea lässt sich von euch grantigen Hausdrachen sicher nichts vorschreiben.« *Von mir schon gar nicht*, schwang deutlich in seinen verbissenen Worten mit.

»Ich brauche mir von einem lausigen Klempner nicht erklären zu lassen, was ich tun und lassen darf! Ich bin mein eigener Chef!«, giftete sie zurück.

Oakley rollte mit den Augen, was Jolene nur noch mehr aufregte. »Ich bin Schlosser. Nicht einmal das kannst du dir merken. Sie ist nicht hier.« Er warf ihr die Tür vor der Nase zu.

»Du hast ja bloß schlechte Laune, weil sie dich schon wieder abgewiesen hat!«, rief sie durch die Tür und stampfte wütend davon.

Auf dem Weg in ihren eigenen Garten blitzten Lucretias rote Haare in ihrem Augenwinkel auf. Sie unterhielt sich angeregt mit Sergeant Harrison und lächelte dabei sogar. Ein kleiner Hund trottete neben ihm her, der schwanzwedelnd auf Jolene zugelaufen kam, aber durch eine Leine gebremst wurde. Angewidert blieb sie stehen und scheuchte ihn zurück.

»Hallo, Jolene, schau dir nur diesen kleinen Racker an. Ist er nicht zauberhaft?« Sie quiekte so laut wie ein Meerschweinchen, dass es in Jolenes Ohren pfiff. Lucretia winkte sie heran, doch sie blieb, wo sie war.

»Keine zehn Pferde bringen mich in die Nähe von diesem Ding.« Sie deutete auf den Hund, der nun Ward hechelnd am Bein hochsprang. »Ich hasse Hunde.« Sofort war die Stimmung dahin.

Lucretia wandte sich in zuckersüßem Tonfall an ihre Begleitung. »Entschuldige, Ward. Sie hat keine Manieren«, raunte sie ihm zu und kicherte wie ein kleines Mädchen.

Jolene reichte es. Sie zog Lucretia mit sich. Ihre Feindfreundin winkte dem Polizisten. *Fehlt nur noch, dass sie sich Küsschen zuwerfen.* Gedacht, getan. Jolene verzog das Gesicht angewidert.

»Du benimmst dich wie ein Teenager«, sagte sie schnippisch. »Was ist nur los mit dir? Du kannst diese haarenden, sabbernden Biester doch selbst nicht ausstehen.«

»Sagt die Frau, die fünf Katzen zu Hause hat.«

»Die benehmen sich wenigstens.« Jolene fasste sie gröber am Arm. »Musst du Ward ständig schöne Augen machen?«

»Aua, du tust mir weh!« Lucretia riss sich los. »Wir sind kein Liebespaar.«

»Und was sollten dann die zugeworfenen Küsschen?«

»Wie oft soll ich dir das noch sagen? Wir verstehen uns einfach. So etwas nennt sich Freundschaft. Solltest du auch mal probieren. Was willst du eigentlich von mir?«

Nun war Jolenes Stunde gekommen. »Ich suche dich die ganze Zeit.« Schnell sah sie sich zu allen Seiten um. Niemand hörte zu, und der Sergeant war längst weitergegangen. »Vorhin sind Alethea Shaw und Inspector Evans zusammen weggefahren. Die haben ausgesehen, sage ich dir! Als würden sie auf eine Mottoparty gehen. Jedenfalls glaube ich, dass sie eine Weile fort sein werden.«

Lucretia begriff wie immer nicht direkt, sondern runzelte die Stirn. »Und?«

»Und? Na, wir werden heute noch in dieses Haus gehen.«

Die Augen ihrer Nachbarin wurden groß. »Oh.« Erst fiel der Groschen und danach die Vorfreude sichtlich in sich zusammen. »Aber wir haben doch gar keinen Schlüssel mehr. Sie hat Oakleys Trickserei leider durch meinen kleinen Einbruch durchschaut.«

Ach, jetzt nennt sie es also doch beim Namen. Jolene machte eine wegwerfende Geste. »Wir finden sicher irgendwo ein offenes Fenster. Zur Not breche ich eines auf.«

»Aber Jolene!« Lucretia drosselte ihre Lautstärke sofort wieder. »Das wäre dann ja ein richtiger Einbruch«, flüsterte sie ungehalten. »Du wolltest mit so etwas nichts zu tun haben.«

»Anders kommen wir nicht hinein. Hast du eine bessere Idee? So eine Gelegenheit kommt nie wieder. Deine Schulden tilgen sich nicht von allein oder, indem du deinen Neffen erpresst, der selbst nichts hat. Sag ihm lieber endlich, was mit seinem Vater passiert ist.«

»Das geht dich nichts an.« Ihr Gesicht lief genauso rot an wie ihre Haare.

»Bist du nun dabei oder nicht?« Jolene hatte keine Zeit für Albernheiten.

Lucretia hatte ein Einsehen und nickte eifrig. »Ich ziehe mich um und treffe dich nach Einbruch der Dunkelheit im Garten. Es wäre besser, wenn uns vorher niemand zusammen sieht.« Das hatte sie sich wahrscheinlich im Kino abgeschaut. Dass sie gerade mitten auf der Straße standen und sicher von zwei, drei Einwohnern beobachtet wurden, schien sie auszublenden. Schon trippelte Lucretia davon und verschwand in ihrem Haus.

Jolene sollte es recht sein. Sie rieb sich die Hände. Ihr Herz schlug aufgeregt. »Heute gehen wir durch diese Tür«, sagte sie leise zu sich selbst. *Und dann hole ich zurück, was meiner Familie gehört. Lu hat ja keine Ahnung, was alles daran hängt!*

***

»Lassen Sie uns zusammenfassen«, sagte Myrna und zählte an den Fingern ab. Sie standen noch immer im Kreis. »Ein Arzt, ein Rechtsanwalt, eine Krankenschwester, eine Totengräberin und ein Inspector treffen bei einem Krimidinner im Nirgendwo aufeinander, ohne ihre Gastgeberin zu kennen. Niemand hat sie je gesehen oder gesprochen.« Beinahe klangen ihre Worte nach dem Beginn eines schlechten Witzes.

Jonathan Hart, der Anwalt im Bunde, meldete sich zu Wort. »Ich habe eine Aufnahme auf meiner Überwachungskamera, aber ich kenne sie dennoch nicht. Ich weiß nicht, wie sie auf uns kam. Diese Sache stinkt zum Himmel.«

»Wieso sollte sie das?«, fragte Thea und brachte sich so ins Gespräch ein. »Die Lady wird ihre Gründe haben, ausgerechnet uns einzuladen. Kennen Sie sich untereinander? Sind Sie Nachbarn oder Freunde?«

Sie sahen sich kurz an, dann schüttelten alle drei den Kopf. Aus Susies Frisur löste sich eine Strähne, die sie mit zittriger Hand hinters Ohr schob. Ihre Wangen waren gerötet, und auf der Stirn des blassen Anwalts standen Schweißperlen. Einzig der Hüne mit dem stechenden Blick ließ sich nicht in die Karten sehen. Er verharrte an seinem Platz am Fenster und beobachtete das Geschehen wie eine lauernde Raubkatze.

Myrna bedachte Thea mit einem unauffälligen Nicken. Sie logen sehr wahrscheinlich. Selbst wenn es einen Zusammenhang gab, den die beiden noch nicht kannten, blieb eine Frage im Raum stehen: Was zum Teufel suchten Myrna und sie unter ihnen?

Thea hatte keine Zeit mehr, darüber nachzudenken, als die Salontür aufflog und eine schlanke Frau Mitte zwanzig in einem weißen, knielangen Kleid, das einer Marilyn Monroe würdig gewesen wäre, eintrat. Für einen perfekten Auftritt hätte bloß noch die Windmaschine gefehlt. Ihre langen blonden Haare flossen wie flüssiges Gold über ihren frei liegenden Rücken.

Sie sah langsam von einem zum anderen. Niemand regte sich, bis sie mit fast bedrohlich sanfter Stimme das Wort ergriff. »Willkommen auf Manor Hall. Ich wünsche Ihnen allen einen angenehmen Aufenthalt. Enya wird dafür sorgen, dass es Ihnen an nichts mangelt. Während der Spielzeit werden wir ganz unter uns sein. Sie verstehen sicher, dass Enya nun Ihre Handys, Pads, Smartwatches und Laptops einsammelt und sie Ihnen später unbeschadet wieder aushändigt. Dies dient der allgemeinen Sicherheit und unserem Spielspaß. Schummler werden heute Abend nicht geduldet.«

Sofort brach Tumult los. Niemand wollte seine Habseligkeiten abgeben. Das Hausmädchen ging mit einer Box herum, in die sie ihre Telefone legen sollten.

Myrna war die Erste, die sich traute. »Nun haben Sie sich nicht so!«, rief sie über den Lärm hinweg und brachte etwas Ruhe in das Chaos. »Es ist doch bloß für einen Abend. Wenn das die Spielregeln sind, bin ich einverstanden. Es ist sicher schön, einmal ohne Handy am Tisch zu sitzen.«

Nach und nach folgten die anderen ihrem Beispiel. Thea ahnte, dass man ihre Laptoptasche aus dem Foyer längst weggeschlossen hatte, und fluchte im Stillen. Wie sollte sie nun ›Churchyard Crimes‹ auf dem Laufenden halten?

»Das ist illegal, und das wissen Sie«, sagte Jonathan. »Sie können uns nicht einfach unser Eigentum wegnehmen. Wir haben ein Recht auf ...«

»Wer spricht denn von wegnehmen?«, erwiderte die hübsche Blondine und klimperte mit ihren langen Wimpern. Ihre braunen Mandelaugen schauten unschuldig drein, aber Thea glaubte ihr nicht. Hinter dieser Fassade steckte weitaus mehr als eine verwöhnte Diva. »Wir spielen doch nur ein Spiel. Haben Sie etwa

Angst vor einer kleinen Theateraufführung und einem viergängigen Dinner?«

»Nein. Obwohl ... Ich kenne Sie nicht. Niemand kennt Sie. Was haben Sie mit uns vor?«

Ihr helles Lachen sorgte bei Thea für Gänsehaut, die sich über ihren gesamten Körper ausbreitete. Mit dieser Dame stimmte etwas ganz und gar nicht.

Ihr Lachen verstummte so abrupt, wie es begonnen hatte. Ein finsterer Ausdruck huschte über ihr elfenbeinfarbenes Gesicht. »So ängstlich kenne ich Sie ja gar nicht, Mr Hart.« Sie wandte sich wieder der Gruppe zu. »Bitte seien Sie gewiss, dass niemand etwas zu befürchten hat. Wir werden bloß etwas Spaß haben.« Für ihren letzten Satz hatte sie die Stimme verschwörerisch gesenkt.

Myrna räusperte sich. »Mit wem haben wir denn nun die Ehre? Ich möchte Sie nicht den ganzen Abend als ›LadyRevenge‹ ansprechen. Oder bekommen wir ebenfalls Rollennamen zugeteilt?«

Sie drehte sich zu Myrna und lächelte. Nun erkannte Thea sie als die Frau wieder, die sie in Pendle beinahe über den Haufen gerannt hatte. Das seltsame Bauchgefühl blieb bestehen, als würde etwas nicht stimmen. Ihr Blick bedeutete Gefahr, ihr Lächeln schnitt schärfer als jedes Messer. Sie trug außerdem ein kleines Muttermal auf der Wange.

Ihr Lächeln erreichte die Augen auch jetzt nicht. »Nennen Sie mich Penelope. Der Rest ist unwichtig«, hauchte sie und betonte jedes Wort perfekt, als stünde sie bereits auf einer Theaterbühne. Dann ging ein Ruck durch ihren Körper, und sie klatschte mehrmals in die Hände. Enya nickte eifrig und lief mit der Box voller

Smartphones und Uhren davon. »Wenn wir dann alle so weit wären, kann das Spiel mit dem ersten Gang unseres Essens beginnen.«

Ein Rattern und Brummen ließ die Gruppe hochschrecken und ihre Köpfe wenden.

»Was passiert hier?«, rief Susie ängstlich. »Was ist das für ein Geräusch?«

Jonathan deutete auf die Fenster. »Wir werden eingeschlossen!« Tatsächlich fuhren stählerne Rollläden nach unten und verdeckten die Fenster. »Was ist das hier für ein krankes Spiel?!«

Penelopes gackerndes Lachen hallte von den Wänden wider und würde Thea noch eine Weile im Gedächtnis bleiben. Doch nicht ihre Stimme, sondern der eiskalte Blick, den sie ihren Gästen zuwarf, war es, was sich ihr sofort einprägte.

5. Kapitel

Callan warf Papierkügelchen auf einen Eimer im Studierzimmer. Die meisten davon landeten auf dem Boden statt im Ziel. Er hatte seinen Krimi ausgelesen und gerade keine Lust, das nächste Buch zu beginnen. *Wenn das die ganze Nacht so läuft, sterbe ich an akuter Langeweile*, dachte er.

Daraufhin schnappte er sich sein Handy und scrollte durch die Partybilder seiner Freunde. Jamsessions, Clubbesuche und ein gemeinsames Ale im Park waren dort zu sehen. Alles Dinge, denen er nicht beiwohnen konnte, weil er erstens in der Pampa festsaß und zweitens versprochen hatte, *Churchyard Crimes* zu helfen. *Apropos ...* Callan suchte nach neuen Nachrichten seiner beiden Mitstreiter, aber weder Thea noch Myrna hatten sich gemeldet. Als er ihnen schrieb, bemerkte er, dass ihre Handys sogar ausgeschaltet waren.

Gerade wollte er seinem Frust auf der Blogseite freien Lauf lassen, als er ein Scheppern hörte. Callan schreckte hoch und starrte auf die angelehnte Tür zur Bibliothek, aus der das Geräusch gekommen war. Sie bewegte sich wie durch einen Windzug ein paarmal hin und her. Ein leises Knarren verriet Callan, dass er nicht mehr allein war.

Instinktiv wählte er Myrnas Nummer, bis ihm einfiel, dass sie gerade nicht erreichbar war. Blieb bloß noch Sergeant Harrison, der faule Trinker, auf den Callan keine Wette abschließen würde, dass er überhaupt auftauchte, selbst wenn es um Leben und Tod ging.

Er löschte das kleine Licht der Schreibtischlampe und schlich auf Zehenspitzen näher, um durch den Türspalt zu spähen.

Zwei Taschenlampen zogen seine Aufmerksamkeit auf sich. Ihr Kegel landete auf dem vorderen Bücherregal. Callan machte zwei dunkel gekleidete Gestalten aus. Sie suchten etwas, so viel war sicher. Gezielt wurde das hübsch verzierte Buch aus dem Regal herausgezogen, das Callan bereits kannte.

Mist!, dachte er geschockt und beobachtete, wie sich das Regal an der Wand zur Seite schob. *Das ist der Einbrecher vom letzten Mal! Und er hat Verstärkung mitgebracht!*

Niemand sonst konnte den Mechanismus kennen. Callans Finger schwebte über Harrisons Namen. Er entschied sich um, als sie durch die alte Tür traten, die ein Quietschen von sich gab.

»Pssst!«, zischte die erste Person stimmlos.

»Wovor hast du Angst? Die beiden sind nicht da«, antwortete Schatten Nummer zwei.

Callan glaubte, dass es Frauen waren, war sich aber nicht sicher. Vielleicht würde er allein mit ihnen fertig werden. Ihre Schritte und Stimmen verstummten. Die Luft war rein. Mit seinem Smartphone leuchtete er sich den Weg. Er wartete ab, bis auch hinter der Tür nichts mehr zu hören war.

Callan dachte an Thea und das Versprechen, das er ihr gegeben hatte. Er hatte lediglich zugesagt, *nicht allein* hineinzugehen. Und das tat er hiermit auch nicht.

Mutig folgte er den beiden Einbrechern in die Finsternis.

***

Jonathan platzte der Kragen. »Soll das hier so eine Art Escape Game werden? Darauf habe ich mich nicht eingelassen, sondern auf ein Krimidinner!«

Penelope verstand es, die Spannung hoch zu halten. Thea war ganz begeistert von ihrem Schauspiel.

»Lassen Sie uns sofort hier raus!«, schrie Susie aufgebracht. »Das können Sie doch nicht machen!«

Penelope breitete ihre Arme weit aus. »Beruhigen Sie sich bitte. Es gibt keinen Grund für Panik. Alle werden nach genau zwölf Stunden unbeschadet mit ihrem Hab und Gut nach Hause fahren. Lassen Sie sich auf ein Erlebnis der Extraklasse ein. Sie werden es nicht bereuen und Ihren Freunden später sicher davon erzählen.«

»Zwölf Stunden? Sind Sie irre?«, rief Thomas aus.

»Ich höre ja wohl nicht richtig!«, fauchte Jonathan. »Das wird Ihnen noch leidtun. Und teuer wird es allemal. Machen Sie sich auf eine saftige Klage gefasst.«

Thea zuckte mit den Schultern und griff nach einer Traube im Obstkorb, die sie sich in die Wange schob. »Also, ich habe nichts gegen ein kleines Krimispiel ganz unter uns. Und wenn es die ganze Nacht dauert, wäre das für mich in Ordnung.«

Penelope nickte anerkennend. »Sehen Sie? Wenigstens eine Person, die sich freut. Kommen Sie und setzen Sie sich bitte an den Tisch. Ich werde Ihnen im Folgenden den Ablauf erläutern.« Sie blieb vollkommen ruhig, obwohl man ihr gerade mit Ärger gedroht hatte.

Missmutig ließen sich die Gäste vor ihrem jeweiligen Namensschild nieder. Penelope saß am Kopfende, Dr. Thomas Keagen gegenüber, Thea direkt neben Penelope zu deren Linken mit Jonathan als Sitznachbarn und Myrna mit Susie zu Penelopes Rechten. Thea war froh, Myrna direkt gegenüberzusitzen. So könnten sie bei Bedarf Hinweise austauschen.

Die Gastgeberin klingelte mit einer kleinen Glocke nach dem Dienstmädchen, das wenig später mit einem Wägelchen voller Teller zurückkehrte.

»Bei Gang Nummer eins«, sagte Enya, »handelt es sich um gebratene Jakobsmuscheln mit Spargel und Knusperblatt. Guten Appetit.« Sie verschwand so leise, wie sie gekommen war.

»Wer kocht für Sie? Haben Sie noch mehr Angestellte?«, fragte Myrna die anmutige Frau.

»Ich habe einen Sternekoch für den heutigen Abend gebucht. Er wird uns verlassen, sobald wir beim Dessert sitzen.«

»Also gibt es doch einen Weg hier raus.« Thomas fixierte sich ganz auf sein Gegenüber.

Penelope nahm den Wettbewerb im Anstarren gekonnt auf. Thea war beeindruckt von ihrem Selbstbewusstsein. Sie wirkte nicht eingeschüchtert, nur weil der Arzt seine Muskeln spielen ließ. Ganz im Gegenteil.

»Ich habe nie gesagt, dass er live vor Ort ist. Er gibt Enya Anweisungen. Sie kocht heute für uns.«

Thea sah, dass die anderen zögerten, ihr Essen anzurühren. Sie trauten Penelope nicht. »Wenn sie uns hätte vergiften wollen, hätte sie das schon mit den Getränken getan«, sagte sie laut genug und erntete stummes Nicken.

Daraufhin wurde endlich gegessen. Teller und Besteck klapperten. Kaum jemand unterhielt sich. Die Stimmung war angespannt, während Holzscheite im Kamin knackten.

Thomas, Jonathan und Susie tauschten Blicke. Theas Bauchgefühl meldete sich heute nicht das erste Mal bei den dreien. Sie tippte Myrna unter dem Tisch an und nickte unauffällig in Richtung Trio. Sie antwortete ebenfalls mit einem Nicken. Thea glaubte, dass hier etwas nicht stimmte. Doch alle Gäste waren heute zum ersten Mal in diesem Haus, wie es schien.

»Wie kamen Sie ausgerechnet auf uns?«, fragte Thea.

»Die Auswahl meiner Gäste ist nicht zufällig, falls Sie das meinen.« Penelopes Mundwinkel zuckte. »Ich habe meine Gründe.«

»Soll heißen?«

»Dass dies zu meinem Kriminalfall gehört. Aber das verstehen Sie erst, wenn Sie ihn gelöst haben. Genießen Sie Ihren ersten Gang, Miss Shaw. Alles andere kann warten.«

»Wieso die 50er-Jahre?«, fragte Myrna. »Hat das mit den Todesfällen in den 50ern zu tun?«

»Todesfälle?« Susie verschluckte sich beinahe an ihrer Vorspeise.

Penelope tupfte sich den Mund mit einer Stoffserviette ab und nickte. »Sie haben sich also auf Manor Hall vorbereitet, Miss Evans. Ja, im Jahr 1955 kamen in diesen Wänden, genau da, wo wir jetzt sitzen, vier Menschen bei einem satanistischen Ritual ums Leben. Manch einer würde es auch als Teufelsaustreibung bezeichnen.«

»Ein Exorzismus?«, fragte Thea interessiert nach.

»Man glaubte, sie seien vom Bösen besessen. Sie selbst sollen sich als Hexen betitelt haben. Allerdings haben sie die körperlichen Strapazen nicht verkraftet und starben alle vier am selben Abend. Der Fall wurde schnell unter den Teppich gekehrt. Man wollte einer Massenpanik vorbeugen. Natürlich haben sich die Gerüchte trotzdem verbreitet. Immerhin kamen ein Ehepaar und ihre beiden Kinder nicht mehr nach Hause. Das warf Fragen auf.«

Myrna schluckte. »Also wurde an einem einzigen Tag eine komplette Familie getötet? Was ist mit dem Täter? Ist das unser Kriminalfall?«

Penelope schüttelte den Kopf. »Nein, aber auch Ihr Fall hat indirekt mit den 50er-Jahren zu tun. Das werden Sie aber erst am Ende erfahren. Der oder die Täter wurden nie gefasst. Sie waren fort, als man die Leichen fand. Manor Hall ist seit dem Jahr 1955 verflucht, heißt es. Geisterjäger haben hier ihr Unwesen getrieben und von seltsamen Erscheinungen berichtet. Manchmal hört man ein Kind weinen, wenn man ganz genau hinhört.« Sie senkte ihre Stimme, bis sie verstummte. Alle lauschten angespannt in die Stille. Als Penelope das Wort wieder deutlich lauter ergriff, zuckte Susie zusammen. »Aber das ist natürlich nur Humbug. Wir werden sehen, was der Abend bringt.«

»Uns ... wird doch nichts passieren?«, hauchte Susie ängstlich.

Ein Seufzen von Thomas ließ sie herumfahren. »Nun hören Sie schon auf mit Ihrer ewigen Panik. Das kann man sich ja nicht anhören.«

»Sie haben gut reden, Doktor! Für Sie ist immer alles so einfach. Kein Wunder, wenn man keine Verantwortung für seine Taten übernehmen muss und die Arbeit anderen zuschiebt.«

Wieder hatte Thea das Gefühl, dass sich die beiden kannten. Jonathan hielt sich fast absichtlich aus der Diskussion heraus.

Myrna versuchte, Thea etwas zu sagen, doch sie konnte ihre Lippenbewegungen dieses Mal nicht deuten.

Penelope hatte ihre heimlichen Zeichen bemerkt. »Sprechen Sie ruhig laut aus, was Sie denken, Miss Evans. Nicht so schüchtern. Ab sofort sind Sie ein Team. Jede Frage und jeder Fortschritt wird geteilt.«

»Sind Sie Penny Halligan, die Schauspielerin?«

Diese Frage überraschte Thea dann doch. Sie hatte noch nie von dieser Frau gehört. Ihr missfiel der Gedanke, dass Myrna sie nicht in ihr Wissen eingeweiht hatte.

Susie senkte ihr Besteck und starrte Penelope an. »Jetzt weiß ich auch, woher ich Sie kenne. Aus dem Kino.« Sie lachte erleichtert und fasste sich ans Herz. »Und ich dachte schon, das hier wäre echt. Na, Gott sei Dank.«

Penelope lächelte Myrna an. »Sie haben mich also erkannt.«

»Ich kenne Fotos von Ihnen, weil ich ein wenig über Manor Hall und Ihre Eltern recherchiert habe. Ihnen gehörte das Haus, bis sie nach London gezogen sind. Es wurde Mitte des 19. Jahrhunderts neogotisch errichtet und später im Stil der Neorenaissance umgestaltet. Ein herrliches Schloss. Fast zu groß für eine einzelne Familie. Haben Ihre Eltern deshalb Lancashire verlassen?«

Sofort verflog das Lächeln. »Es war meinetwegen. Sie wollten ihrem ungeborenen Kind mehr Möglichkeiten bieten, sich zu entfalten, behielten aber das Erbe im Hintergrund bei. Es schadete nicht, eine Sicherheit zu haben. Ich bin ihnen auf ewig dankbar.« Sie sondierte nun speziell wieder Susie. »Ja, ich bin Schauspielerin, aber falls Sie meinen, das hier sei nur eines meiner Theaterstücke, dann muss ich Sie enttäuschen.« Ein weiterer böser Blick streifte Thomas, dessen Kiefer sich anspannte.

»Was haben Sie wirklich mit uns vor?«, fragte er knurrend. »Das Krimidinner ist ein Vorwand, so viel ist sicher. Wollen Sie Ihre Karriere antreiben, indem Sie unschuldige Bürger in einen Container sperren? Ist das so eine Art Menschenexperiment? Wo sind die versteckten Kameras?«

»Wir sind ganz unter uns, niemand von außen schaut zu. Wieso so misstrauisch, Doktor?« Sie legte den Kopf schief. »Oder haben Sie etwas zu verbergen?«

Er verengte die Augen und ließ das Besteck klirrend auf den Teller fallen. Drohend zeigte er mit dem Finger auf sie. »Es gibt einen Weg hier raus. Und wenn ich durch den Kamin klettern muss. Sie können und werden mich hier nicht gegen meinen Willen festhalten.«

Penelope kicherte. »Von Zwang kann keine Rede sein. Immerhin kamen Sie freiwillig her und haben dem Spiel damit zugestimmt. Gutes Gelingen bei Ihrer Flucht. Der Kamin ist vergittert. Lösen Sie das Rätsel schneller, werde ich die Fenster und Türen früher für

Sie öffnen. Sie müssen sich schon etwas mehr Mühe geben. Aufgeben ist keine Option. Nach jedem Gang erhalten Sie weitere Informationen von mir.«

»Dafür zeige ich Sie an!«, fauchte nun auch Jonathan und biss die Zähne fest aufeinander. Seine Stimme verwandelte sich in das Zischen einer Schlange. »So lasse ich nicht mit mir umspringen.«

Penelopes Lächeln verschwand. »Dafür ist bekannt, wie Sie mit Mandanten und Kollegen umgehen, vor allem mit den weiblichen.«

»Sie ... haben sie ja nicht mehr alle.«

»Sind Sie sich sicher, Jonathan? Glauben Sie wirklich, ich habe nichts gegen Sie in der Hand?«

»Ich habe Rechte. In Ihrer Einladung stand nichts von einem Käfig.«

»Sie kamen alle für das Geld oder aus reiner Neugier. Mit dem Betreten meines Hauses gelten meine Regeln. Wenn Sie mich nach unserem Spiel immer noch verklagen wollen, dann nur zu.«

Thea lauschte dem Gespräch gespannt. Sie fragte sich, was sie unter diesen Menschen suchte, freute sich aber auf die ersten Enthüllungen und ein paar Geheimnisse.

Auch Myrna wirkte erstaunt, was ihre simple Äußerung ausgelöst hatte. »Was macht eine Schauspielerin, die Erfolge am Broadway feierte, in unserem behaglichen Pendle?«, fragte sie weiter, um zu einem normalen Gespräch zurückzukommen. »War es die Sentimentalität, weil Ihre Eltern früher hier lebten?«

»Insbesondere meine Mutter hat Manor Hall geliebt. Sie hat mir viel davon erzählt, als ich kleiner war.« Penelopes Augen blieben ausdruckslos, was Thea verwunderte, weil ihre Stimme wie die einer liebenden Tochter klang. Etwas fehlte.

Sie erinnerte sich an die Worte des Pfarrers: *Aber sie hat eine tiefe Traurigkeit ausgestrahlt. Etwas ist in ihrem Leben passiert, das sie aus der Bahn geworfen hat.* War es jener Abgrund, der sich ihr in diesem Moment zeigte?

»Wieso kamen Ihre Eltern nie zurück, wenn sie doch ein Anwesen hier draußen hatten?«

»Manor Hall war ihre Vergangenheit, aber nicht ihre Zukunft. Sie wissen es selbst am besten: Lancashire ist kein Ort, um Karriere zu machen. Sie standen mir während meiner gesamten Laufbahn bei und haben mich gestärkt. Das ging am besten, indem sie ebenfalls in London lebten.«

Thea war kurz davor, zu platzen. »Mich würde vielmehr interessieren, was die beiden Herren in der Runde verbrochen haben, und wieso alle so tun, als würden sie sich nicht kennen.«

Myrna schenkte ihr einen strengen Blick, doch es war zu spät. Wieder einmal war Thea übers Ziel hinausgeschossen und ihrem Instinkt gefolgt.

Penelope blieb der Mund offen stehen, dann lachte sie so laut, dass ihr Gesicht rot anlief. Sie klatschte einmal in die Hände. »Herrlich! Ich wusste ja, dass ich mit Ihnen eine Menge Spaß haben werde. Ich lese Ihren Blog und weiß alles über den Fall Hope Fernsby. Ihre Falle war grandios gestellt.«

»Danke, aber ich hatte Hilfe.« Theas Blick ruhte auf Myrna. Ohne *Churchyard Crimes* hätte es die Lösung des Mordfalles nie gegeben.

Thomas meldete sich mürrisch zu Wort. »Ich wüsste nicht, was ich getan haben soll. Und wieso ich eingeladen wurde, kann ich ebenfalls nicht sagen. Es wird also ein Rätsel bleiben, selbst für mich.«

»Rätsel sind da, um gelöst zu werden«, antwortete Penelope. Sie sah zu Thea und legte ihr eine Hand auf den Unterarm. »Ich bin mir sicher, Sie werden alle Fragen heute Nacht beantworten.«

Wieder klingelte sie, woraufhin Enya die leeren Teller abräumte. Wein und Wasser schenkten sich die Gäste selbst nach. Thomas blieb bei Cognac, den er schon den ganzen Abend lang trank. Seine Augen wurden mit jedem Glas wässriger. Immer wieder sah er Enya hinterher und machte keinen Hehl daraus, dass er das Mädchen begehrte.

»Wenn Sie noch auffälliger starren, fliegen ihr die Kleidungsfetzen bestimmt von selbst vom Leib. Einfach mal abwarten.« Thea erfreute sich am hochroten Gesicht des Arztes.

»Was fällt Ihnen ein? Ich habe nicht gestarrt! Ich bin ein verheirateter Mann!« Er zeigte auf den Ring an seinem Finger.

Myrna bedeutete ihr, den Ball flach zu halten, aber Thea kam gerade erst in Fahrt. So viel Verlogenheit an einem Tisch war ihr lange nicht untergekommen. Einzig für ihre Freundin riss sie sich zusammen.

Auch Gang zwei, eine Kürbissuppe mit cremiger Sahnehaube und gerösteten Kürbiskernen, schmeckte hervorragend. Thea erinnerte sich nicht daran, jemals so etwas Gutes gegessen zu haben. In einem Sternerestaurant würde sie sowieso niemals essen gehen, also wieso nicht heute ein wenig ausnutzen, dass sie eingeladen war?

Als sie Enya um einen Nachschlag bat, beäugte Jonathan sie abschätzig. »Was denn? Nur weil noch zwei weitere Gänge kommen, heißt das nicht, dass ich danach satt bin.«

Penelope kicherte hinter vorgehaltener Hand. »Sie sind köstlich. Enya, bitte bringen Sie Miss Shaw noch einen Teller Suppe. Nur das Beste für meine Gäste. Aber natürlich dürfen Sie so viel essen, wie Sie möchten. Sie sind herzlich eingeladen.«

Myrna hingegen schob die Sahne von einer zur anderen Seite. Thea schmunzelte, weil sie wusste, dass ihre Freundin streng auf ihre Linie achtete. Sie zählte womöglich die Kalorien, die sie heute Abend zu sich nahm. Und dabei waren sie noch nicht einmal beim Dessert angekommen.

»Nur Mut«, sagte ihre Sitznachbarin Susie. Sie hatte ihren Teller längst ausgelöffelt und rieb sich den Bauch. »Erst durch die Sahne bekommt die Suppe ihre Vollmundigkeit und schmeckt richtig gut. Ich habe früher einmal in einem Restaurant gearbeitet. Glauben Sie mir, dass Ihnen sonst etwas entgeht.«

Myrna ließ sich breitschlagen und kostete die orange-weiße Kombination. Ihr entspanntes Lächeln bezeugte, dass Susie recht hatte. Auch Thea konnte das Essen kaum beenden und hätte am liebsten den Teller abgeleckt, wenn sie sich nicht in solch nobler Gesellschaft befunden hätte. Nach wochenlangen Nudeln mit Tomatensauce kam sie sich vor wie im Gourmethimmel.

Penelope erhob ihr Glas. »Auf einen ereignisreichen Abend voller Spannung und Spaß!«

Thea erwiderte Penelopes Geste und stieß mit Myrna an. Sie rutschte in Erwartung der Informationen unruhig auf ihrem Stuhl herum.

»Fragt sich nur, für wen das hier spaßig wird«, murmelte Jonathan beleidigt. Auch sein Teller war leer. Zumindest geschmeckt hatte es ihm. Er verzog das Gesicht schmerzerfüllt, als hätte ihm Thomas gegen das Schienbein getreten. »Was?! Ich bin nicht die einzige Person am Tisch, die viel zu verlieren hat.« Zu Theas Überraschung fixierte er dieses Mal Susie statt Thomas.

Sie nestelte an der Tischdecke, und ihr Blick huschte von einem Teller zum nächsten, ohne den Leuten ins Gesicht zu sehen. Rote Stressflecken entstanden auf ihrem Dekolleté.

»Geht es Ihnen nicht gut?«, fragte Myrna herausfordernd und lächelte dabei so zuckersüß, dass man ihre Frage niemals als Bosheit eingestuft hätte.

»Was? Ich ... Also ... Doch, doch, mir geht es gut«, flüsterte sie und räusperte sich. »Ist Ihnen auch so warm?« Sie lächelte gequält und fächerte sich Luft zu.

Der Ärger um die verschlossenen Fenster war längst verflogen und einer anderen Art von Aggression gewichen, die die Luft zum Flimmern brachte. Es blieb immer eine gewisse Spannung erhalten, weil niemand wusste, was als Nächstes geschah.

»Unsere liebe Susie ist wohl etwas nervös, aber das kann man ihr nicht verdenken. Immerhin ist das ein besonderer Abend für uns alle.« Penelope sah in die Runde und achtete darauf, dass sie die volle Aufmerksamkeit ihrer Gäste hatte. »Ihnen wurden mehr Informationen zwischen den Gängen versprochen. Lassen

Sie uns also vor dem Hauptgang mit unserem Opfer starten. Enya!« Sie klingelte erneut mit der Glocke.

»Ihr Dienstmädchen ist das Opfer?«, fragte Susie schockiert und erntete ein Augenrollen der beiden Männer. Sie hielten sie offenbar für naiv, und gerade tat Susie alles dafür, dass auch Thea es dachte.

Penelopes Angestellte eilte in den Salon und wartete brav ihren nächsten Befehl ab.

»Bitte dimmen Sie das Licht und zünden die Kerzen an. Wir werden nun in unseren Kriminalfall eintauchen. Die Vorspeisen waren köstlich.«

Dem konnte Thea nur zustimmen.

Enya drehte das Licht herunter. Ausschließlich Kerzen und das prasselnde Feuer im Kamin beschienen nun ihre Gesichter. Eine schaurige Atmosphäre entstand, in der niemand ein Wort sagte.

Enya reichte Penelope im Anschluss einen großen braunen Umschlag, verbeugte sich tief und verschwand. Wieder reckte sich Thomas minimal, um ihr auf die nackten Oberschenkel zu glotzen. Thea empfand Abscheu und Ekel vor diesem Lustmolch.

»In meinem Kuvert befinden sich die ersten Informationen über das Opfer«, sagte ihre Gastgeberin. »Der Mord, um den es heute Abend geht, ist bereits passiert. Ihre Aufgabe wird es sein, den Täter oder die Täterin zu ermitteln, Spuren zu sammeln, die überall in Manor Hall versteckt sind, und das Rätsel rund um Opfer und Täter zu lösen. Hergang, Motive, Hintergründe ... All das finden Sie in den Hinweisen, die ich gestreut habe.«

Myrna stellte letztlich die Frage aller Fragen, die auch Thea auf der Zunge lag. »Was ist unsere Aufgabe in diesem Spiel? Sind wir reine Detektive, der Täter oder beides?«

Penelope setzte ein geheimnisvolles Lächeln auf. »Es ist eigentlich recht simpel. Der Mörder befindet sich unter uns, und die Detektive haben die Aufgabe, ihn anhand der Hinweise zu entlarven.«

»Einer von uns ist ein Mörder?«, rief Susie aus und schlug sich die Hand vor den Mund. Sie spielte nervös mit einer Haarlocke. Thea wusste nicht recht, ob sie erregt oder ängstlich war. Vielleicht eine Mischung aus beidem. »Das wird ja immer aufregender.«

»Einer oder sogar mehrere. Finden Sie es heraus, und Sie gewinnen einen Preis von fünfzigtausend Pfund.«

Nun weiteten sich die Augen der Anwesenden. Erstaunte Blicke wurden gewechselt.

»Fünfzigtausend Pfund? Wieso so viel Geld?«, hauchte Myrna.

Thea war genauso verblüfft und verschluckte sich beinahe an der Limonade.

»Auch das gilt es, herauszufinden«, antwortete Penelope und lächelte breit. Sie liebte es allem Anschein nach, die Fäden in der Hand zu haben.

Thomas verschränkte die Arme vor der breiten Brust. »Weiß der Mörder von seiner Tat? Hat er im Vorfeld Bescheid bekommen und spielt diese Rolle nun für uns?«

Penelopes Augen funkelten. Thea war sich nicht sicher, was sie darin las. »Der Mörder weiß von seiner Tat, ja. Und er trägt schon eine ganze Weile dieses Geheimnis mit sich herum. Vielleicht sogar seit mehreren Jahren. Sicher wird er alles daransetzen, Hinweise zu fälschen oder zu vernichten. Es ist also ein Spiel gegen die Zeit.« Sie deutete auf die Zigarettenschachtel, die neben Jonathans Teller lag. »Sie sind Raucher, Mr Hart?«

»Nein, ich führe aus lauter Spaß eine halb geleerte Packung Zigaretten mit mir herum«, antwortete er verbissen. »Ich rauche allerdings nur draußen und werde mich gedulden müssen, bis die Tore aufgehen. So dringlich ist es mir nicht. Der Qualm hängt sonst in meiner Kleidung. Sie glauben nicht, wie viel mich dieser Anzug gekostet hat. Ich riskiere ihn nicht für eine einzelne Zigarette.«

»Bedaure, dass Sie sich so quälen. Ich denke, dass fünfzigtausend Pfund eine passende Entschädigung dafür sind.« Ohne zu fragen, ging sie auf ihn zu und schnappte sich die Schachtel, steckte sich eine Zigarette zwischen die Lippen und entzündete sie an einer Kerze. Sie nahm einen tiefen Zug und blies den Rauch gen Decke. Selbst das tat sie mit einer Eleganz, die Thea schier sprachlos machte.

Sie wechselte einen vielsagenden Blick mit Myrna, die sich nichts anmerken ließ, aber vermutlich mindestens so gespannt war. Bisher hatten sie die Lage mehr sondiert als kontrolliert.

Enya räumte auch die Suppenteller auf ihr Wägelchen und verschwand damit in der Küche. Nach den Vorspeisen erwarteten die Gäste nun die ersten Hinweise.

Penelope öffnete den Umschlag mit spitzen Fingern und verteilte dessen Inhalt in ihrer Mitte. Thea schnappte sofort danach. Es handelte sich um ein Blatt Papier. Myrna hielt eine zweite Seite in den Händen.

Penelope griff wieder nach der Glocke, mit der sie das Dienstmädchen herbeirief. »Wenn Sie dann so weit sind, serviert uns Enya den Hauptgang. Meine ersten Informationen haben ... haben ... Sie ... haben Sie.« Die Glocke fiel mit einem Scheppern auf den Tisch zurück und sorgte für neue Aufmerksamkeit. Penelope geriet ins Stottern. Sie schloss mehrmals ihre Augen und griff sich an den Hals, auf dem nun genauso viele Stressflecken zu sehen waren wie bei Susie.

Myrna war sofort an ihrer Seite. »Geht es Ihnen nicht gut, Miss Halligan? Können wir helfen?«

Sie war kaum ansprechbar, sondern blickte durch Myrna hindurch. Thea hielt ihr ein Glas Wasser hin, das sie ergreifen wollte, aber nicht festhalten konnte. Es fiel mit einem dumpfen Geräusch zu Boden. Thea fühlte die kalte Flüssigkeit auf ihrem Bein.

»Ich ... habe ...« Penelope schluckte mehrmals fest. Ihre Augenlider flatterten. »Ich bekomme keine ...« Sie kratzte an ihrem Hals und rutschte vom Stuhl. Dort wand sie sich wie ein Fisch auf dem Trockenen.

Erst herrschte Stille, dann brach das Chaos los. Susies gellender Schrei war zu hören. Stühle wurden gerückt oder umgeworfen, es wurde diskutiert, gestritten und geschrien.

Penelopes Körper zuckte unkontrolliert und erschlaffte dann völlig, bevor er wieder erzitterte. »Hi...lfe!« Speichel lief ihr aus dem Mundwinkel, und ihre Augen fielen mehrmals zu. Daraufhin wand sie sich, als würde sie das, was sie innerlich angriff, in Schach halten wollen. »Helfen Sie ... mir ...! Ich ... bekomme keine ... Luft ...«

Thea drehte sich zu Thomas. »Ein epileptischer Anfall! Was sollen wir tun? Helfen Sie ihr doch! Sie sind Arzt!«, schrie sie ihn an und deutete auf die Frau, die am Boden um ihr Leben kämpfte.

Er schien überfordert mit der Situation und zögerte, bevor er sich zu Penelope kniete und ihren Oberkörper aufrichtete. Penny hatte sich übel auf die Zunge gebissen. Speichel und Blut flossen ihr aus den Mundwinkeln.

»Miss Halligan? Hören Sie meine Stimme, dann nicken Sie bitte einmal oder drücken meine Hand. Brauchen Sie etwas aus diesem Haus? Gibt es ein Mittel, das Ihnen helfen kann? Wo ist Ihre Tasche?«, fragte der Arzt.

»Ich ... kann nicht ... Wasser«, antwortete sie benommen. Penelope war kaum noch zu verstehen, sosehr nuschelte sie.

Thea griff kurzerhand nach Myrnas Glas und setzte es Penny an die bebenden Lippen, doch sie konnte die Flüssigkeit nicht schlucken, sondern hustete und würgte stattdessen. Das Wasser lief ihr einfach wieder aus dem Mund. Diese Hilflosigkeit machte Thea zu schaffen. Noch nie waren ihr die Hände so gebunden gewesen. Auch an Myrnas bleichem Gesicht sah sie, dass sie nicht mehr tun konnten, als beruhigend auf sie einzureden.

Penelopes Kampf dauerte eine gefühlte Ewigkeit, in der niemand, nicht einmal Enya, zu wissen schien, wie man am besten vorging. Ihre Handys waren weg, und das alte Telefon auf dem Couchtisch war bloß eine Attrappe. Sie konnten niemanden rufen, um ihr zu helfen.

Ihre Arme fielen schlaff zur Seite. Sie rührte sich nicht mehr und atmete nur noch flach. Penny wurde zeitweise ohnmächtig.

»Ich kann nicht mehr machen«, sagte Thomas ernüchternd. »Kennt hier irgendjemand ihre Krankengeschichte?«

Die anderen verneinten.

Penny schüttelte sich von Neuem, bevor sie wieder in einen komatösen Zustand fiel. Sie war nicht ansprechbar und reagierte auch nicht auf Berührungen. Dieser Ablauf wiederholte sich ein paarmal.

»O Gott, sie wird sterben, wenn wir nichts unternehmen!«, schrie Susie mit sich überschlagender Stimme und rannte ziellos auf und ab. Sie raufte sich die Haare. »Jetzt retten Sie sie doch endlich!«

»Ich bin Chirurg, was erwarten Sie von mir? Meine Patienten sind meistens sediert, wenn ich dazukomme und sie aufschneide. Miss Halligan hat einen Anfall, wie es scheint«, sagte Thomas gepresst und spannte den Kiefer an. Ein Schweißtropfen löste sich von seiner Stirn und rollte ihm die Schläfe entlang. »Ist sie allergisch auf das Essen? Gibt es ein Antiallergikum im Haus?«, fragte er Enya, doch sie schüttelte völlig apathisch den Kopf. Weder sagte sie etwas, noch rührte sie sich.

Ein paar letzte Zuckungen, und plötzlich erstarb auch das Auf und Ab des Brustkorbs. Alle blickten angespannt auf den leblosen Körper. Penelopes Haut war kreidebleich. Feine blaue Adern zogen sich quer über ihr Gesicht. Ihre Augen waren geschlossen, als würde sie schlafen. Die Flammen des Kamins flackerten gespenstisch auf ihrer fahlen Haut.

Thomas fühlte ihren Puls und schüttelte den Kopf. Sein Blick sprach Bände. Wenig später sagte er die Worte, die niemand hören wollte: »Miss Halligan ist tot.«

6. Kapitel

Callan musste den Hustenreiz unterdrücken, der ihn hier unten heimsuchte. Der viele Staub erschwerte das Atmen. Er meinte, inzwischen auf der Kellerebene zu sein, weil er eine Treppe abwärts hinter sich gelassen hatte.

Manchmal hörte er Stimmen, die von den unheimlichen Gängen zurückgeworfen wurden. Er hatte den Überblick verloren, wie oft er nach links oder rechts gegangen war. Er markierte sich ab sofort ein paar Ecken und Türen, indem er mit seinem Taschenmesser Kreuze hineinritzte.

Wieder musste er sich zwischen drei Türen entscheiden und wählte die mittlere, doch dahinter prallte er auf eine Mauer. Hinter der rechten Tür ging es weiter in den Schlund des Herrenhauses, der tiefer war, als man glaubte. Nathan Shaw hatte aus seinem Anwesen ein Labyrinth gemacht. Callans Panik wurde greifbar, als er einen Blick aufs Handy warf. Er hatte hier unten keinen Empfang und war abgeschnitten von der Außenwelt. Zu dumm, dass seine Mutter glaubte, er und Thea veranstalteten eine Übernachtungsparty, und Ward Harrison gar nicht erst Bescheid wusste. Wenn er Pech hatte, würde ihn niemals jemand finden. Er hatte sich durch seine Neugier selbst ins Aus befördert und bereute seine Entscheidung, den Einbrechern zu folgen.

Callan setzte sich in den Staub und lehnte sich an die kalte Mauer. Schweiß lief ihm ins Auge, und zeitgleich war ihm bitterkalt. Vielleicht befand er sich noch weiter unten, als er dachte. Das Gefühl für Standpunkt und Zeit war ihm komplett abhandengekommen. Callan wusste nicht, ob er seit einer Stunde oder bereits die halbe Nacht lang herumirrte. Er hatte Durst, weil seine Kehle in dieser Umgebung austrocknete.

Wieder hörte er die beiden Stimmen. Sie stritten anscheinend miteinander, aber ihre Worte verdoppelten und verdreifachten sich durch den starken Hall. Vielleicht hatten sie sich ebenfalls in dieser Todesfalle verlaufen. Es würde ihn nicht wundern, gleich noch über ein menschliches Skelett zu stolpern. Callan nahm seinen Mut zusammen und wollte gerade nach ihnen rufen, als er ein Licht sah.

Er verschluckte seinen Hilfeschrei und folgte stattdessen dem Schein. Erst wurde er immer größer, je näher er kam, doch dann setzte er sich auf einmal in Bewegung. Callan erkannte eine Person, die mit einer Laterne in der Hand davonlief. Weder sah sie nach einer Frau aus, noch hatten die Einbrecher eine Laterne dabeigehabt. Stattdessen waren sie mit Taschenlampen eingestiegen.

Das ist bestimmt eine Falle, dachte er. *Andererseits ist er meine einzige Chance, aus diesem Gefängnis zu kommen. Also, los, nichts wie hinterher!* Callan beschleunigte seine Schritte.

Die Laterne wackelte. Ihr Licht warf schaurige Schatten an die Wände, als der andere ebenfalls zu rennen begann. In Callans Kopf festigte sich die Vorstellung von einem Mann. Er beschleunigte seine Schrittfolge.

Es ging um mehrere Kurven, eine zweite Treppe abwärts und durch eine Tür.

Callan riss sie auf und hetzte hindurch, um das Licht nicht zu verlieren, prallte aber wieder gegen eine Mauer – nur, dass sie dieses Mal markerschütternd kreischte und wie ein nasser Sack in sich zusammenfiel. »Er hat mich, Jolene! Er hat mich!«, rief das schwarze Bündel ängstlich.

Ein Schlag traf Callan an der Schläfe. Er taumelte zurück. »Was soll das?!«, brüllte er. Seine Schläfe pochte. Wenig später fühlte er Blut daran. Die tanzenden Sterne verschwanden zum Glück schnell wieder.

Es wurde still. Dann raschelte es in der Dunkelheit. »Jolene? Ist *er* es? Haben wir ihn wirklich gesehen?«, wimmerte eine Frau, die stark nach Lucretia klang.

Was suchen diese beiden Hexen hier unten? Sind sie etwa die Einbrecher, die ich gesehen habe? Was geht hier vor, verflucht?

»Halt den Mund und reiß dich gefälligst zusammen!« Jolene machte Licht, doch es war keine Laterne, sondern immer noch die Taschenlampe, die sie in der Hand hielt. »Du siehst doch, dass es nur Fionas Sohn ist und kein Geist. Wir haben uns eben geirrt, was die Person und das Licht anging.«

Callan rappelte sich auf, hustete den Staub aus seinen Lungen und streckte Lucretia die Hand hin. Er war noch wütend, aber seine ausweglose Situation machte ihn freundlicher. Vielleicht waren Jolene und Lucretia seine einzigen Verbündeten hier unten.

Zweitere schnappte nach Luft. »Hast du mich erschreckt! Mach das nie wieder, du irischer Vollidiot!«

»Ist das der Dank dafür, dass ich dir aufgeholfen habe? Ein zweites Mal wird es nicht vorkommen«, antwortete er gekränkt, hatte aber nichts anderes erwartet. »Was treibt ihr hier oder überhaupt in Theas Haus?«

»Das Haus gehört der Gemeinde. Es hätte niemals an eine Shaw gehen dürfen«, antwortete Jolene trotzig. »Außerdem könnten wir dich dasselbe fragen.«

Als sie ihm provokant ins Gesicht leuchtete, drückte er ihren Arm nach unten. »Lass das! Ich bin keine Gefahr, sondern euch gefolgt. Ihr seid also das Einbrecherduo, das das Chamberling-Anwesen terrorisiert? Ich hätte es mir denken können.«

Die zwei wechselten einen Blick und ließen die Schultern hängen. »Duo ist zu viel gesagt«, sagte Jolene zähneknirschend. »Beim ersten Mal wollte Lucretia allein die Lorbeeren ernten. Nur durch ihre Fehler hatten wir keinen Schlüssel mehr und mussten anders ins Haus.«

»Hey, das sollte er alles gar nicht wissen!«, bemerkte Lucretia entrüstet. »Nun ist mein Ruf in der Gemeinde dahin!«

Nicht dass er vorher besonders gut gewesen wäre.

Jolene erhob mahnend einen Finger, den sie ihm beinahe ins Kinn rammte. Sie beachtete ihre Freundin nicht, sondern fixierte einzig und allein Callan. »Glaub ja nicht, dass wir vor dem Inspector gestehen. Darauf kannst du lange warten. Wahrscheinlich habe ich das auch nur zugegeben, weil ich langsam dehydriere. Ich habe meine Tabletten außerdem schon eine Weile nicht mehr genommen. Aber wie hätte ich ahnen sollen, dass wir in einem verfluchten Labyrinth landen?

Nathan Shaw hatte nicht mehr alle Tassen im Schrank, sage ich euch.«

»Bist du denn auch eingebrochen?«, fragte Lucretia neugierig.

»Ich habe im Gegensatz zu euch beiden einen Schlüssel von Thea und sollte Wache halten, solange sie und Myrna weg sind.«

Jolene schubste Lucretia beiseite. Sie sah Callan arglistig an. »Wir sitzen alle im selben Boot. Die Neugier hat uns hergebracht, aber wir haben uns verlaufen und finden wahrscheinlich nie wieder aus diesem Labyrinth heraus. Entweder tun wir uns zusammen und helfen einander als Gruppe, oder wir trennen uns in der Hoffnung, dass es einer von uns schafft und Hilfe holt.«

Callan wusste sofort, welche Variante ihm besser gefiel. »Da ich mir nie sicher sein könnte, ob ihr mich hier nicht lieber versauern lasst, wähle ich Variante eins.« Er streckte einen Finger in die Höhe. »Es bleibt euch jetzt nichts anderes übrig, als mich mitzunehmen.«

Jolene schnaufte. Auf Callan wirkten die beiden wie ein Komikerduo aus den 30er-Jahren. Jolene mit ihrem Gehstock, den sie gern als Waffe umfunktionierte, und Lucretia mit ihrem knallroten Igelkopf, die Callan kaum bis zum Bauchnabel reichte. Nur, dass er bei ihnen gemeinhin nichts zu lachen hatte.

Während sich die Frauen nicht einig wurden, wohin es als Nächstes ging, dachte Callan über das mysteriöse Laternenlicht nach. Es waren weder Jolene noch Lucretia gewesen, die er gesehen hatte. Bedeutete dies, dass sich außer ihnen noch eine Person tief im Chamberling-Anwesen aufhielt und nachts heimlich durch die Gänge wandelte?

***

Myrna eilte zu dem alten Telefon, das auf einem Tisch vor der Couch stand, und knallte den Hörer zurück auf die Gabel.

»Das habe ich vorhin schon probiert«, sagte Thea. »Das Ding ist genauso tot wie unsere Gastgeberin.«

»Das ist nicht komisch!«, schrie Susie. »Sie war doch eben noch völlig gesund! Können wir denn nichts tun? Wir dürfen sie nicht einfach sterben lassen!« Sie wandte sich an Thomas und wollte nach ihm greifen, aber er wehrte sie ab.

»Nein, können wir nicht. Außerdem ist sie längst tot. Das müssten Sie als Krankenschwester doch sehen. Ich habe nichts hier, was ihr helfen könnte, nicht einmal eine Beruhigungstablette für hysterische Weiber wie Sie. Das Einzige, was wir jetzt machen können, ist, unsere Handys zu suchen. Irgendwo müssen sie ja stecken.«

Enya schluchzte leise und schnäuzte in ein Taschentuch. »Sie hat alles in einem Safe im Arbeitszimmer versteckt, aber die Kombination kennt ... kannte niemand außer ihr.« Das Mädchen deutete auf ihre Arbeitgeberin und wimmerte. Ihr Gesicht war klatschnass und gerötet, der Pony zerzaust. Sie saß mit dem Rücken zur Wand und zitterte am ganzen Körper. »Auch die Codes für die Türen und Fenster kennt niemand außer Miss Halligan.«

Thomas packte sie bei den Schultern und zog das Dienstmädchen mühelos zu sich hoch. »Soll das heißen, wir sitzen hier für immer und ewig fest?!« Er schüttelte sie grob, bis Myrna eingriff und die beiden trennte.

»Reißen Sie sich gefälligst zusammen, Mr Keagen! Wir sollten einen kühlen Kopf bewahren. Gewalt ist keine Lösung. Alle beruhigen sich jetzt bitte und denken nach.«

Jonathan schlug sich gegen die Stirn. Dabei verrutschte seine Brille. »Natürlich! Das hier ist nur ein Test. Es ist der *Mord*, von dem sie gesprochen hat.« Er malte Gänsefüßchen in die Luft und schien ganz begeistert von seiner Idee.

Thea schnaufte. »Und dafür lässt sie sich absichtlich umbringen?«

»Sicher steht sie gleich wieder auf und lacht mit uns.«

»Diese Frau ist mausetot, das sehen Sie doch. Außerdem hat Penelope von einem Mord gesprochen, der längst passiert ist. Sie hat ihren eigenen ganz sicher nicht vorausgesehen.«

Das leuchtete den meisten ein, aber wieder einmal stellte sich Thomas quer. »Also, für mich ist der Fall klar: Miss Halligan hat ihren Selbstmord äußerst bühnenreif geplant, um über ihren Tod hinaus in aller Munde zu sein. So sind sie, die Künstler.«

»So ein Quatsch!«, rief Thea aus. »Würden Sie sich selbst qualvoll ersticken, nur um eine Schlagzeile zu generieren? Das ist sehr weit hergeholt. Dann hätte sie dieses Spiel gar nicht erst mit uns planen müssen, sondern sich von irgendeiner Brücke in den Tod gestürzt. Sie hat die Spuren in den einzelnen Zimmern erwähnt. Wir sollten lieber danach suchen und den Fall von vorne aufrollen. Vielleicht steht er mit dem Tod von Penelope in Verbindung.«

Thea war fest davon überzeugt, dass es bei ihrem Krimidinner einen echten Mord gegeben hatte. Und nur einer von ihnen kam als Täter infrage.

***

Callan musste sich mehrmals bremsen, weil die beiden Alten kaum vorankamen. Ständig zankten sie sich wegen Nichtigkeiten. Ein Mal überlegte er tatsächlich, sie einfach stehen zu lassen und auf eigene Faust zu suchen. Gleichzeitig war er froh, nicht mehr allein zu sein und durchzudrehen. Sie erinnerten ihn durch ihre Anwesenheit wenigstens daran, dass er noch klar bei Verstand war.

»Hier sind wir doch schon vorhin gewesen«, sagte Jolene und schnaufte. »Meine Füße werden wund, wenn das noch lange so geht. Ich bin es nicht gewohnt, so weit zu laufen.«

Callan hatte das Gefühl, mit zwei Kleinkindern im Schlepptau durch das unterirdische Labyrinth zu wandern.

»Wir sind sicher bald draußen. Wenn wir die letzte Treppe wiederfinden, müssten wir ins Erdgeschoss kommen«, sagte Callan und versuchte, hoffnungsvoll zu klingen, was ihm mit jeder Stunde, die verstrich, weniger gelang. »Ich würde es an meinen Markierungen erkennen.«

Seine Kehle war ausgetrocknet und rau. Er sehnte sich nach einem Schluck Wasser. Langsam verschwamm seine Sicht. Wie sollte es da erst den beiden alten Frauen gehen?

Callan wandte sich um. Beinahe stießen sie gegen ihn. »Hört mal«, sagte er ruhig. »Wenn wir hier lebend rauskommen wollen, müssen wir zusammenarbeiten.«

»Und wie hast du dir das vorgestellt?«, zeterte Lucretia. »Oder glaubst du, nur weil du Ire bist, hast du das Glück gepachtet? Ich bin mir sicher, dass ihr kein Gold scheißen könnt, wie ihr immer behauptet.«

»Wer hat jemals behauptet ...?« Er gab es auf. »Den mitschwingenden Rassismus überhöre ich gern, wenn du mir dafür versprichst, für die restliche Zeit den Mund zu halten.«

»Auch noch frech werden!« Lucretia packte Jolenes Gehstock und wollte Callan damit verprügeln, doch ihre Freundin hielt sie zurück. So langsam lagen die Nerven blank.

»Reiß dich endlich zusammen, Lu! Das bringt uns nicht weiter. Ohne ihn finden wir nie ein Signal und können jemanden anrufen. Oder hast du etwa dein Handy dabei?«

Lucretia grummelte etwas Unverständliches und ließ den Stock los.

Für einen Einbruch würde ich mein Handy auch nicht mitnehmen, dachte sich Callan seinen Teil.

Jolene umklammerte den Stock nun noch stärker. Callan hatte trotz seiner Abneigung Mitleid mit ihr, als er im Schein der Taschenlampe sah, wie wund ihre Handfläche war.

»Wir schaffen das«, sagte er voller Mut, um sie aufzubauen. In diesem Moment erlosch auch ihre zweite Lampe.

»Jolene!«

»Ich stehe direkt neben dir und habe Tinnitus, deiner liebreizenden Stimme sei Dank. Wo sollte ich denn sonst sein?«

Callan schlug ein paarmal auf die Lampe, doch sie blieb tot. »Mist, die Batterien sind leer. Ihr habt nicht zufällig neue dabei?«

»Die hätten wir sonst längst benutzt«, antwortete Lucretia. »Jetzt sehen wir gar nichts mehr.« Ihre Stimme bekam einen weinerlichen Unterton.

»Was ist mit deinem Handy?«, fragte Jolene.

Callans Augen gewöhnten sich nicht an die Dunkelheit, weil keinerlei Licht in den Tunnel fiel. Er konnte nur nach ihren Stimmen gehen und vermuten, wo wer stand.

»Ich brauche die letzten paar Prozent für meinen rettenden Anruf. Den riskiere ich nicht.« Er tastete an seiner Hose entlang und schnaufte genervt. »Mist, mein Taschenmesser ist weg. Es ist mir wohl runtergefallen, als ich mit dir zusammengestoßen bin.« Er fluchte leise. »Das hat mir gerade noch gefehlt.«

»Bist du jetzt ernsthaft sauer wegen eines dämlichen Messers?«

»Erstens ist es nicht dämlich, sondern ein Geschenk von meinem Vater, und zweitens hing eine kleine Lampe daran. Nicht groß, aber für etwas Licht hätte sie gesorgt. Sie wäre einfach praktisch gewesen.«

»Seit wann hängen Taschenlampen an einem Messer?«, fragte Lucretia.

»Nicht direkt. Sie war mit einem Schlüsselring damit verbunden. Tut jetzt sowieso nichts zur Sache. Wir haben jedenfalls kein Licht mehr.«

»Und was nun? Ich sehe nicht, wohin ich trete. Das ist für eine beeinträchtigte Frau gefährlich«, sagte Jolene.

»Für jeden anderen auch!«, fauchte Lucretia.

»Dumme Ziege!«

»Blöde Hirschkuh!«

»Es reicht!«, rief Callan. Er fluchte leise. »Hört das denn nie auf? Ich habe auch Hunger und Durst, bin müde und erschöpft. Trotzdem denke ich voraus und nicht immer im Kreis.« Er seufzte tief. »Alleinsein ist wirklich besser als schlechte Gesellschaft«, murmelte er.

»Was soll das schon wieder heißen?«, fragten beide Frauen im Chor.

Callan rieb sich die Lider. »Nicht so wichtig. Nur ein irisches Sprichwort, das mir gerade in den Sinn kam. Helft mir lieber und findet die nächste Tür.«

»Ich glaube, sie war da vorne«, sagte Lucretia und zeigte wahrscheinlich in die entsprechende Richtung.

»Und wo ist *da vorne*?«, fragte Callan betont ruhig nach. Er musste sich beherrschen, dieser Frau nicht an die Gurgel zu gehen. Zunächst einmal hätte er ihren Hals finden müssen, was im Dunkeln schwierig genug geworden wäre.

»In Laufrichtung links«, sagte sie.

»Na, das klingt doch nach einem Anhaltspunkt. Mir nach. Nehmt euch bei der Hand und setzt einen Fuß langsam vor den anderen.«

Er wusste zwar nicht, ob er Jolene oder Lucretia an der Hand hielt, aber wenigstens spielten sie mit. Callan fühlte den Angstschweiß auf ihrer Haut. Seine würde nicht weniger klamm sein. Er konnte sich schönere Tode vorstellen, als gemeinsam mit Lucretia Miller und Jolene Downing, den beiden größten Tratschweibern von Pendle, hier unten zu verdursten.

Callan suchte an der Tür nach einer Klinke. Als er sie öffnete, musste er seine Augen zusammenkneifen.

»Da vorne ist Licht!«, rief er. »Wir haben es geschafft!«

Statt mit ihm zu rennen, hielten sie Callan am Arm zurück. »Was ist los? Was habt ihr denn?«

»Nicht da lang!«, kreischte Jolene. »Er hat uns schon einmal in die Irre geführt!«

Ihre ängstliche Stimme ließ Callan innehalten. »Von wem sprichst du?«

Im Schein der Lichtquelle sah er endlich wieder ihre Gesichter, die schreckverzerrt waren. Lucretias Augen waren weit aufgerissen, während Jolene an Callans Arm hing und ihr ganzes Gewicht hineinlegte. Ihre Furcht war echt.

Das Licht wurde kleiner, bis es fort war. Ihre einzige Chance war vertan.

»Ist das der Mann, den ich vorhin gesehen habe? Ihr habt jemanden erwähnt, als ihr mich getroffen habt. Ich habe ihn mir also nicht nur eingebildet.« Niemand antwortete. In der Dunkelheit konnte Callan wieder nur nach den Stimmen gehen. »Ich bewege mich nicht, bis ihr mir ...«

»Ein Geist«, hauchte Lucretia stimmlos. »Der Teufel in Person. Das Böse ...«

»Wieso? Wer war es? Was habt ihr gesehen?« Seine Geduld war am Ende. »Nun raus damit!«, brüllte er ungeduldig.

»Es war Nathan Shaw!«, rief Jolene kehlig. »Und er kommt, um uns zu holen!«

***

Myrna betrachtete die tote Penelope eingängig von allen Seiten, hob und wendete ihren Kopf und überprüfte ihre Haut auf Einstiche und Wunden. Sie roch an ihren Lippen und sah sich ihre Pupillen an. Es gab keine Anzeichen für einen tätlichen Angriff, und doch wurde sie das Gefühl nicht los, dass Fremdverschulden im Spiel war. Die Ermittlerin in ihr meldete sich, sobald sie in die hervorstehenden Augen der Toten sah, die leblos gen Decke starrten. Schönheit und Anmut waren verflogen und einem schaurigen Anblick gewichen. Myrnas Magen zog sich zusammen. Verstohlen rieb sie sich eine Träne aus dem Augenwinkel. Diese Frau war viel zu jung aus dem Leben gerissen worden.

Einen Trick schloss sie aus. Penelopes Haut wurde mit jeder Minute kälter, ihre Glieder starrer, und niemand könnte so lange in Stagnation bleiben, ohne ein einziges Mal zu blinzeln. Nein, diese Frau war toter als tot und würde nicht wie durch Zauberhand zurückkehren. Es gab keinen Puls, keine Bewegung des Brustkorbes und keinen Zweifel an ihrem Ableben.

»Sie ist allem Anschein nach erstickt«, fasste sie leise und mehr für sich selbst zusammen.

Thomas zuckte mit den Schultern. »Dann ist sie eben an einem allergischen Schock gestorben. So etwas passiert den Besten. Ich arbeite im Krankenhaus, da ist das gang und gäbe. Selbst schuld, wenn sie sich hier einschließt und dann krepiert. Wir hätten ja nicht einmal Hilfe holen können.«

»Sie sind ein Scheusal.« Susie schenkte ihm einen verächtlichen Blick. Sie klang erschöpft, und ihre Stimme zitterte mit ihrem Oberkörper um die Wette. »Was tun wir denn jetzt?«

Alle drehten sich Myrna zu, die ihren Blick fest auf Penelope gerichtet hielt. Ohne aufzusehen, sagte sie: »Es erscheint, als wäre sie vergiftet worden. Sie hat komatös, fast wie unter Drogen gewirkt und litt unter Muskelkontraktionen. Das anschließende Organversagen, das ihre Lunge lähmte, vermute ich als Todesursache. Sie hat keine Luft mehr bekommen und ist erstickt.«

Thea gesellte sich an ihre Seite. Sie tauchte nun auch vollkommen in den Fall ein. »Ein Nervengift vielleicht? Curare?«

»Das wäre über den Magen nicht tödlich, sondern nur über die Blutbahn. Ich kann keine Einstiche oder Wunden an ihr finden. Es bleibt ein Rätsel, bis sich die Pathologie mit der Leiche befasst. Mein Verdacht ist, dass sie etwas zu sich genommen hat, das sie umbrachte.«

Jonathan zeigte anklagend mit dem Finger auf Enya. »Sie haben uns das Essen serviert und es vorher selbst gekocht! Sie waren es! Wollten Sie uns etwa alle töten?«

»Wieso sollte ich so etwas tun? Sie hatte mich noch nicht einmal bezahlt. Außerdem sitze ich jetzt gemeinsam mit Ihnen in der Falle. Ich kann mir schönere Abende vorstellen, als eine Leiche keine zwei Fuß vor mir zu sehen. Miss Halligan hat mir eine Woche vorher die Zutatenliste geschickt, und ich habe nichts daran oder an der Zubereitung geändert. Es war ihr wichtig, dass alles genau so gekocht und serviert wird, wie sie es sich gewünscht hat.«

»Also doch ein Selbstmord«, sagte Thomas.

Sofort brach ein neuer Streit los, der anschwoll, bis sich Myrna am liebsten die Ohren zugehalten hätte.

Thea musste über den Lärm im Zimmer anbrüllen, um sich Gehör zu verschaffen. »Wir haben alle davon gegessen, also hätten wir auch alle sterben müssen! Es kann nicht am Essen liegen!«

Myrna nickte bedächtig und stand auf. »Sie hat recht. Am besten gehen wir alle Fragen und Gedanken in Ruhe durch. Jeder von uns könnte der Täter sein, weil jeder mindestens ein Mal an diesem Abend in Pennys Nähe kam.«

»Ach, waren wir das?« Thomas schnaufte verächtlich. »Sie haben ja keine Ahnung. Ich muss Montag früh wieder im Operationssaal stehen. Ich habe keine Zeit für solche Albernheiten.«

»Einen Mord nennen Sie eine Albernheit? Miss Halligan wird nirgendwo mehr stehen, nicht einmal auf einer Bühne«, erwiderte Myrna ernst. »Bitte zollen Sie ihr wenigstens jetzt etwas Respekt und versuchen Sie mit uns gemeinsam, diesen Fall zu lösen.«

Myrna war bewusst, dass ihnen die Zeit davonlief. Sobald diese Menschen wieder an ihre Smartphones kamen und sich die Tore öffneten, würden alle Beweise wie von Geisterhand verschwinden. Sie waren mächtig und überheblich, eine bösartige Mischung, die Ärger einbrachte. Myrna hatte in London häufig mit solchen Leuten zu tun gehabt.

Sie beugte sich zu Thea und flüsterte: »Falls Sie an Ihr Handy oder den Laptop kommen, posten Sie bitte noch nichts auf ›Churchyard Crimes‹. Nur Callan darf zur Unterstützung eingeweiht werden.«

»Wieso nicht? Meine Follower warten auf meinen Beitrag zum Dinner, der nun deutlich interessanter wird als erwartet.«

»Ich möchte diesen Fall selbst lösen, solange die Möglichkeit besteht. Wir haben sie hier alle beisammen. Niemand kann flüchten. Das sollten wir ausnutzen.«

Thea zwinkerte verschmitzt. »Ich verstehe. Sie wollen sich mit London gut stellen und endlich befördert werden. Dieser Fall schlägt definitiv hohe Wellen. Immerhin geht es um Penny Halligan, eine waschechte Schauspielerin. Woher wussten Sie von ihr? Ich habe noch nie einen Film mit ihr gesehen.«

»Hank hat mir von ihren Eltern und Manor Hall erzählt.«

Theas Augen funkelten. »Was ist das zwischen Ihnen und dem Pubbesitzer?«

Myrna seufzte. »Wenn ich das nur wüsste. Lassen Sie uns jetzt lieber beim Fall bleiben.« Sie blockte das Thema ab, bis sie wusste, wer Alison war und was Hank zu verbergen hatte. Myrna wollte nicht noch einmal auf die Nase fallen, wenn sie einmal ihr Herz geöffnet hatte.

Jonathan unterbrach das Getuschel der beiden. Sein Gesicht war angespannt. Ständig fasste er sich an sein Brillengestell oder fuhr sich durch das schweißnasse Haar. »Sie sprechen von Mord. Wie kommen Sie darauf? Ich dachte, sie hat das Essen nicht vertragen. Wie starb sie denn nun wirklich? Haben Sie einen Verdacht, Inspector?«

Myrna deutete auf Penelopes Kopf. »Sie hat keinerlei Schwellungen oder Rötungen im Gesicht und vor ihrem Tod eher komatös gewirkt, im Wechsel mit ein paar Krämpfen. Penny hätte über Übelkeit, Juckreiz, Bauchschmerzen, Schweißausbrüche oder Schwindel geklagt, wenn es sich um einen gewöhnlichen allergischen Schock gehandelt hätte. Nein, hier spielt definitiv eine andere Substanz hinein, die uns noch unbekannt ist.«

»Es könnte ein schnell wirkendes Nervengift gewesen sein«, sagte Thea.

»Und das wissen Sie, weil Sie Pathologin sind?«, fragte Jonathan provokant und verschränkte die Arme.

Thea lächelte breit. »Ich bin nur die Totengräberin. Meine Arbeit kommt ganz am Schluss, wenn alles andere erledigt ist. Aber es ist schon seltsam, dass unsere Gastgeberin große Enthüllungen und Geheimnisse ankündigt, Sie alle äußerst verdächtig darauf reagieren und Penny wenig später mausetot vom Stuhl rutscht. Was für ein Zufall. Sie nannte sich ›LadyRevenge‹. Für wen oder was wollte sie Rache?«

»Das nimmt sie wohl mit ins Grab«, antwortete er mit einem gehässigen Lächeln.

»Wie praktisch für Sie.«

»Was wollen Sie damit andeuten?«, knurrte er und baute sich bedrohlich vor Thea auf.

Sie bewegte sich kein Stück. Myrna lächelte heimlich, als Thea diesem reichen Schnösel die Stirn bot. So tough hatte sie sie einst kennengelernt, kurz nachdem sie die Leiche von Hope Fernsby am Pendle Hill gefunden hatte.

Myrna ging dennoch dazwischen. »Es gibt keinen Grund für Anfeindungen. Wenn wir Sie drei verdächtigen, dann natürlich auch uns. Jeder im Haus kann diese Frau getötet haben, aus welchen Gründen auch immer.«

»Was, wenn es ein Fremder war und wir nichts damit zu tun haben? Es könnte noch jemand im Haus sein und Miss Halligans Teller vergiftet haben, als Enya nicht aufgepasst hat.«

»Kein schlechter Gedanke, aber woher hätte er wissen können, welchen Teller Enya für Penelope vorgesehen hat?«

»Ich war die ganze Zeit da und habe keine Pause gemacht«, sagte die Köchin und gesellte sich zu ihnen.

Jonathan verengte seine Augen. »Doch, das haben Sie, als Sie uns Gang eins, die Muscheln, gebracht haben. Ich nehme an, dass die Suppe da längst auf dem Herd stand und vor sich hin köchelte.«

Enyas Gesicht wurde blass. Sie schluckte. »Also beobachtet uns jemand? Ist der Mörder noch im Haus?«

Myrna schüttelte den Kopf. »Wir wären alle vergiftet worden. Er müsste schon den Teller selbst präpariert haben. Wenn Ihre Theorie stimmt, war es Russisch Roulette für das Opfer. Es hätte jeden von uns treffen können, je nachdem, wer den vergifteten Teller bekommen hätte. Ein Mordmotiv wäre damit hinfällig, weil es dem Täter egal gewesen wäre, wen es trifft. Das klingt nicht stimmig.«

Myrna wurde hellhörig, als auf der anderen Seite des Salons ein Streit losbrach. Sie riss sich von Penelope und den anderen los und eilte Thea hinterher.

»Natürlich waren Sie das! Sie haben das Ganze erst ins Rollen gebracht!«, schrie Susie und trommelte wie verrückt gegen Thomas' Brust. »Ich hasse Sie!«

Er stieß sie mit Leichtigkeit von sich. »Sie sind ja vollkommen verrückt geworden!«

Myrna schlichtete wieder. »Es bringt uns nicht weiter, uns zu zerfleischen und grundlos an die Gurgel zu gehen. Wir sollten lieber überprüfen, ob sich noch jemand im Haus aufhält, ehe wir uns gegenseitig verdächtigen. Außerdem könnten Penelopes Rätsel wichtig sein. Vielleicht hat sie die Kombination für das elektronische Türschloss am Ende ihres Spiels versteckt. Sie wird sich bestimmt abgesichert haben. Dieser Abend war von vorne bis hinten geplant.«

»Bis auf ihren Mord«, murmelte Thomas. »Den hat sie wohl nicht einberechnet. Und somit ist es fraglich, ob wir eine Zahlenkombination für die Eingangstür finden.«

Myrna drehte sich zu Enya. »Gibt es hier irgendwo noch andere Ausgänge? Durch den Keller vielleicht oder über einen Balkon? Ein Badfenster, das nicht verriegelt ist?«

Das leise Schluchzen des Dienstmädchens ging in ein Japsen über. Sie bekam eine Panikattacke. Schnell nahm Myrna sie in den Arm und wiegte sie leicht. »Ich ... Ich ... habe ... Ich kann ...«

Myrna atmete gemeinsam mit ihr, bis sie sich beruhigt hatte. »Alles wird gut. Wir klären den Mord an Penny auf. Sicher sucht man morgen bereits nach uns.

Mein Kollege erwartet mich zum Dienst, und auch die anderen haben Angehörige, die von unserem Verbleib wissen. Nur die Ruhe.«

»Es ... gibt keinen anderen Ausgang. Wenn, dann hat sie mir nichts davon erzählt. Das Haus hat keinen Kellerzugang, und alle Fenster sind fest verschlossen, sogar der Wintergarten und die Balkone. Wir sind verloren!«

Als ihre Stimme zu einem Quieken anschwoll, wiederholte Myrna die Prozedur und umarmte sie. Sie hielt sie ganz fest. Myrna hatte einmal gehört, dass sich Menschen schneller beruhigten, wenn sie fest verpackt waren. »Es wird alles gut. Vertrauen Sie mir.«

»Wie sollten wir? Sie sind genauso verdächtig wie wir.« Thomas konnte es einfach nicht lassen. »Sie haben die Leiche untersucht. Vielleicht haben Sie ihr erst dabei den Gnadenstoß versetzt.«

»Sagte der Mann, der Penelope als Erstes berührt hat und danach ihren Tod feststellte.« Das sorgte für Ruhe. »Meine Polizeimarke macht mich nicht automatisch zu einem besseren Menschen und unschuldig. Bleiben Sie wachsam. Der Täter befindet sich unter uns, sollte es keine weitere Person im Haus geben. Vielleicht wird er noch einmal zuschlagen. Alle Anwesenden sind potenzielle Mörder.«

»Aber wieso? Wo liegt das Motiv? Wir kannten sie nicht einmal«, sagte Jonathan.

Myrna blickte zu Penelope zurück. »Das hat sie leider mit ins Grab genommen.«

»Was ist mit dem Koch? Können wir ihm einen Hilferuf senden?«, fragte Susie hoffnungsvoll und erntete aufgeregtes Nicken.

Enya schüttelte den Kopf. »Er ist nie live dabei gewesen. Ich habe lediglich eine Aufnahme gesehen und alles nachgekocht, was er vorgemacht hat. Und falls Sie gleich fragen: Der Fernseher ist kein Smart-TV mit Internetanschluss. Ich glaube, in diesem Haus gibt es gar keine Verbindung nach außen. Sie hat uns absichtlich abgeschirmt.«

»Ihr Handy ist ebenfalls eingeschlossen, nehme ich an?«, fragte Myrna.

Ein trauriges Nicken reichte als Antwort. Sie ließen Enya fürs Erste in Frieden. Das Mädchen war aufgewühlt genug.

»Ich würde sagen, die einzige Chance, die uns bleibt, sind Penelopes Hinweise quer durch das Haus«, sagte Thea. »Dabei könnten wir gleich prüfen, ob wir allein sind.«

»Sie wollen wirklich spielen, obwohl dort drüben eine Leiche liegt?«, fragte Jonathan entgeistert. »Ihren Humor hätte ich gern.«

Myrna stand ihr bei. »Sie hat doch recht. Was sollen wir sonst tun? Am besten teilen wir uns auf und durchsuchen die Zimmer nach allem, was uns verdächtig vorkommt. Lassen Sie uns die Hinweise hier im Salon zusammentragen und danach auswerten. Wir könnten Gruppen bilden, damit der Mörder keine Chance bekommt, einen von uns allein anzutreffen. Enya, Thomas und ich könnten genauso wie Jonathan, Thea und Susie eine Gruppe bilden.« Sie teilte sie absichtlich so ein, dass immer jemand von *Churchyard Crimes* dabei war.

Thea schenkte ihr ein unauffälliges Lächeln. Von nun an übernahmen die Detektive das Ruder.

Thomas war nicht begeistert. »Seit wann bestimmen Sie beide über diesen Fall und uns?«

Myrna zückte ihre Marke und hielt sie ihm mit großer Genugtuung unter die Nase. »Seit das hier ein Tatort ist und wir sonst niemanden rufen können. Oder glauben Sie, wir werden vor morgen früh befreit?«

»Und dumme Kinderspiele vertreiben uns die Zeit? Ich sitze lieber hier und trinke in Ruhe meinen Cognac.«

Thea stöhnte genervt. »Sie haben es anscheinend nicht ganz begriffen. Deshalb erkläre ich es Ihnen noch einmal langsam und deutlich: Unter – uns – ist – ein – Mörder! Wir haben keine Zeit für Diskussionen. Suchen Sie nun mit uns oder nicht? Ich bin mir sicher, dass es Sie genauso interessiert, was wir finden.«

»Aber Penelope ist in einer Gruppe gestorben. Sind wir überhaupt irgendwo sicher?«, fragte Susie verunsichert.

»Ich suche lieber allein«, sagte Thomas und stellte sein Cognacglas beiseite. »Wenn ich niemanden um mich habe, laufe ich weniger Gefahr, ermordet zu werden.« Er blickte reihum. »Ist es nicht so? Und falls mir jemand Fremdes begegnet, macht er Bekanntschaft mit meiner Faust.«

Jonathan nickte zustimmend, bei Susie dauerte es etwas länger, aber auch sie ließ sich umstimmen. »Na ja, wir wären deutlich schneller fertig, wenn wir uns komplett aufteilen. Das Haus hat viele Zimmer«, meinte sie kleinlaut.

Myrna bedeckte Penelopes starres Gesicht mit einer Serviette. Sie wollte ihr einen kleinen Rest ihrer Würde zurückgeben. »Wir können nicht riskieren, abzuwarten und uns sinnlos zu streiten. Ich stimme dafür, dass wir Pennys Rätsel, egal wie, lösen und vielleicht auf diese Weise hier rauskommen. Sie wird den Code für die Anlage irgendwo versteckt haben. Also teilen wir uns auf. Aber bitte denken Sie immer daran: Einer von uns ist ein Mörder. Dass Penny tot ist, bedeutet nicht, dass wir anderen in Sicherheit sind. Wir kennen bislang weder seinen Plan noch sein Motiv. Bleiben Sie aufmerksam und vertrauen Sie niemandem, nicht einmal denjenigen, von denen Sie meinen, dass sie auf Ihrer Seite stehen.« Sie wechselte einen eindringlichen Blick mit Thea und schluckte. *Nicht dass Miss Halligan die Erste auf einer langen Liste war und wir nur deshalb in dieses Haus gelockt wurden.*

***

Callan wusste nicht, ob er lachen oder weinen sollte.

Jolene verstummte abrupt. Wahrscheinlich hörte sie selbst, wie absurd sie klang. Nun drehten diese beiden Weiber also tatsächlich durch.

Callan war unschlüssig, wie er damit umgehen sollte. »Nathan Shaw ist tot und begraben«, antwortete er gefasst. »Ich kann es euch nicht verdenken, dass ihr Geister seht. Es tut mir leid, was ich dir damals angetan habe, Jolene.«

»Wovon sprichst du? Was hast du gemacht?«

»Ich war es, der dir weismachen wollte, dass ein Geist in deinem Haus wohnt. Mir war langweilig, also habe ich dir dumme Streiche gespielt.«

»Du hast mich glauben lassen, dass mein Victor zurück ist? Du ... Du ...«

Callan wich in Erwartung eines Schlages aus, aber nicht einmal ein Luftsausen war zu hören. Stattdessen schluchzte sie leise.

»Ich wusste immer, dass ich verrückt bin. Victor kommt nicht zurück, schon seit zwanzig Jahren nicht. Aber nun bin ich bald bei ihm.«

»Blödsinn!«, raunte Lucretia. Callan empfand in diesem Moment tiefes Mitgefühl für die alte Frau und hoffte, dass ihre Freundin sie tröstete. »Du wirst noch lange leben und für Ordnung in Pendle sorgen. Wenn wir es nicht tun, wer dann?«

Wenn sie damit ihre Form von Ordnung meint, endet das im Chaos, dachte Callan. Ihm fiel plötzlich wieder die Frage ein, die ihm schon seit Beginn ihres Abenteuers auf der Zunge lag. »Was hattet ihr eigentlich in Theas Haus zu suchen? Dass ich hier bin, weil ich euch verfolgt habe, wisst ihr. Aber was treibt ihr beide hier unten? Immerhin seid ihr dafür extra in ein fremdes Anwesen eingebrochen und wusstet von der geheimen Tür. Seid ihr etwa Superspione?«

Wieder Schweigen. Gerade als er nachhaken wollte, strich ihm eine kühle Brise über seiner Wange. Er drehte sich um und schloss die Augen. »Ich fühle ... Luft.«

»Ich war es dieses Mal nicht. Ehrlich«, sagte Lucretia kleinlaut.

»Er meint nicht dich, du alte Stinkbombe, sondern einen Luftzug«, fauchte Jolene.

Warum hatte ich noch mal Mitleid mit ihr? Diese zänkische Alte raubt mir echt den letzten Nerv!

»Ganz genau. Wir sehen die Hand vor Augen nicht, aber wir ersticken auch nicht. Also können diese Gänge nicht komplett luftdicht sein. Lasst uns der Strömung folgen. Sie wird uns zur nächsten Tür führen.«

Gesagt, getan. Vorsichtig tasteten sie sich an der kalten Wand entlang. Immer wieder fasste Callan in Spinnweben und Staub, Erde oder Geröll. Er hustete und keuchte. Wenn eine der Frauen zusammenbrach und nicht mehr weiterkonnte, wäre es das mit ihnen.

Der Luftzug verstärkte sich, je näher sie der Tür kamen. Endlich sah er einen schwachen Lichtschein, auf den er sich zubewegte. Statt eines Ausgangs fand er nur eine alte Laterne, die auf dem Boden zu seinen Füßen stand. Von der zugehörigen Person fehlte jede Spur.

»Die ist wohl von eurem Geist«, murmelte er und hielt sie über dem Kopf. Callans Augen brannten.

»Er ist real, und das weißt du. Du hast ihn selbst gesehen, hast du gesagt.« Jolene war felsenfest überzeugt.

»Ich weiß. Das macht es ja so verrückt. Wer wusste noch von eurem Plan, heute Nacht einzubrechen?«

»Niemand.«

»Ganz sicher?«

»Ganz sicher«, sagte Jolene. »Und wir wissen, was wir gesehen haben. Wir sind vielleicht alt, aber nicht senil.«

Da bin ich mir schon lange nicht mehr sicher, dachte er und unterdrückte ein Schmunzeln. Jetzt war nicht die Zeit zum Lachen. Ihre Lage war viel zu ernst.

»Er war bereits hier, als wir reingegangen sind. Vielleicht hat er auch ...« Lucretia stoppte sich selbst, als sie in das finstere Gesicht ihrer Freundin sah.

Callan hakte sofort nach. »Vielleicht hat er *was*?« Er musste beim schwächsten Glied der Kette nachbohren, und das war eindeutig Lucretia.

»Nichts«, sagte sie und presste die schmalen Lippen fest aufeinander. Aus ihr würde er vorerst nichts mehr herausbekommen.

Mit der Laterne in seiner Hand führte er die kleine Gruppe durch die Tür und um mehrere Ecken bis zu einer zweiten Lichtquelle. Das passierte noch zwei weitere Male, bis sie auf eine Treppe stießen, die nach oben führte. Erleichtert atmeten sie auf. Das Licht hatte ihnen den richtigen Weg gewiesen. Ob der Fremde doch kein so schlechter Mensch war, wie ihm Jolene und Lucretia weismachen wollten? Wer sonst legte ihnen einen Weg aus Laternen, um sie zu führen?

Oben angekommen testete er sein Handynetz. Tatsächlich hatte er einen Balken und damit Empfang. Callans Finger bebten, als er erst Myrna anrief, die nicht abhob, dann Thea, bei der es genauso war, und schließlich Ward Harrison in der Polizeistation zu erreichen versuchte.

Es knackte ein paarmal wie bei alten Telefonen, bevor die Verbindung hergestellt wurde. Dann hörte Callan ein langes Tuten. Mit jedem Mal wurde er nervöser. *Geh ran!*, dachte er inständig. *Na los, heb schon ab!*

Endlich hörte er die ersehnte mürrische Stimme am anderen Ende der Leitung. »Sergeant Harrison. Was kann ich für Sie tun?«, fragte Ward monoton, als hätte er bereits im Vorfeld keine Lust auf das Telefonat gehabt.

»Ward, hier ist Callan! Wir brauchen Hilfe!«

»Wer ist da? Hallo? Soll das ein Scherz sein?«

»Können Sie mich hören? Hier ist Callan Healy!« Ein weiteres Knacken und abgehackte Bruchstücke von Wards Stimme ließen ihn die eigene erheben. »Wir sind im Chamberling-Haus eingesperrt!«, rief er verzweifelt in den Hörer. Es knackte ein letztes Mal. »Hallo? Harrison?«

Als Callan das Smartphone vom Ohr nahm, war das Display schwarz. Sein Akku war leer.

7. Kapitel

Thea umrundete die Anwesenden aufmerksam. Sie wollte keine geheimen Absprachen versäumen. Die Gruppe ließ sich Getränke von Enya bringen, ehe sie aufbrach. Misstrauisch rochen sie an den Gläsern und hielten die jeweilige Flüssigkeit gegen das Licht.

»Wir haben alle entweder Wein, Cognac, Wasser oder Champagner getrunken«, zählte Thea auf. »Nichts davon kann tödlich gewesen sein, weil niemand sonst Anzeichen einer Vergiftung zeigt.«

»Was ist mit den Trauben?«, fragte Susie.

»Davon habe ich selbst gegessen. Ich empfehle sie Ihnen sogar. Ganz frisch und köstlich.«

Gierig langte die Krankenschwester zu.

Myrna legte ihren Hut ab und fuhr sich durch das kurze Haar. Nachdenklich schritt sie durchs Zimmer. »Also weder Getränke noch Obst kommen infrage. Was ist mit unseren Vorspeisen? Wir hatten Jakobsmuscheln mit Spargel und diesem Salatblatt und danach noch die Kürbissuppe mit Sahnehaube und gerösteten Kernen.«

»Die Kürbiskerne vielleicht?«, fragte Thea. »Blausäure?«

»Den Bittermandelgeschmack hätte Penny sofort bemerkt, zumal er nicht zur Suppe gepasst hätte. Ihr Mund riecht auch nicht danach. Ich tippe auf ein geruch- und geschmackloses Gift. Hat denn jeder von allem probiert?« Die Gäste nickten einstimmig. »Dann kann es das nicht sein.«

»Miss Shaw hat sogar zwei Teller Suppe bekommen«, nuschelte Susie und stopfte sich weiter Trauben in den Mund.

Thea verdrehte die Augen. »Ja, ich weiß, dass ich verfressen bin. Schuldig im Sinne der Anklage. Könnten wir bitte beim Thema bleiben?«

»Waren Speisen vom Vortag?«, fragte Myrna das Dienstmädchen, das den Kopf beschämt gesenkt hielt und auf den Boden starrte.

Manchmal hörte man sie noch schluchzen, wenn es ruhiger wurde. Für einen Teenager war dieses Erlebnis sicher noch schwieriger zu verarbeiten als für eine erfahrene Kriminalkommissarin oder eine Hobbydetektivin, wie sie es war.

»Die Suppe ist, ehrlich gesagt, von gestern, damit ich mehr Zeit für den Hauptgang habe ...« Man hörte ihr die Enttäuschung darüber, ihre Arbeit nicht weiterführen zu können, redlich an.

Jonathan knabberte nervös an seinen Fingern. »Was hätte es denn gegeben?«, fragte er erstaunlich interessiert.

»Dass Sie jetzt überhaupt an Essen denken können, ist ein Wunder.« Thomas musterte ihn abfällig.

Der Angesprochene schürzte die Lippen. »Wieso nicht? Sie wurde während der Vorspeisen vergiftet, also haben Hauptgang und Dessert nichts damit zu tun. Oder etwa doch?« Er wandte sich fragend an die beiden Ermittlerinnen.

»Das wissen wir nicht. Besser wäre, nichts mehr aus der Küche anzurühren«, sagte Myrna.

»Sie wieder mit Ihren Vorschriften! Wenn ich Hunger habe, dann esse ich etwas.« Jonathan griff zur Zigarettenschachtel. Er wurde immer nervöser und litt offenbar unter dem immensen Stress, der Enge im Salon und seinem Nikotinentzug. »Scheiß drauf! Den Anzug gebe ich sowieso in die Reinigung«, grollte er und zündete sich mit bebenden Fingern eine Zigarette an.

»Nicht!«, schrie Thea und schlug ihm die Fluppe kurzerhand aus dem Mund.

Entgeistert starrte er erst zu Boden, ehe er wutentbrannt auf sie zustürmte. »Was stimmt denn nicht mit Ihnen, Sie Verrückte?!«

Myrna hatte sich bereit gemacht, einzuschreiten, falls der Anwalt auch körperlich auf sie losgegangen wäre. Thea dankte ihrer Partnerin stumm. Sie selbst blieb gelassen. »Zu Beginn des Dinners hat sich Miss Halligan eine Zigarette von Ihnen genommen. Niemand sonst wollte rauchen.«

»Ja, und?«

Thomas Keagen sprang auf. »Begreifen Sie es denn nicht? Und so etwas nennt sich Anwalt ... Ihre Zigaretten könnten vergiftet sein!«

Entsetzt ließ Jonathan die Packung fallen. »Das heißt ... der Mörder wollte in Wahrheit *mich* töten?«

»Oder Sie haben sie auf diese Weise umgebracht«, sagte Thea herausfordernd.

Ehe Jonathan reagieren konnte, ergriff Myrna wieder das Wort. Sie wollte offenbar so kurz vor ihrer Trennung keinen Streit in der Gruppe haben. Wie Thea sie kannte, wäre es ihr lieber, wenn alle an einem Strang zogen, um das Rätsel um Penny Halligan zu lösen. »Noch wissen wir nicht, worin das Gift versteckt war. Am besten isst auch niemand mehr, bis es nicht mehr anders geht. Sicher ist sicher.«

Jonathans Magen antwortete mit einem Knurren. »Ich glaube kaum, dass ich so lange durchhalte. Ich bin extra hungrig hergefahren, um ein Vier-Gänge-Menü zu genießen.«

Thomas schlug sich auf seinen voluminösen Bauch. »Was soll ich denn sagen? Eine Bohnenstange wie Sie wird von einer Suppe und etwas Fisch vielleicht satt, aber mein Magen hängt schon seit Miss Halligans Ableben auf dem Boden.«

»Es waren Muscheln«, sagte Thea.

»Bitte?«

»Sie sagten Fisch, aber wir hatten Jakobsmuscheln als Vorspeise. Das ist ein großer Unterschied.«

Er machte eine wegwerfende Geste und verdrehte die Augen. »Als wäre das bedeutend. Irgendetwas aus dem Meer eben.«

»Miss Shaw hat recht. Es könnte wichtig für diesen Fall sein. Die Kleinigkeiten sind meistens am relevantesten«, sagte Myrna. »Versuchen Sie, sich an alles zu erinnern, was Ihnen in den Sinn kommt.«

»Wir müssen irgendwie die Polizei verständigen«, hauchte Susie geistesabwesend. Ihre Augen schillerten. »Aber sie wird nicht kommen, weil wir niemanden anrufen können und kaum jemand weiß, wo wir stecken!« Die Krankenschwester wurde wieder hysterisch.

Myrna setzte sich zu ihr und sprach beruhigend auf sie ein, wie sie es schon bei Enya getan hatte. Sie spielte heute wohl für jeden den Seelsorger, füllte diese Rolle aber wunderbar aus. Thea hätte nicht so viel Geduld aufgebracht und wahrscheinlich eher die Fassung verloren.

Sie wandte sich stattdessen dem Tisch zu und suchte emsig nach den beiden Papieren, die im Durcheinander untergekommen und beinahe vergessen worden waren. Zum Glück fand sie sie unbeschadet auf dem Teppich.

»Was ist das?«, fragte Jonathan, der offenbar vergessen hatte, worum es bei ihrem Treffen gegangen war.

»Penny hatte zwei erste Hinweise zum Opfer für uns. Falls sie sich tatsächlich selbst umgebracht hat, werden wir es hierdurch erfahren«, sagte Thea und betrachtete die ausgedruckte Seite eingehend. »Das ist unser Ausgangspunkt. Danach gehen wir eigene Wege und treffen uns in ein paar Stunden wieder hier im Salon.«

»Und? Um was handelt es sich?«, fragten Jonathan und Thomas im Chor.

Thea war sich nicht sicher und runzelte die Stirn. »Sieht nach einem Formular aus einem Krankenhaus aus«, sagte sie. »Vielleicht Teil einer Krankenakte, denn oben ist ein Logo zu sehen. Hier steht ›Hoskins Hospital‹. Ein einzelner Name: J. Simon. Das Opfer war also Patientin im ›Hoskins Hospital‹. Laut Akte litt sie an einer unheilbaren Nervenkrankheit.«

»Eine Frau?«, fragte Susie.

»So steht es in der Akte. Wer J. Simon sonst noch war, erfahren wir hierüber nicht.« Sie zeigte den anderen das Dokument und reichte es herum. »Es ist kein Original, sondern eine Kopie.«

Thea fiel gleich auf, dass Thomas es weitergab, ohne einen Blick darauf zu werfen. Er starrte stattdessen unentwegt in sein Cognacglas. Sein fehlendes Interesse machte sie misstrauisch.

Myrna schaltete sich ein. »Bevor ich herkam, habe ich ein wenig herumgefragt. June Halligan, Pennys Mutter, ist im Londoner ›Hoskins Hospital‹ an einer unheilbaren Nervenkrankheit gestorben. Ein Zufall? Ich denke, nicht. Der Name Simon sagt mir allerdings nichts.«

»Arbeiten Sie zufällig auch dort, Mr Keagen?«, fragte Thea sogleich. »Und Sie, Mrs Michaels? Immerhin kommen Sie aus derselben Branche.«

»Ich bin nicht mehr verheiratet«, antwortete sie schnippisch und war auf einmal hellwach. »Nein, ich arbeite nicht im ›Hoskins Hospital‹ und höre zum ersten Mal davon. Es gibt viele Kliniken in und um London.«

Thomas schenkte ihr einen tödlichen Blick, bevor er sich wieder auf Thea konzentrierte. »Und wenn schon. Da arbeiten viele. Die Ärzte und Schwestern kommen und gehen am laufenden Band. Das beweist nichts.«

»Ein ziemlich großer Zufall, meinen Sie nicht?«, fragte Myrna herausfordernd.

Thea hielt das zweite Papier hoch. »Ich habe hier außerdem einen Totenschein. Dieses Mal ist es der Name ›A. Sneijder‹, auch weiblich.«

»Fragt sich bloß, wo der Kriminalfall bleibt«, sagte Myrna nachdenklich. »Welches Jahr ist vermerkt?«

Thea suchte nach der Zeile. »Beide 2017.«

»Das J könnte für June stehen. Sie starb vor sechs Jahren in der Klinik. Vielleicht war Simon ihr Deckname, weil ihre Tochter schon damals ein Promi gewesen ist.

Es ist nicht unüblich, sich einen Namen für Verwandte auszudenken, um ihre Privatsphäre zu schützen.«

»Und was hat es dann mit ›A. Sneijder‹ auf sich? Wo liegt der Zusammenhang der beiden Patientinnen? Interessant ist allerdings, was noch alles auf diesem Totenschein steht.«

»Zeigen Sie her!« Thomas griff danach, doch Thea war schneller.

»Haben Sie Angst, dass die anderen erfahren könnten, dass Ihr Name als letzter behandelnder Arzt eingetragen ist?«, fragte sie und blieb ruhig. »Insbesondere der Punkt darunter dürfte interessieren. Eine nicht natürliche Todesart: Operation«, las sie vor.

Seine Gesichtsfarbe wechselte von Rot zu Weiß. »Dieser Abend soll mich kompromittieren. Das hier ist weder ein Beweis für eine Straftat noch ein Hinweis auf einen Mord. Ich habe unzählige solcher Akten ausgefüllt und etliche Eingriffe geleitet. Natürlich kann hin und wieder etwas schiefgehen. Operationen bergen Risiken. Das weiß doch jeder. An eine Mrs Sneijder erinnere ich mich nicht.« Thomas riss Thea den Hinweis nun doch aus der Hand. Er knüllte das Formular zu einem Ball zusammen und warf es ins Feuer. »Lassen Sie gefälligst diese Spielchen mit mir! Jedes Jahr werden etwa zweihunderttausend Totenscheine ausgestellt. Was soll uns das schon sagen?«

»Ihre Reaktion beweist, dass mehr dahintersteckt«, sprach Myrna die Gedanken der Anwesenden laut aus. »Woran litt Mrs Sneijder vor ihrem Tod, und wieso präsentiert uns Penelope ausgerechnet ihren Totenschein im Zusammenhang mit der zur selben Zeit im ›Hoskins

Hospital‹ behandelten ›J. Simon‹? Es muss eine Verbindung zwischen den beiden Frauen geben. Eventuell sind es ja Sie, Doktor Keagen.«

Schweiß perlte auf seiner Stirn. Er gab einen Grunzlaut von sich, der wohl ein Lachen sein sollte. »Woher soll ich das denn wissen? Wie gesagt, kenne ich weder den einen noch den anderen Namen. Das ist sechs Jahre her. Was erwarten Sie?«

»Wussten Sie, dass ich eine Meisterin im Entschlüsseln von Mimik bin? Meine Erfahrung sagt mir, dass Sie lügen, Doktor. Fragt sich nur, warum?«

Bockig verschränkte er die Arme und drehte sich weg. »Ich sage nichts mehr ohne meinen Anwalt.«

Jonathans Oberkörper zuckte kurz. Er hielt sein Glas so schräg, dass Flüssigkeit auf den Boden tropfte. Thea nahm ihn sofort in die Mangel. »Und Sie? Was haben Sie mit diesem Fall zu tun? Dass Sie sich alle drei kennen, ist wohl jedem klar geworden. Aber was verbindet Sie?«

»Sie reimen sich für eine Totengräberin etwas zu viel zusammen, Miss Shaw. Wir sind heute das erste Mal aufeinandergetroffen«, sagte er vehement.

Sie wandte sich an Susie, die ihr wie das schwächste Glied der Kette vorkam. »Wann haben Sie Doktor Keagen das erste Mal getroffen?«

»Heute in diesem Haus. Mir wäre ein Mann wie er sicher früher aufgefallen, wäre ich ihm schon einmal begegnet.«

Keine Chance. Alle drei schalteten auf stur.

Thea fühlte sich herausgefordert. *Churchyard Crimes* würde das Lügennetz entwirren und Penelope Gerechtigkeit bringen, so viel war sicher. Aber zuerst brauchten sie mehr Hinweise.

***

Ward fuhr den Computer herunter und streckte sich, bis seine Gelenke knackten.

Wie er diese Scherzanrufe hasste! Schon wieder hatte ihn jemand auf den Arm nehmen wollen. Es war nicht das erste Mal, dass man ihm weismachen wollte, dass Außerirdische anriefen. Meistens rauschte es dann so, dass er nichts mehr verstand, bevor kichernd aufgelegt wurde.

Ha ha, sehr witzig, dachte er und schnaufte.

Ein Winseln erinnerte ihn daran, dass er schon eine Weile nicht mehr mit dem Hund draußen gewesen war. »Du kannst ganz schön nerven«, sagte er und war dem Kleinen nicht länger böse. Er war jung und tobte gern, wie Kinder es nun einmal taten. Selbst mitten in der Nacht gab der Welpe keine Ruhe.

Ward hatte sich wahrscheinlich noch nie so oft bewegt wie heute. Mehrmals war er eine kleine Runde um die Station gelaufen, in seiner Pause auch in einem größeren Radius. Immer, wenn er wegging, hatte er sein Handy in der Tasche, auf das alle Anrufe umgeleitet wurden.

Evans würde ihn morgen ablösen und ihm auch den Hund wieder abnehmen. Ward setzte sich auf eine Bank. Das Tier gesellte sich zu ihm und legte sich an seine Seite.

Beim Gedanken daran, wieder allein zu sein, fühlte er eine seltsame Traurigkeit tief in sich. Sein Magen zog sich zusammen, und er sah dem Jack Russell Terrier in die Augen. Das Tier legte den Kopf schief und wartete ab.

»Du siehst aus wie ein Harry«, meinte er mit Blick auf die braune Fellfärbung rund um beide Hundeaugen. Sie erinnerten Ward an eine Brille. Auch auf der Stirn trug das Tier einen länglichen Streifen, der ein bisschen an Harry Potters Blitznarbe erinnerte. »Ein Name ist gefunden, fehlt nur noch ein neuer Besitzer für dich.«

Als hätte Harry ihn verstanden, jaulte er leise und kuschelte sich an seine Seite. Wards Kehle schnürte sich zu. Er streichelte ihn am Bauch und bemerkte erst spät die Person, die auf ihn zueilte.

»Ward!«, rief Oakley Miller und kam außer Atem vor ihm zum Stehen. »Dich habe ich überall gesucht.«

»Wieso rufst du nicht einfach an?«

Oakley winkte ab. »Ich wollte sehen, ob meine Tante bei dir ist.«

»Ist sie nicht. Was ist denn passiert?«

»Das will ich gerade herausfinden. Sie ist spurlos verschwunden.«

Als Ward von der Bank sprang, fiel Harry zu Boden und schüttelte sich beim Aufstehen den Schmutz aus dem kurzen Fell.

»Was soll das heißen?«

»Sie hat ihr Handy zu Hause liegen lassen und ist seit Stunden nicht mehr aufgetaucht. Jolene ist auch weg. Ich mache mir Sorgen.«

»Vielleicht sind die beiden vorhin in die Stadt gefahren und übernachten dort.« Wards Herz raste ungesund. »Hat Lucretia einen Liebhaber?«

»Ich dachte, das seist du.«

Ward lachte schallend und schlug sich auf die Schenkel. Harry beäugte ihn skeptisch und ein wenig erschrocken.

Irgendwo schrie jemand: »Ruhe da draußen!«

Ward wischte sich die Tränen aus den Augenwinkeln. »Wir sind kein Paar. Wieso glaubt das immer jeder? Wir sind vielmehr Seelenverwandte.«

Oakley hob eine Augenbraue skeptisch. »Seelenverwandt klingt ganz nach Liebe, wenn du mich fragst.«

Ward begleitete Oakley das Stück bis zum roten Backsteinhaus, in dem Lucretia und er wohnten. »Wir sind Freunde, weil wir beide ein Problem zu bewältigen hatten, über das man nicht mit vielen Menschen redet.«

»Du meinst das Trinken? Lu also auch? Davon wusste ich nichts.«

»Sie hat es vor zwei Jahren erfolgreich überwunden. Ich bin dagegen gerade noch dabei. Deine Tante unterstützt mich und hat ein offenes Ohr, wenn ich eines brauche. Da läuft nichts zwischen uns. Sicher hat sie einen anderen Mann kennengelernt und ist deshalb weggefahren. Seltsam, dass sie mir nichts davon erzählt hat.«

»Weil es keinen anderen Mann gibt, Herrgott noch mal!«, rief Oakley etwas lauter und warf die Fäuste in die Luft. »Wir müssen sie dringend suchen!«

»Jetzt haltet endlich die Klappe!«, hörten sie wieder die Stimme aus der Nachbarschaft rufen. »Anständige Bürger wollen um diese Zeit schlafen!«

Ward überlegte, zu klingeln und diesem *anständigen Bürger* den Marsch zu blasen, beließ es aber bei einem genervten Kopfschütteln und einem gälischen Fluch.

»Du kennst sie. Sie fahren nie weg.« Oakley kaute auf seiner Unterlippe. »Ich habe da einen Verdacht, wo sie stecken könnten.«

»Wieso fragst du dann mich, wenn du es weißt?«

Es kam ihm dubios vor, dass Oakley nicht gleich mit der Sprache herausrückte. Dabei war Lucretias Neffe sonst nicht auf den Mund gefallen, sondern strotzte vor Selbstbewusstsein. Hier stimmte etwas nicht.

»Die Sache ist etwas ... heikel.« Er wich seinem Blick nun eindeutig aus.

»Raus damit, was ist es? Oder muss ich dich erst schütteln?«, schimpfte Ward und lachte kurz auf.

»Aber du musst versprechen, dass du mir als Freund hilfst und nicht als Sergeant. Lass die Marke heute zu Hause.«

»Seit wann sind wir Freunde?« Harry knurrte mit ihm gemeinsam. Der Hund stellte sich automatisch auf seine Seite und war Wards Verbündeter. Er ließ sich seine Rührung nicht anmerken. Inzwischen hatte er diesen Flohballen verflucht gern. »Außerdem bin ich im Dienst. Wie stellst du dir das vor?«

»Hilfst du mir nun oder nicht? Es geht hier immerhin um Lucretia.«

Ward rollte seufzend mit den Augen. »Na schön. Ich helfe dir als Freund deiner Tante. Mehr bekommst du nicht von mir.«

»Das reicht völlig.« Oakley räusperte sich und sah sich um. Verschwörerisch beugte er sich vor und raunte

Ward ins Ohr: »Ich habe Grund zu der Annahme, dass die beiden im Chamberling-Anwesen stecken.«

»In Alethea Shaws Haus?«, rief Ward etwas zu laut.

Oakley legte den Zeigefinger an die Lippen und warf einen unruhigen Blick zurück. »Nicht so laut!«, zischte er. »Ja, ich meine es so, wie ich es sage. Meine liebe Tante hat sich schon einmal als Einbrecherin bewiesen und in diesem Haus herumgeschnüffelt. Ich weiß nicht, was die beiden dort suchen, aber ich habe ein schlechtes Gefühl bei der Sache. Kannst du mir helfen und nach ihnen sehen?«

Ward grinste schief und kniff die Augen zusammen. »Deine Sorge gilt nicht nur deiner Tante, habe ich recht?«

»Du meinst Jolene? Die kann mir gestohlen bleiben.«

»Eigentlich meinte ich Miss Shaw. Lucretia hat einmal etwas erwähnt ...«

»Sie übertreibt sicher. Thea und ich, das ist kompliziert.«

»Sind Beziehungen das nicht immer? Was ist denn mit Miss Shaw? Ist sie nicht da?«

»Ich habe geklingelt und geklopft, aber niemand hat reagiert. Licht gab es auch keines.«

»Dann wird wohl niemand zu Hause sein«, sagte Ward. Er wollte nicht wahrhaben, dass seine gute Freundin eine Verbrecherin war. Seine Augen wanderten hinüber zu dem düsteren Herrenhaus am Ende der Straße. Gleich daneben lag der Friedhof.

Beide erschraken, als sich die große Glocke von St. Benet's in Bewegung setzte und mehrmals schlug.

Ward hatte ein Einsehen. Wenn er etwas von Myrna Evans gelernt hatte, dann, dass er hilfsbereiter sein und seine Pflichten ernst nehmen musste. »Ich schaue mir die Sache an«, sagte er. »Vielleicht weiß Reverend Hughing etwas. Er hat seine Augen und Ohren überall und schläft anscheinend nie.«

Oakley fiel sichtlich ein Stein vom Herzen. Zu dritt passierten sie das schmiedeeiserne Tor zum alten Friedhof. In der dörflichen Gemeinde wurde der Hof nachts nicht abgeschlossen. Hier draußen rechneten sie weder mit Überfällen noch mit Grabschändungen. Seit Alethea Shaw für die Gemeinde arbeitete, waren die Beete wieder gepflegt und die Hecken gestutzt. Trotzdem lief Ward eine Gänsehaut über den Rücken. Ihm waren die aufragenden, teilweise uralten Grabsteine nicht geheuer, deren Inschriften er kaum noch lesen konnte.

Harry zog an der Leine, weil er etwas witterte. Sicher nur eine Maus im Dickicht. Sein Schwanz wedelte wie wild, und er hechelte laut. Als er bellte, zog Ward ihn mit einem leichten Ruck zurück. »Was hast du denn? Was soll das schon wieder? Du weckst noch die Toten auf.«

Sie klopften mehrmals an die Kirchentür. Als sich nichts regte, wollten sie eintreten, doch sie war verschlossen. Ward hämmerte nun gegen die Tür zum Pfarrhaus. »Aufmachen! Hier ist die Polizei!«

»Hey, sei doch leiser!«, zischte Oakley. »Das ruft sonst alle anderen auf den Plan.«

Ward hatte Erfolg mit seiner Methode. Er war kein Polizist, der für seine Ausgeglichenheit bekannt war. Diesen Job durfte ruhig Evans übernehmen. »Na endlich.«

Zu ihrer Überraschung wirkte Reverend Hughing, als wäre er eben erst aus dem Bett gefallen. Er trug eine altmodische Schlafmütze auf dem Kopf und war in ein langes Nachthemd und einen Morgenmantel gekleidet. Müde rieb er sich die Augen. »Brennt es?«

»Also ...« Ward musste sich erst fangen. Er blickte zum Kirchturm hinauf. »Haben Sie nicht gerade noch geläutet? Wie kommt es, dass Sie schon wieder im Bett sind?«

»Wie? Ach ja ... Ja, das war ich«, sagte er schnell. Etwas zu schnell. »Was möchten Sie? Wenn Sie mitten in der Nacht vorbeischauen, ist es dringend. Gibt es einen Todesfall, oder werde ich zur letzten Salbung gebraucht?«

Ward wollte gerade nachsetzen, als Oakley das Wort ergriff. »Wir haben angenommen, Sie wären noch wach. Entschuldigen Sie die späte Störung, Reverend. Wir suchen nach meiner Tante und ihrer Freundin. Sie sind verschwunden.«

Hughing strich sich übers Kinn und dachte nach. »Also, gesehen habe ich sie hier nicht. Tut mir leid. Vielleicht sind sie auch nur spazieren gegangen. Der Pendle Hill ist bei Nacht wunderschön.«

»Danke, Reverend. Wir schauen nach. Sie wissen nicht zufällig, wo Alethea Shaw steckt?«

Die Augen des alten Mannes wurden größer, die Falten um seine Mundwinkel vertieften sich, als er lächelte. »In diesem Fall kann ich Ihnen weiterhelfen. Heute findet ein Krimidinner nahe Bracewell statt. Ihnen sagt Manor Hall bestimmt noch etwas?«

»Sicher«, antworteten beide und nickten.

»Vielleicht haben Miss Miller und Mrs Downing ja ebenfalls eine Einladung erhalten. Es war alles sehr mysteriös.«

»Danke für Ihre Hilfe, Reverend.«

Sie verließen den Friedhof. Wieder knurrte und bellte Harry. Er zog so lange an der Leine, bis Ward nachgab.

Der Hund musste sich sicher einmal erleichtern, also ließ er ihn nach einer passenden Stelle suchen. Er traute sich nicht, das Tier von der Leine zu lassen. Was würde wohl Evans sagen, wenn er Harry entwischen ließ?

Als Ward und Oakley bemerkten, dass er zum Chamberling-Anwesen wollte, wechselten sie einen Blick und folgten ihm bereitwillig.

***

»Sind alle so weit, Manor Hall zu durchsuchen?«, fragte Myrna in die Runde. »Wir wissen nun, in welche Richtung dieser Fall geht. Das Opfer namens A. Sneijder ist uns bekannt. Sie starb bei einer Operation unter der Leitung von Doktor Keagen.«

»Leider wurde ihr Totenschein verbrannt«, sagte Thea und schenkte Thomas einen bedeutsamen Blick.

»Müssen Sie das extra betonen? Wir haben es längst gehört und verstanden.« Er presste jedes Wort verbissen durch die Zähne. »Ich bin trotzdem kein Mörder. Das war eine Kopie und kein Original, wie Sie selbst betont haben. Jeder kann heutzutage Fake-Bilder anfertigen. Dafür brauche ich nicht einmal ein Profitool.«

»Penny hat angedeutet, dass der Mörder des Spiels mit am Tisch sitzt und von seiner Tat weiß, die eventuell mehrere Jahre zurückliegt. Das würde zu 2017 durchaus passen.«

»Sie fantasieren. Ich bin Arzt. Natürlich sterben manchmal Patienten unter meiner Aufsicht, auch wenn ich es nicht will. Diese Papiere sind Unsinn. Penelope hat sich schlichtweg in eine Besessenheit hineingesteigert, um einen Schuldigen zu finden. So etwas kommt vor.«

»Und wieso haben Sie diesen *Unsinn* dann verbrannt?«, fragte Thea und malte Gänsefüßchen in die Luft.

»Weil ich nicht möchte, dass Sie einer dahergelaufenen Schauspielerin mehr glauben als mir. Ich war wütend. Mein Ruf steht auf dem Spiel. Es liegt doch nah, dass Penelope Aufmerksamkeit gesucht hat. Ihr Stern war am Sinken, da kann man schon mal durchdrehen.«

»Das glaube ich nicht. Dann hätte sie ein Fernsehteam eingeladen. Wir haben Salon und Esszimmer überprüft. Es gibt keine Kameras. Wir sind tatsächlich unter uns«, sagte Myrna. »Ob sie bloß besessen war, werden wir gleich herausfinden.«

»Meinetwegen. Dass ihre Mutter früh gestorben ist, tut mir leid, aber ich habe auch damit nichts zu tun. Genauso wenig wie Mr Hart und Mrs Michaels.«

»*Miss* Michaels!«, rief Susie und presste gekränkt die Lippen aufeinander.

Sie erinnerte Myrna in ihrer Art an Lucretia Miller, die besonders stolz darauf war, nie verheiratet gewesen zu sein.

Thomas redete einfach weiter, als wäre nichts gewesen. »Lassen Sie uns lieber endlich diesen Safe im Arbeitszimmer suchen. Ich breche ihn auf, wir holen unsere Handys und rufen Hilfe. Ende der Geschichte. Leider hat unsere Gastgeberin einen allergischen Schock erlitten. Tragisch, aber durchaus logisch. Die Ärzte werden es bestätigen und uns alle entlasten. Sie haben sich wohl geirrt, Werteste.«

Thomas erhob sich schwungvoll aus dem Sessel. Er schwankte leicht, sodass Myrna Angst hatte, er würde jeden Moment auf die deutlich zierlichere Thea stürzen. Der Arzt hielt sein Gleichgewicht und streckte sich ausgiebig. Seine Weste rutschte nach oben und zeigte einen Teil seiner Haut. Schnell rückte er die Kleidung wieder zurecht.

Thea war der rosa Streifen auf seiner Hüfte nicht entgangen. »Sie haben da eine große Narbe, Doktor. Wie kam es dazu?«

»Ich wüsste nicht, was Sie das angeht, aber mir wurde die Milz entfernt«, behauptete er.

Sie tauschte einen langen Blick mit Myrna, die genauso skeptisch war. Thea kniff die Augen zusammen. »Sind Sie sich sicher, dass es die Milz war? Als Arzt sollten Sie eigentlich wissen, dass die auf der anderen Seite liegt. Was verbergen Sie noch alles vor uns?«

Er ballte die Fäuste. »Du solltest besser aufpassen, dass das nächste Grab, das du aushebst, nicht dein eigenes ist.«

Susie schaltete sich ein, ehe der Streit eskalierte. Ihr standen Tränen in den Augen. »Bitte lassen Sie uns vernünftig miteinander umgehen. Das hier bringt uns nicht weiter. Zuallererst müssen wir einen Weg aus diesem Spukhaus finden, und das schaffen wir nur, indem wir die Telefone oder den Code aufspüren.« Hoffnungsvoll und ein wenig verzweifelt sah sie von einem zum anderen. »Lassen Sie uns losziehen und Manor Hall auf den Kopf stellen. Ich übernehme gern ein paar Räume im Erdgeschoss vom Haupthaus. Das nächste Badezimmer ist auch dort. Frisch machen wollte ich mich sowieso.«

Alle waren einverstanden. Sie verteilten sich auf den drei Etagen. Myrna nickte Thea ein letztes Mal zu, dann ging sie mit Thomas über eine knarrende Treppe in den ersten Stock. Von allen Gästen würde sie den betrunkenen und zu Gewaltausbrüchen neigenden Chirurgen wahrscheinlich am besten im Griff haben. Sie machte sich mehr Sorgen um Enya, die schon eine Weile apathisch in die Gegend starrte. Erst Susie, nun das Dienstmädchen.

»Trinken Sie etwas Wasser aus der Leitung«, sagte sie zu ihr. »Sie sind wahrscheinlich dehydriert. Bleiben Sie am besten mit Susie im Erdgeschoss. Es genügt, wenn sich immer mehrere auf einer Etage aufhalten. Turm und Seitenflügel nehmen wir uns danach vor.«

Enya nickte und ging der Blondine Richtung Bad hinterher. Sie wirkte wie ein Häufchen Elend. Da sah sogar die verängstigte Susie besser aus.

Jonathan folgte Myrna und Thomas zunächst und nahm daraufhin den Weg zur zweiten Ebene. Thea ging ihm mit eiligen Schritten nach. Nun befanden sich immer zwei Leute auf einer Etage des Haupthauses. Myrna wartete, bis sich Thomas abgesetzt hatte, und nahm sich im Anschluss den ersten Raum zu ihrer Linken vor. Leider war das Zimmer unbegehbar. Überall lag Gerümpel und Bauschutt. Sie konnte kaum atmen.

»Sieht nach einem Lagerplatz für alles aus, was man nach dem Umbau nicht mehr brauchte«, sagte Thea ganz dicht an ihrem Ohr.

Myrna zuckte zusammen. »Sie haben mich erschreckt! Ich dachte, Sie bleiben bei Jonathan oben.«

»Ich denke, es ist von Vorteil, wenn wenigstens wir beide ein Team bilden. *Churchyard Crimes* ist am stärksten, wenn es zusammenhält. Ihnen kann ich wenigstens trauen.«

»Geht mir genauso. Na gut, dann suchen wir gemeinsam.« Als Thea die Kammer betreten wollte, hielt sie sie zurück. »Moment!«

»Wollten wir nicht alles durchsuchen?«

»Ja, aber es gibt keine Spuren. Sehen Sie?«

Thea hockte sich hin und betrachtete die dicke Staubschicht, die den gesamten Boden und alles darüber überspannte wie eine feine Decke. »Sie haben recht. Penny Halligan kann nicht vor Kurzem hier gewesen sein.«

»Wir sollten uns zuerst um die Räume kümmern, die bereits renoviert und eingerichtet sind. Sie hat das alles von langer Hand geplant und Manor Hall zu einem einzigen großen Spielbrett gemacht. Wieso sollte sie uns im Staub wühlen lassen?«

Thea nickte. Myrna war froh, dass sie sich als Teamplayer zeigte. Noch ein Dickkopf hätte ihr den letzten Nerv geraubt. Es gab also doch Hoffnung für ihre heimliche Kollegin.

Myrna warf einen schnellen Blick über ihre Schulter. Thomas ließ sich nicht blicken. Sie folgte Thea über den Gang. Einige Zimmer sahen genauso aus wie das erste. Sie staunte nicht schlecht, als sie nach mehreren Fehlschlägen auf ein waschechtes Musikzimmer trafen.

»Volltreffer.« Thea pfiff anerkennend. »Penny hat sich anscheinend nur um bestimmte Räume gekümmert. Vielleicht reichte die Zeit nicht, ihr Spielbrett noch größer zu machen.«

»Hiermit hat man sich viel Mühe gegeben. Wirklich hübsch eingerichtet.« Myrna betrat das Zimmer mit äußerster Vorsicht und strich anerkennend über die aufgestellten Saiteninstrumente.

Hohe Regale mit passender Dekoration, Büchern und einem alten Grammophon schindeten Eindruck. Mehrere Notenständer standen aufgereiht vor den Instrumenten, als wäre die letzte Musikstunde erst kürzlich vorüber gewesen. Selbst die Notenblätter lagen bereit.

»Kein Staub. Nirgendwo«, sagte sie. »Hier sind wir richtig.«

Myrna ging zu einem schwarzen Flügel, dessen Tasten sie antippte. Er war echt. Daraufhin durchsuchten sie das Zimmer nach versteckten Mechanismen wie im Chamberling-Anwesen. Es konnten Knöpfe oder Schalter sein, vielleicht auch Schnüre, an denen man ziehen musste. Myrna genoss die wertvolle Einrichtung mit Vorsicht und zog jedes Buch einzeln aus dem Regal, um einen Blick hinein- und dahinterzuwerfen. Die Regale ließen sich nicht verschieben. Währenddessen hörte sie lautes Poltern aus einem anderen Zimmer. Offenbar machte Thomas seinem Ärger über die Situation Luft, indem er die halbe Einrichtung zertrümmerte.

Sie eilte den Geräuschen nach. »Warten Sie!«, schrie Myrna, doch es war zu spät. Er zerstörte ein wertvolles Ölgemälde nach dem anderen. »War das wirklich nötig?«

»Wollen Sie Hinweise finden oder nicht? Es könnte etwas im Rahmen versteckt sein.«

»Vielleicht waren die Bilder selbst der Hinweis. Denken Sie erst, bevor Sie zuschlagen.«

»Mir ist jedes Mittel recht. Gewöhnen Sie sich lieber daran, dass ich schnell nach Hause will.«

Oder dass du schnell aus der Schusslinie willst, weil wir dir auf der Spur sind, dachte sie.

Myrna kam auf eine Idee. Wenn die Gemälde ein Hinweis sein könnten, dann vielleicht auch die Notenblätter im Musikzimmer. »Sehen Sie sich wenigstens die Motive noch einmal an!«, rief sie im Hinauslaufen.

Thea sah auf, als sie eintrat. »Und? Ist er endlich umgefallen?«

»Das ist nicht witzig«, raunte Myrna und musste sich ein Schmunzeln verkneifen. »Wir sollten ihm zuvorkommen, bevor er noch andere Zimmer zertrümmert und sie sich nicht mehr von den unrenovierten unterscheiden.«

»Wie sah seines aus?«

»Das Bett ließ darauf schließen, dass es ein Schlafzimmer ist. Wie viel davon übrig bleibt, werden wir sehen.«

Sie untersuchte daraufhin den Flügel, während sich Thea weiter um Bücher und Grammophon kümmerte. Myrna fand auch dort Noten. Automatisch setzte sie sich und versuchte, sich an ihren weit zurückliegenden Musikunterricht in der Schule zu erinnern. Mit unsicheren Fingern spielte sie die Melodie auf dem Blatt nach. Mehrere Töne klangen dumpf.

»Helfen Sie mir!«, rief sie Thea zu. Zu zweit öffneten sie den Flügel und warfen einen Blick hinein. Tatsächlich klemmte ein ausweisgroßes Stück Plastik zwischen den Klaviersaiten und blockierte sie. Myrna hielt den schweren Deckel geöffnet, während Thea danach langte. Sie musste sich fast vollständig hineinlegen.

»Ich habe es!« Keuchend kroch sie aus dem schwarzen Monstrum.

Myrna traute ihren Augen nicht, als sie erkannte, was Thea in der Hand hielt. Verblüfft sah sie auf und in die großen Augen ihrer Freundin. »Nun bin ich auf eine Erklärung gespannt.«

8. Kapitel

Oakley war schneller als Ward, weshalb er kurzerhand die Leine übernahm und vorrannte, während der alte Sergeant hinter ihm schnaufte und ächzte.

Der Jack Russell Terrier steuerte ein ganz bestimmtes Ziel an. Vielleicht hatte er die Fährte aufgenommen und das aufdringliche Parfum seiner Tante gerochen. So missgünstig und fies sie auch sein mochte, Oakley wollte nicht, dass ihr etwas zustieß. Er wusste, dass es tief in ihr eine andere Seite, eine andere Lucretia gab. Die Frau, die ihn damals bei sich aufgenommen und ihm ein Zuhause gegeben hatte. Außerdem hatte er noch immer Fragen zu seinem Vater, deren Antworten sie ihm schuldig geblieben war.

Das Tier blieb unter einem aufgebrochenen Fenster stehen und bellte ein paarmal aufgeregt. Dann setzte es sich und wartete ab, ohne die beiden Männer aus den Augen zu lassen.

»Gut gemacht.« Oakley kraulte ihn zum Dank. Der Hund warf sich auf den Rücken und erwartete offenbar mehr. Oakley lächelte. »Hat er einen Namen?«

Ward japste und hielt sich die Seite von diesem kurzen Weg. »Das ist Harry. Ist mir vorhin spontan eingefallen.« Er klang mehr als stolz auf seine Eingebung und lächelte besagten Harry breit an. Erst danach entdeckte auch er den gesplitterten Fensterrahmen. »Was ist hier passiert? Ich rufe die Spurensicherung.« Er zückte sein Mobiltelefon, aber Oakley legte seine Hand darauf. Irritiert sah Ward auf. »Was ist denn los?«

»Du hast mir versprochen, als Lucretias Freund herzukommen, nicht als Sergeant.«

»Ja, aber Lucretias Freund hat gerade einen Einbruch bemerkt. Ich bin verpflichtet, das zu melden.« Ward schien sich plötzlich zu erinnern und verzog das Gesicht. »Du meinst, das war deine Tante? Würde sie wirklich ... Ich meine ... es ist Lucretia. Ich kenne diese Frau schon eine Ewigkeit und bin sogar mit ihr zur Schule gegangen.«

»Entweder sie oder Jolene. In jedem Fall sollten wir ihnen folgen und nachsehen, ob es ihnen gut geht. Sie sind seit mehreren Stunden fort. Ich mache mir Sorgen. Sollten wir nicht reingehen, wenn Gefahr im Verzug ist?«

»Du klingst schon wie Evans«, murmelte er und gab sich geschlagen. Ward war alles andere als begeistert. Er senkte den Blick. »Was machen wir so lange mit Harry? Ich kann ihn schlecht hierlassen. Und im Haus würde er sicher Unsinn anstellen.«

»Binde ihn einfach an den nächsten Baum.«

»Und wenn er bellt?«

»Dann wissen wir, dass wir verschwinden müssen. Eine bessere Alarmanlage als einen aufmerksamen Hund gibt es nicht«, antwortete Oakley. Er wollte keine Zeit mit Diskussionen verschwenden, sondern endlich in das Chamberling-Anwesen.

Er spielte mit dem Gedanken, Thea eine Nachricht zu schreiben, aber sie war laut Reverend Hughing bei einem illustren Abend unter Freunden. Wie gern wäre er jetzt bei ihr gewesen! Der Stich in seiner Brust, wenn er darüber nachdachte, auf welche neuen Männer sie womöglich traf, schmerzte so sehr, dass er innehielt und zunächst durchatmete, bevor er das Fenster aufstieß und vorsichtig hindurchstieg.

Weitaus weniger elegant folgte Ward. Beinahe holte er eine Vase von einem Hocker. Oakley konnte sie gerade noch auffangen und legte seinen Finger an die Lippen. Ab sofort mussten sie mucksmäuschenstill sein.

Sie lauschten Harrys protestierendem Bellen. Er beruhigte sich gleich darauf und schien eine andere Beschäftigung gefunden zu haben.

Ward nickte ihm zu und ließ es sich nicht nehmen, voranzugehen. Oakley folgte bereitwillig. Sollte der Sergeant ruhig denken, er wäre die treibende Kraft bei dieser Mission.

Sie befanden sich in Theas Bibliothek. Vollgestopfte Bücherregale reihten sich in zwei Etagen aneinander. Über zwei Leitern gelangte man an die Werke aus den oberen Reihen. Oakley fiel sofort das halb herausgezogene Buch auf, während all die anderen brav in Reih und Glied standen. Er schaltete die Taschenlampe auf seinem Handy ein und sah sich weiter um.

»Jemand hat dieses Buch aus dem Regal gezogen. Siehst du das an der Wand? Leuchte mal da hin«, sagte Ward und kam Oakley mit seiner Vermutung zuvor. Er war also nicht der Trottel, für den er ihn immer gehalten hatte.

Tatsächlich stand ein Regal verschoben da. »Dahinter ist eine Tür. Glaubst du, sie sind ...«

Ward nickte. »Es gibt nur einen Weg, das herauszufinden.« Er schnappte sich das Staubtuch, das über Theas Ohrensessel lag, und drückte das Buch damit kurzerhand zurück in seine Reihe. Sofort ertönte ein lang gezogenes Schaben. Oakley beobachtete, wie sich das Regal in seine ursprüngliche Position zurückbewegte.

»Das ... ist erstaunlich. Woher wusstest du davon?«

Ward lächelte breit und mit stolzgeschwellter Brust. »Kino.« Das musste als Erklärung genügen.

Er zog das Buch wieder heraus, wodurch sich der Durchgang ein weiteres Mal offenbarte. Ward öffnete die Tür und leuchtete in den dahinter liegenden Gang.

Oakley schluckte fest. Ihm war nicht wohl dabei, in einem fremden Haus durch Wände zu gehen, aber Lucretia brauchte ihn jetzt. Er nahm all seinen Mut zusammen und ging voran.

»Moment!«, zischte Ward aufgeregt. »Nicht ohne Absicherung. Hast du nie Hänsel und Gretel gelesen? Dieses deutsche Märchen?«

Oakley zuckte mit den Schultern. »Ich war mehr Fan von modernen Geschichten.«

Ward seufzte. »Warte hier, ich hole etwas.« Wenig später drückte er Oakley zwei alte Brötchen in die Hand.

»Was soll ich damit?«

»Wir legen eine Spur aus Brotkrumen, um den Weg zurückzufinden. Von diesem Gang gehen drei Türen ab. Was, glaubst du, passiert, wenn wir durch eine davon gehen?«

»Wir treffen noch einmal auf drei Türen?«

»Bingo.«

»Hätte es nicht auch ein Stück Kreide getan, um die Wände zu markieren?«

Ward hielt inne und zuckte mit den Schultern. »Wie auch immer. Jetzt habe ich Brötchen.«

Er verkantete die Tür zur Bibliothek mit dem Sessel. »Nur zur Sicherheit.«

Oakley lernte in dieser Nacht ganz neue Seiten an ihm kennen. »Ich bin beeindruckt. Du bist ja richtig intelligent.«

Wards Gesicht verfinsterte sich. »Werde nicht frech, Junge, sonst lasse ich dich doch allein. Du hast Glück, dass ich ein vorbildlicher Sergeant bin.«

»Natürlich.«

Ward überhörte den sarkastischen Unterton zum Glück. »Ohne mich würdest du dich sicher verlaufen.«

Oakley ließ das so stehen und lächelte heimlich. Er bedeutete Ward, voranzugehen, um ihm in Anschluss in die bedrückende Dunkelheit zu folgen. Das Gebäck drückte er wie einen Schatz an seine Brust.

***

Thea trennte sich vorerst von Myrna und ging in den zweiten Stock zurück. Sie würden sich gleich wiedersehen und zusammentragen, was sie hatten. Ein paarmal begegnete sie Jonathan auf dem Flur, der weder glücklich noch deprimiert wirkte. Sie konnte ihm nicht ansehen, ob er fündig geworden war und welche Zimmer begehbar waren.

Nach einer weiteren Pleite in Form einer Gerümpelkammer betrat sie das Zimmer, aus dem er zuletzt gekommen war.

»Wow«, hauchte Thea verzückt. *Dass es so etwas noch gibt!*

Sie ließ sich nicht weiter von ihrer Begeisterung für das edle Billardzimmer ablenken und suchte nach Hinweisen, die dem Anwalt womöglich entgangen waren. Den großen, mit einem feinen grünen Filztuch bespannten Tisch inspizierte sie als Erstes. Er stand präsent in der Mitte des Zimmers, an der Wand hingen die passenden Queues. Thea tastete ihn oben und unten ab und durchsuchte die Taschen eine nach der anderen, indem sie mutig den kompletten Arm hineinschob. Ihre Finger erfühlten nichts außer dem, was sie erwartete.

Enttäuscht stemmte sie die Hände in die Seiten und grübelte. *Wo würdest du selbst etwas verstecken?*, überlegte sie fieberhaft. *Versetz dich in ihre Lage.*

Theas Blick huschte zurück zum Billardtisch. Sie hasste sich allein für den Gedanken, das Tuch aufzuschlitzen. Alles in ihr sperrte sich dagegen, etwas so Schönes zu zerstören. Aber vielleicht war gerade das ihre Prüfung. Penny Halligan spielte mit ihnen Katz und Maus. Es würde zu ihr passen, ihre Gäste bis an ihre Grenze zu bringen und Böses aus ihnen herauszukitzeln.

Thea suchte nach einem spitzen Gegenstand, fand aber nur die beiden Queues in ihrer Halterung. Mit einem davon stellte sie sich breitbeinig neben den Tisch und holte weit aus. Bevor sie zuschlug, bemerkte sie, dass der Stock nicht fest verschraubt war, und bremste sich selbst. Thea war ein anderer Gedanke gekommen.

Sie nahm das Queue auseinander und hätte am liebsten laut gejubelt. Im Inneren steckte ein zusammengerolltes Blatt Papier. Pennys nächster Hinweis. Natürlich warf sie direkt einen Blick darauf. Ihre Neugier war zu groß, um zu warten.

Thea hielt den Atem an. Es handelte sich um einen Kontoauszug aus 2017, dem Todesjahr von A. Sneijder. Als sie einen Namen entdeckte, blieb ihr der Mund offen stehen. Die Übersicht gehörte zu keinem Geringeren als Jonathan Hart. Mehrere markierte Zeilen weckten Theas Interesse. Der Anwalt hatte hohe Geldsummen einer ominösen Firma namens ›Moonshine & Parish GmbH‹ erhalten. Am liebsten hätte sie den Namen des Unternehmens gegoogelt, doch das musste warten. Für einen Mandanten waren die Beträge zu hoch. Obendrein wiederholten sich die Überweisungen auffällig oft. Insgesamt fünfundzwanzigtausend Pfund hatte der Jurist mit einem einzigen Kunden eingenommen, was verdächtig erschien.

Thea hoffte auf eine Erklärung im zweiten Queue, doch es war leer. Sie musste sich mit dem zufriedengeben, was sie hatte. Vielleicht konnte Jonathan mehr dazu sagen.

Ein heftiger Schlag traf sie unvermittelt. Theas Knie knickten ein. Noch einmal schlug ihr jemand einen harten Gegenstand auf den Hinterkopf. Sie stöhnte vor Schmerz und fiel bäuchlings zu Boden. Schwarze Punkte tanzten vor ihren Augen, bis sie so groß wurden, dass Thea in einen Strudel aus Traum und Wirklichkeit abrutschte. Sie konnte sich nicht mehr rühren und sah als Letztes, wie jemand das Blatt Papier vom Boden hochhob. Thea wollte schreien, aber sie konnte nicht einmal mehr den Kopf heben.

Die Tür fiel ins Schloss. Sie war allein und wurde bewusstlos.

***

Thomas schlich die Treppe hinauf und suchte nach Jonathan, um ihn auszuquetschen. Er fand den Anwalt im Arbeitszimmer vor. Er war bereits drauf und dran, den Safe zu bearbeiten. Verzweifelt warf er die Brechstange in die Ecke und hämmerte mit den Fäusten dagegen. Ja, er brauchte unbedingt eine Zigarette. Jonathan wurde unausstehlich, wenn er kein Nikotin bekam.

Erstaunt blieb Thomas stehen und sah sich um. Er traute seinen Augen nicht und blinzelte mehrmals, aber das Zimmer sah noch immer genauso aus wie sein altes Arbeitszimmer in Pendle. Kurz nach dem Angriff waren Francis und er weggezogen, um neu anzufangen und den Horror hinter sich zu lassen. Die Gemeinde war nicht sicher für sie gewesen, so verschlafen und ruhig sie auch erscheinen mochte.

Ein Verdacht erhärtete sich. Thomas biss sich so fest auf die Lippe, bis es schmerzte und er Blut schmeckte. In jener Nacht war sein Laptop gestohlen worden. Als daraufhin nichts passiert war, hatte er geglaubt, dass es der Dieb auf etwas anderes abgesehen hatte.

Nun trat Jonathan sogar gegen den Safe. Er holte Thomas ins Hier und Jetzt zurück.

»Nur die Ruhe«, sagte dieser und stieß den Anwalt grob beiseite. Er ließ die Finger knacken und probierte ein paar Kombinationen aus, die ihm in den Sinn kamen, aber nichts davon ließ die Tür aufschwingen.

Wieder sah er sich um. Seine Nackenhaare stellten sich auf. Thomas hatte früher keinen Tresor im Arbeitszimmer stehen gehabt. Das Einzige, das etwas wert gewesen war, war sein Laptop gewesen. Er versuchte die Zahlenkombination, die er damals für das Gerät genutzt hatte. Der Schrank gab ein Klacken von sich und ließ sich öffnen.

»Das ... ist unmöglich«, hauchte Jonathan. »Woher kannten Sie den Code?« Er entfernte sich von Thomas, als hätte diese neue Erkenntnis alles für ihn verändert. In seinem eingefallenen Gesicht stand nackte Angst. »Sind Sie etwa der Mörder?«

»Ich? Wieso sollte ich? Ich hatte nichts zu befürchten. Mit ihren Indizien wäre diese Halligan nicht weit gekommen. Anders sieht es mit den Beweisen aus, die sie womöglich im Haus versteckt hat. Ich muss zumindest wissen, um was es sich handelt.« Thomas zuckte mit den Schultern. »Was den Code angeht: Ich habe eben gut geraten. Würde ich Ihnen die Kombination zeigen, wenn ich der Mörder wäre? Denken Sie nach, Hart: Wir sitzen im selben Boot.«

»Ich ... Ich weiß trotzdem nicht, was ich davon halten soll. Vielleicht sollten wir die Suche einstellen und in den Salon zurückkehren. Wir warten einfach ab, bis man uns befreit. Die Kanzlei vermisst mich spätestens am Montag, ebenso Ihre Station. Und Ihre Frau wird bestimmt die Polizei rufen, wenn Sie nicht nach Hause kommen.«

Francis würde eher jubeln, als nach mir zu suchen.

Thomas packte Jonathan an seinem steifen Kragen und zog ihn ganz nah vor sein Gesicht. Speicheltröpfchen landeten auf seinen Wangen. »Sie Idiot!«, raunte er. »Wir müssen diese Hinweise natürlich vor den beiden Ermittlerinnen finden und beseitigen, sonst können wir uns im Gefängnis eine Zelle teilen. Diese Schlange hat nicht umsonst einen Inspector eingeladen. Sie hat das alles von langer Hand geplant.«

»Aber ... was macht Sie denn so sicher, dass Miss Halligan noch weitere Beweise hatte? Vielleicht hat sie bloß geblufft.« Jonathan befreite sich mit großer Mühe aus seinem Griff.

Thomas schnaufte. »Das habe ich im Gefühl. Wenn sich jemand die Mühe macht, alte Akten und Totenscheine auszugraben, dann müssen wir mit allem rechnen.«

Die Männer wandten sich wieder dem Safe zu.

»Wo sind unsere Handys?«, fragte Jonathan und kam damit zum eigentlichen Thema zurück. »Das Dienstmädchen hat doch gesagt, sie lägen im Safe des Arbeitszimmers.«

Im Safe meines *Arbeitszimmers*, dachte Thomas. *Dieses Biest ist damals bei mir eingebrochen. Statur und Stimme könnten passen. Wenn sie nicht schon tot wäre, dann ...* Seine Narbe juckte und zwickte in diesem Moment.

Thomas runzelte die Stirn. Ein einzelner Briefumschlag lag im Tresor. Mit geschwungener Handschrift stand darauf:

An Dr. Keagen, nur persönlich

»Wessen Schrift ist das?«, fragte Jonathan erstaunt. »Sieht wie die einer Frau aus. Eine Nachricht an Sie?«

»Sieht so aus. Ich kenne keinen zweiten Doktor Keagen. Sie etwa?« Thomas öffnete den Umschlag und zog eine Notiz heraus, nicht größer als ein Post-it. Der Zettel war in winziger Schrift beschrieben worden:

Patientin X bleibt als A. Sneijder in den Akten. Neue Todesursache für J. Simon: Komplikationen durch neurologische Erkrankung. Unheilbare Symptome und Versagen des Nervensystems. Alles erledigt. Um den Totenschein kümmere ich mich. Meine Bankdaten haben Sie.

Er knüllte den Zettel zusammen und stopfte ihn sich kurzerhand in den Mund.

»Sind Sie verrückt geworden?!«, fauchte Jonathan. »Das hätte die Krankenschwester ans Messer geliefert! Das ist doch ihre Handschrift gewesen, nicht wahr?«

»Mich hätte dieses Schreiben aber genauso bedroht. Sie werden nicht als Einziger den Kopf aus der Schlinge ziehen.« Das Schlucken bereitete ihm Probleme, weil seine Kehle vom vielen Cognac extrem ausgetrocknet war.

»Sie denken immer nur an sich!«

»Dann bin ich ja in bester Gesellschaft.« Er schlug ihm auf die Schulter und lächelte fies. Wieder knurrte Jonathans Magen. »Jetzt sagen Sie nicht, Sie sind neidisch, weil ich eben ein Blatt Papier gegessen habe. Es hat nicht besonders gut geschmeckt, kann ich Ihnen versichern.«

»Und was jetzt? Wenn herauskommt, dass wir damals Ihren Kopf gerettet haben ...«

»Das wird es nicht. Der erste Beweis ist vernichtet.«

»Ich kann nicht fassen, dass Sie solche wichtigen Dinge aufgehoben haben. Sind Sie verrückt geworden?«, zischte Jonathan fassungslos.

»Habe ich nicht. Alles davon landete vor sechs Jahren im Müll, Krankenakte und Totenschein wurden gefälscht, wie Sie eben selbst lesen konnten. Es gab keine Spuren – dachte ich zumindest. Jemand hat sich große Mühe gemacht, diese Dinge zu finden.«

»Also hat uns schon damals jemand verdächtigt?«

»Diese Halligan ist mehrmals in der Klinik gewesen und hat unangenehme Fragen gestellt. Es könnte sein, dass sie vor sechs Jahren mit ihrem Plan anfing und ihn bis heute perfektioniert hat. Zuzutrauen wäre es ihr.«

»Aber nun ist sie tot. Haben Sie ...«

»Nein«, antwortete Thomas prompt. »Sie etwa? Ich würde Ihnen vieles zutrauen, aber Mord?«

»An meinen Händen klebt kein Blut.« Jonathan hob sie, als würde er es ihm damit beweisen. »Vielleicht war es wirklich ein Unfall, und Penny Halligan starb zufällig heute vor unseren Augen.«

Thomas schnaufte. »An Ihren Händen klebt genug Blut für uns alle. Ich weiß am besten, wie Sie Ihre Kanzlei damals aufgezogen haben. Hauptsache, der Beweis ist weg.«

»Welcher Beweis?«, fragte jemand hinter ihnen. Beide Männer fuhren herum. Die Kommissarin stand im Türrahmen, die Hand an der Klinke, und blickte misstrauisch von einem zum anderen. »Ich dachte, Sie sehen sich im ersten Stock um, Mr Keagen. Was machen Sie hier?«

»Dort konnte ich nichts finden, also bin ich hochgegangen.« Ganz gelogen war es nicht. Er hatte wirklich nichts gefunden.

Thomas sah ihr an, dass sie ihm nicht glaubte. Wie viel hatte sie mitgehört?

***

Myrna warf einen Blick in den leeren Tresor. »Wo sind unsere Handys? Theas Laptop ist auch weg.«

»Das wissen wir nicht«, antwortete Jonathan hastig. »Wir hätten sonst längst Hilfe gerufen.«

»Ach, hätten Sie das? Und was, wenn Sie beide zusammenarbeiten? Vielleicht wollen Sie uns hier gefangen halten.« Myrna lächelte provokant. »Zumindest ist es das, was die anderen sagen werden, wenn sie davon hören.«

»Wir würden nicht so blöd sein, uns selbst einzusperren. Wieso sollten wir das tun?«, erwiderte Thomas. Ganz Unrecht hatte er nicht.

»Das weiß ich noch nicht, aber ich finde es früher oder später heraus.« Myrna beobachtete die unterschiedlichen Reaktionen der beiden. »Vielleicht soll Sie ebendieser Umstand unschuldig erscheinen lassen. Sie möchten womöglich nur Ihr nächstes Opfer im Blick behalten.«

»Was für ein Schwachsinn«, murmelte Thomas und fuhr sich durch das raspelkurze Haar. Er hatte die Mütze abgenommen und seine Weste unter der Jacke geöffnet.

»Sprechen wir lieber über die Narbe. Woher stammt sie wirklich?«

»Das geht Sie nichts an. Ein Unfall in meiner Kindheit.«

»Dafür sieht sie zu frisch aus. Sie ist verheilt, aber die Färbung lässt darauf schließen, dass es wenige Jahre sind.«

Jonathan wollte sich im Hintergrund aus dem Staub machen, aber sie drehte sich zu ihm. »Und Sie sagen mir jetzt bitte, was Sie beide gefunden haben.«

»Ich wüsste nicht ... Nein, wir haben nichts gefunden. Da war nur der Umschlag.« Sein Blick war auf Thomas statt auf Myrna gerichtet.

Sie verheimlichten ihr ganz eindeutig etwas. Jonathan hatte den Beweis selbst erwähnt. Myrna vermutete, dass besagter Hinweis längst nicht mehr existierte. Sie kam zu spät. Es war eine dämliche Idee gewesen, sich aufzuteilen. Diese Menschen arbeiteten zusammen. Vielleicht sollte Myrna wieder zu Thea aufschließen und die letzten Erkenntnisse zusammentragen. Im Arbeitszimmer käme sie ohnehin nicht weiter.

Myrna behielt die Information aus dem Musikzimmer für sich. Diesen Trumpf würde sie später ausspielen.

Sie entriss Thomas den Briefumschlag. »Wessen Handschrift ist das?«

»Das wissen wir nicht. Das leere Kuvert lag im Tresor. Wir können nichts damit anfangen.« Wieder log Jonathan.

Dieser Mann sollte seine Berufswahl überdenken. Myrna stellte ihn sich unsicher und aufbrausend im Gerichtssaal vor. Dass er eine erfolgreiche Kanzlei führte, zweifelte sie an.

»Den nehme ich an mich«, sagte sie kurzerhand und verließ das Zimmer.

Wütende Rufe waren zu hören, aber sie eilte längst hinunter in den ersten Stock, um ihre Kollegin zu suchen, die sie dort zuletzt gesehen hatte.

***

Den gesamten Weg lang dachte Oakley an Thea. Würde er sie je wiedersehen, wenn er erst einmal als verschollen galt? Er hätte ihr so gern die Wahrheit gesagt, die ihn selbst verwirrte. Es gab nur einen Weg, die ganze Geschichte zu erfahren, aber dafür musste er Lucretia finden. Sobald Oakley ein paar Antworten hatte, würde er sich endlich mit Thea aussprechen und noch einmal ganz von vorne anfangen. Das schwor er sich.

»Wir laufen im Kreis«, sagte er und zeigte auf die Krumen am Boden. »Hier waren wir schon. Das ist die Ecke, in der du uriniert hast. Man riecht es.«

Ward schnaufte. »Entschuldige, dass ich hier unten keine Toilette gefunden habe. Irgendwo musste ich mich ja erleichtern. Wir sprechen uns wieder, wenn deine Blase drückt.«

Mal war es runter-, mal hochgegangen. Oakley hatte längst den Überblick verloren und hätte nicht sagen können, ob sie sich unter der Erdoberfläche oder überhaupt in der Nähe des Hauses befanden. Das Einzige, was er merkte, war die stickiger werdende Luft. Aber immerhin konnten sie noch atmen und waren am Leben.

»Meinst du, wir befinden uns in den Wänden des Chamberling-Hauses?«, fragte er.

»Ich glaube, wir sind in einem unterirdischen Tunnelsystem gelandet, vielleicht nicht einmal mehr unter dem Anwesen«, antwortete Ward mit ehrfurchtsvoll gesenkter Stimme.

Er hatte große Schweißflecken unter den Armen und verströmte einen beißenden Geruch, der Oakley Tränen in die Augen trieb. Er riss sich zusammen, weil er nicht wusste, wie schlecht er selbst roch.

Sie liefen seit Stunden in einem versteckten Labyrinth herum und hatten das Brot fast aufgebraucht. Es nur an den Abzweigungen und Türen zu verwenden, hatte ihnen viel eingespart, doch nun neigte sich ihr Vorrat seinem Ende zu.

»Mein Akku ist bald leer«, sagte Oakley mit besorgtem Blick auf sein Display. »Wir sollten umkehren und wann anders wiederkommen. Das bringt nichts. In der Dunkelheit würden wir nicht einmal mehr die Brotkrumen finden.«

»Und was ist mit deiner Tante? Willst du sie und Jolene einfach hier unten lassen?«

»Wenn sie überhaupt hier sind. Das wissen wir nicht sicher.«

»Die geheime Tür wurde freigelegt und ein Fenster zum Anwesen aufgebrochen. Außerdem hast du selbst vermutet, dass sie hier sind. Weshalb sind sie eigentlich eingebrochen?«

»Das weiß ich nicht, aber meine Tante hat es schon einmal getan. Irgendetwas muss hier unten sein, das sie interessiert.«

»Vielleicht weiß Miss Shaw mehr. Wir sollten sie fragen. Sicher gibt es einen Bauplan oder Aufzeichnungen ihres Vaters«, sagte Ward und hustete vor Staub. Seine Hände zitterten, und er atmete inzwischen schwerer.

»Geht es dir gut?«

»Ging mir schon besser.«

»Ist es der Entzug?« Wards Schweigen kam einer Antwort gleich. »Wir sollten umkehren, denn wir helfen niemandem, indem wir uns auch noch verlaufen.«

Gerade als sie sich umdrehten, hörten sie Stimmen. Ward legte unnötigerweise seinen Finger an die Lippen. Oakley hätte sowieso nichts gesagt. Gespannt lauschten sie. Es waren nicht der säuselnde Wind oder Tiere, sondern mehrere leise Stimmen, die sich angeregt miteinander unterhielten.

»Das ist Lucretia!«, rief Ward und legte seine Hände wie einen Trichter um den Mund. Oakley riss die Hände hoch, doch es war zu spät. »Lu! Lucretia! Wir sind hier!«, rief er.

Das Echo war ohrenbetäubend und prallte von den steinernen Wänden wider. Oakley kniff die Augen zusammen und erwartete ein Erdbeben, aber der Tunnel hielt stand.

»Nun wissen sie auch nicht, wo wir sind. Deine Stimme kommt sicher von überall.«

»Aber sie wissen, dass wir nach ihnen suchen. Deine Tante ist tatsächlich hier unten. Du hattest recht«, sagte er erstaunlich vernünftig.

Sie eilten den Gang entlang. Die Stimmen waren verstummt, doch weit konnte es nicht mehr sein. Oakley dachte an ein paar Krumen auf dem Weg, während Ward sich so schnell bewegte wie noch nie. Er folgte dem beißenden Schweißgeruch des Sergeants.

Als Oakley ihn fand, lag Lucretia in seinen Armen und weinte wie ein kleines Kind. Jolene saß auf dem Boden neben ihr. Sie sah mitgenommen aus, ihr Gesicht noch eingefallener als sonst. Der Gehstock hing schlaff in ihrer zitternden Hand. Blass und müde sah sie zu Oakley auf. Dass Callan Healy neben ihr hockte, war erstaunlich.

Oakley zerrte Lucretia von Ward weg. Er stemmte die Fäuste in die Seiten und zog eine Augenbraue hoch. »Was sollte das hier werden? Habt ihr nun völlig den Verstand verloren?!«

»Wir haben es nicht gefunden«, hauchte Lucretia erschöpft. Sie hörte ihm kaum zu und war geistig nicht anwesend. Ihre Augen wirkten leer und verloren. Der Flüssigkeitsmangel hatte ihr deutlich zugesetzt und ihre Haut noch ein Stück faltiger gemacht. »Dabei haben wir uns so angestrengt.«

Er fasste seine Tante bei den dünnen Schultern und musste sich hinabbeugen, um ihr in die Augen zu sehen. »Gefunden? Was gefunden? Was sucht ihr hier unten?«

»Das frage ich schon seit Stunden, aber sie wollen es mir nicht verraten«, sagte Callan. Erst jetzt erinnerte sich Oakley daran, dass er auch anwesend war.

Sein Gesicht war verschmutzt. Graue Schlieren zogen sich über Stirn und Wangen. Alle drei sahen aus, als hätten sie in einem Bergwerk gewühlt.

»Wir werden nun langsam, aber stetig zurückgehen. Ihr braucht Wasser«, sagte Ward mit erhobener Stimme. »Ich gehe voran, ihr folgt.«

Oakley überließ ihm die Rolle des Anführers. Wenn er sich damit besser fühlte, sollte es so sein.

Ward übernahm Lucretia, Callan und Oakley Jolene, die sich kaum auf den Beinen halten konnte. Ihren Stock klemmte er sich unter den Arm.

»Weißt du, was dieser kleine Ausflug hier unten sollte?«, fragte er den blassen Fünfzehnjährigen.

»Keine Ahnung. Wahrscheinlich sind sie verrückt.«

»Ich dachte, deine Technik würde dich nie im Stich lassen.«

»Tut sie sonst auch nicht. Ich weiß nicht, ob hier unten ein Störsender verbaut ist oder wir zu tief in der Erde stecken. Dieses Haus macht mir Angst. Ich hätte den beiden nie folgen sollen. Thea hatte recht.«

»Was weiß sie darüber?«

»Nichts. Sie traut sich nicht hinein, seit sie eingezogen ist. Ich glaube, sie fürchtet sich davor, etwas über ihren Vater zu hören, das ihr nicht gefällt. Sie will es nur nicht zugeben.« In seinen Worten schwang ein ›*Du kennst sie ja*‹ mit.

Oakley nickte. »Nun muss sie sich Fragen gefallen lassen, so leid es mir tut. Nathan Shaw hat zwanzig Jahre damit zugebracht, ein Tunnelsystem zu bauen. Die Frage ist, wieso.«

Callan war anderer Ansicht. »Diese Tunnel sind uralt. Ich glaube, dass er sich um die Türen kümmerte, aber nicht, dass er dieses Labyrinth in nur zwanzig Jahren ohne Hilfe von außen gegraben hat. Ein Totengräber ist kein Superheld. Er hat vielmehr ein Geheimnis bewahrt.«

Oakley dachte nach. Wenn das stimmte, dann sollte er Lucretia noch einmal gesondert danach fragen. Die beiden Frauen wussten mehr als sie alle zusammen.

Vielleicht hatten sie engeren Kontakt zu Nathan Shaw gehabt, als er ahnte.

Sie kamen nur langsam voran und folgten der gelegten Spur.

»Ich kann nicht mehr«, wisperte Jolene und wurde von Schritt zu Schritt schwerer.

Oakley war froh, dass er nicht allein mit ihr war und Callan ihn unterstützte. »Nicht mehr weit. Du hast es bald geschafft.«

»Habt ihr zufällig ein Taschenmesser gefunden, als ihr uns gesucht habt?«, fragte Callan ihn.

Sie stießen beinahe gegen Ward und Lucretia, die wie eine Wand vor ihnen standen. Die Frage war im selben Moment vergessen.

Callan reckte den Hals. »Was ist denn los?«

Ward gab ein Zischen von sich, das für Ruhe sorgte. Und tatsächlich hörte nun auch die zweite Reihe, was er meinte. Aus dem Tunnel vor ihrer Nase drangen Geräusche.

Oakley starrte angespannt voraus und hielt die Luft an. Mit jedem Herzschlag wurden sie lauter. Jemand näherte sich, aber die Schritte klangen wie die eines Kindes – eines rennenden Kindes. Es war mehr ein Trippeln als ein Gehen.

Plötzlich tauchte ein kleiner weiß-brauner Hund in ihrem Sichtfeld auf und lief hechelnd auf Ward zu. Das Tier sprang freudig in seine Arme und leckte dem Sergeant über die bärtige Wange.

»Das ist nicht dein Ernst, Ward!«, rief Oakley entsetzt aus. »Hast du ihn etwa nicht festgebunden?« Er deutete in die Richtung, aus der Harry gekommen war. »Er hat die komplette Krumenspur gefressen!«

Wie zur Antwort leckte sich der Hund übers Maul. Sein Hunger war gestillt.

»Er war angeleint. Ich habe es selbst überprüft. Harry hätte sich nicht von selbst befreien können.«

»Und trotzdem ist er hier. Hunde sind schlau und finden einen Weg.«

Callan hob müde die Hand, um die beiden Streithähne um Ruhe zu bitten. »Was auch immer hier passiert ist, es hat mit mindestens einer weiteren Person zu tun. Wir haben mehrmals ein Licht gesehen und eine große Gestalt, die uns den Weg gezeigt hat. Ich bin mir nur nicht sicher, ob sie uns helfen oder uns in die Irre führen wollte.«

Die beiden Frauen wechselten ängstliche Blicke.

»Was ist hier los?«, fragte Oakley und wandte sich seiner Tante zu. »Ihr verschweigt etwas.«

»Sie glauben, dass Nathan Shaw aus seinem Grab gestiegen ist und sie für ihre bösen Taten heimsucht«, antwortete stattdessen Callan. »Sie fantasieren hier unten etwas.«

»Das ist nicht wahr!«, zeterte Lucretia. Sie war bis dahin erstaunlich ruhig gewesen. »Wir haben ihn beide gesehen! Es war Nathan!«

Oakley wechselte einen Blick mit Ward und Callan. Alle drei waren sich einig, dass diese Variante nicht stimmen konnte.

»Jedenfalls sind wir hier unten nicht allein«, sagte Oakley, um alle Seiten zufriedenzustellen. Streit würde ihnen nicht weiterhelfen. »Vielleicht sollten wir nach dem Unbekannten rufen.«

»Auf keinen Fall!«, rief Jolene. Sie hatte ihre letzten Kräfte gebündelt und sich aufgerichtet. »Er hat uns erst in diesen Schlamassel gebracht.«

Lucretia stellte sich an die Seite ihrer Freundin. »Gejagt hat er uns, bis wir nicht mehr wussten, wo wir waren.«

Callan seufzte. »Vielleicht hat er sich einen Spaß erlaubt. Wieso sollte er mich erst zu euch führen und uns dann die Laternen lassen, wenn er böse ist?«

»Um unsere Qual in die Länge zu ziehen.«

»Und wo ist diese ominöse Gestalt abgeblieben?« Ward sprach, als würde er allen dreien nicht glauben. Er dachte wahrscheinlich, dass sie sich das, dehydriert und hungrig, wie sie waren, zusammenreimten.

»Ich bin mir sicher, dass dieser Mann existiert«, sagte Callan und nickte Ward zu. »Wer auch immer er ist. Haben Sie sich denn nicht gefragt, wie ein kleiner Hund alle Türen bis zu uns öffnen konnte?«

Sie suchten die Augen der anderen, in denen sich das Licht der Laternen schaurig spiegelte.

Jolene gab einen erstickten Laut von sich. »Das würde bedeuten, dass ...«

Lucretia schlug entsetzt die Hand vor den Mund.

Nur Callan sprach die Worte laut aus, die wohl allen im Kopf herumspukten: »Es bedeutet, dass der Unbekannte noch immer hier unten ist und uns beobachtet. Er hat unsere einzige Hoffnung zunichtegemacht, jemals aus diesem gottverdammten Labyrinth zu finden.«

Oakley biss sich in die Faust, um seinen Fluch für sich zu behalten. »Wir können nur hoffen, dass Harry uns ein paar Krumen übrig gelassen hat.« Man hörte seiner Stimme an, dass er selbst nicht daran glaubte.

9. Kapitel

Myrna warf einen Blick in das verwüstete Schlafzimmer in der ersten Etage, das verlassen war. Seit Thomas Keagens Besuch sah es hier aus wie nach einem Wirbelsturm. Auch hier keine Spur von Thea.

Myrna rannte von Raum zu Raum, weil sie sich Sorgen machte. Wenn ihr etwas zugestoßen war, würde sie sich das nicht verzeihen. Auch das Musikzimmer fand sie leer vor, und die anderen Räume waren unzugänglich.

»Hierher! Schnell! Hört mich jemand?«, schrie Enya von oben.

Myrna nahm immer zwei Stufen auf einmal. Die Tür krachte gegen die Wand. Sie stand in einem Billardzimmer, wie man unschwer am Spieltisch erkennen konnte. Der Boden war mit weichem, rotem Teppich ausgelegt und die Wände mit alten Gemälden geschmückt.

Enya kniete am Boden und hielt Theas Kopf in ihrem Schoß. Jene hatte ihre Augen geschlossen und rührte sich nicht.

Myrna war sofort bei ihr. Ihr Herz hämmerte wie wild. »Was ist hier passiert?«

»Ich weiß es nicht. Sie lag so da, als ich sie gefunden habe. Ich wollte hier oben weitersuchen und nach Ihnen sehen. Da bin ich über Miss Shaw gestolpert.«

Als sie Thea am Hinterkopf berührte, fühlte sie Blut. Myrnas Hand war rot verschmiert. »O mein Gott, sie ist verletzt! Ich hole Miss Michaels. Sie weiß sicher, was zu tun ist. Können Sie versuchen, die Blutung zu stillen?« Myrna riss einen Teil ihres Unterrocks heraus. Dann würde sie das doofe Ding eben kaufen, statt es zu leihen! »Hier. Drücken Sie das fest auf die Wunde. Ich bin gleich zurück.«

Myrna suchte und rief nach der Krankenschwester. Im Erdgeschoss wurde sie fündig, als Susie gerade dabei war, vor dem wütenden Jonathan davonzulaufen. Sie umrundeten mehrmals einen großen Glastisch im Wintergarten. Myrna sah, dass Susie etwas in der Hand hielt, was wie ein zusammengerolltes Blatt Papier aussah.

»Her damit, oder ich ...«

»Oder was? Willst du mich verklagen? Im Gegensatz du dir habe ich wenigstens etwas in der Hand, was dich in den Bau bringt«, antwortete Susie überheblich.

Sie hielten außer Atem inne, als sie Myrna entdeckten. Jonathan knallte gegen die Ecke des Tisches und jaulte auf. Ein paar derbe Flüche folgten.

»Was ist hier los?«, fragte Myrna argwöhnisch. »Haben Sie etwas gefunden?«

Susie presste ihre Lippen fest aufeinander. Auch Jonathan sagte keinen Ton. Myrna kam sich vor, als hätte sie es mit zwei quengelnden Geschwistern zu tun, die von ihrer Mutter bei etwas Verbotenem erwischt worden sind.

»Nein, nichts«, antworteten beide.

»Und was ist das sonst in Ihrer Hand?«

Susie versteckte das Papier wenig erfolgreich, sah dann aber ein, dass eine weitere Lüge nichts brachte. Missmutig rückte sie es heraus.

Jonathan schnellte vor und schnappte danach, aber Myrna war flinker. Seine Reaktion ließ darauf schließen, dass es auf diesem Papier um ihn ging.

»Das nehme ich an mich, während Sie mich nach oben begleiten. Thea braucht Ihre Hilfe, Susie. Sie ist verletzt. Jemand hat ihr auf den Schädel geschlagen.«

»Sie wurde angegriffen? Aber wer sollte denn ...« Susie schenkte Jonathan einen giftigen Blick. »Du warst das.«

»Ich habe nichts getan. Ich schwöre es!« Er hob beschwichtigend die Hände.

»Wer auch immer dahintersteckt: Ich möchte ihn ab jetzt gern im Blick behalten. Vielleicht wollte man Thea sogar töten, weil sie etwas wusste, das uns weitergebracht hätte. Zum Glück atmet sie noch.« Myrna überspielte ihre rasende Wut mit Fakten. Sie wusste, dass sie nicht rot anlief oder unruhig wurde, aber innerlich zerfraß sie ihre Angst um Thea.

Zu dritt eilten sie hinauf ins Billardzimmer. Susie besorgte auf dem Weg Verbandszeug und Schere aus einem Erste-Hilfe-Kasten im Badezimmer. Zur Desinfektion nahmen sie noch eine Flasche Schnaps aus der Küche mit.

Myrna atmete erleichtert auf, als sie eintraten und Thea die Augen bereits geöffnet hatte. Sie lag noch immer in Enyas Armen.

Myrna hockte sich zu ihr und legte ihre Hand liebevoll an Theas Wange. »Wer war das? Wer hat Ihnen das angetan?«

»Ich weiß es nicht. Es ging alles so schnell. Der Täter kam von hinten und hat einen schweren, harten Gegenstand benutzt.« Sie sprach langsam, aber flüssig.

Myrna testete sie trotzdem. »Wie viele Finger?«

»Zwei«, antwortete sie richtig und verzog das Gesicht, als Susie die Wunde am Hinterkopf mit dem Alkohol desinfizierte.

Myrnas Herz beruhigte sich etwas. Sie hielt Theas schweißnasse Hand in ihrer und bemerkte kaum, wie fest sie zudrückte. »Ich hatte Angst um Sie.«

»Danke, aber mich kriegt man nicht so schnell klein«, sagte Thea und grinste. »Wir Shaws sind hart im Nehmen.« Das Lächeln verging ihr mit dem nächsten getränkten Tuch.

»Ich bringe Sie gleich zurück in den Salon«, bestimmte Myrna. »Dort legen Sie sich bitte auf die Couch vor den Kamin und ruhen sich aus.«

»Kommt nicht infrage. Ich werde weitersuchen. Was haben Sie da?«

Auch Enya reckte neugierig den Hals. »Ist das einer der Hinweise?«

Jonathan räusperte sich. »Ich kann es erklären. Es ist nicht so, wie es aussieht.«

Susie kicherte. »Das sagen sie alle. Viel Glück beim Rausreden.«

Myrna ließ auch Thea lesen. Diese riss erstaunt die Augen auf. Dann wandelte sich ihr Blick in Hass um. »Wer hatte diesen Zettel?«

Susie hob zögernd die Hand. »Ich hatte ihn. Wieso?«

»Wo haben Sie den her? Das ist der Hinweis, den ich hier im Billardzimmer gefunden habe, bevor ich niedergeschlagen wurde. Nur der Täter konnte ihn haben!«

Myrna sprang auf die Beine und fixierte Susie. »Haben Sie etwas mit dem Angriff auf Miss Shaw zu tun? Raus mit der Sprache!«

»Ich habe ihn im Treppenhaus gefunden! Ehrlich! Ich könnte doch niemandem ein Haar krümmen!«, schrie sie panisch und brach sofort wieder in Tränen aus.

»Wo haben Sie den Kontoauszug von Jonathan Hart ganz genau gefunden?«

»Draußen auf dem Flur. Ich weiß es nicht mehr ... Am Treppenaufgang zum ersten Stock, glaube ich. Vielleicht hat der Killer ihn verloren. Ich weiß es wirklich nicht. Der Zettel lag einfach herum.«

Myrna versuchte, in ihrem Gesicht zu lesen, aber Susie weinte und krampfte zu sehr, um sie einschätzen zu können. Es war möglich, dass der Täter in Eile aus dem Zimmer gelaufen und ihm der Beweis aus der Tasche gerutscht war. Ein Windzug hatte ihn vielleicht durch das Treppenhaus bis nach unten befördert.

Jonathan schluckte. Myrna wandte sich nun ihm zu. »Das hier ist ein Kontoauszug von Ihnen. Fünfundzwanzigtausend Pfund von der ›Moonshine & Parish GmbH‹ sind hier markiert.« Sie kniff die Augen zusammen. »Was ist das für ein Unternehmen? Wieso bekommt ein Anwalt so viel Geld von einem einzigen Mandanten?«

»Ein großer Fall, an dem ich lange gearbeitet habe. Ein Chemieunternehmen, das verklagt werden sollte. Angeblich sind giftige Substanzen in die Kanalisation geflossen. Umliegende Gemeinden wollten sie verklagen. Ich habe meinem Mandanten bloß geholfen, die Klage abzuschmettern. Weil wir erfolgreich waren, gab es einen Bonus.«

»Ein ziemlich dicker Bonus, finden Sie nicht?«

Susie schnaubte. »Er lügt. Alles, was er sagt, ist falsch.«

»Du miese Schlange«, zischte er und ballte die Fäuste. »Sei bloß still, sonst erzähle ich dem Inspector von deinen Geheimnissen.«

»Nicht nötig«, sagte Myrna und zückte den Ausweis, den sie zusammen mit Thea im Musikzimmer gefunden hatte. »Erkennen Sie den wieder, Miss Michaels? Oder sollte ich Sie lieber Miss Carmichael nennen?«

Susie knabberte auf ihrer Unterlippe. Etwas rote Farbe blieb an ihren Zähnen kleben. »Das ... Also ...«

»Wir hören Ihnen zu. Nur Mut«, sagte Myrna und drängelte absichtlich etwas, damit Susie keine Chance bekam, sich eine aberwitzige Geschichte wie Jonathan auszudenken.

Sie seufzte und schloss erschöpft ihre Augen. »Ja, es ist wahr. Mein richtiger Name lautet Sheila Carmichael, aber ich habe ihn nach der Trennung von meinem gewalttätigen Ehemann geändert. Ist das verboten? Ich wollte ganz von vorne anfangen.«

»Das ist nicht weiter schlimm, aber Sie haben gelogen, was das ›Hoskins Hospital‹ angeht. Das hier ist ein Dienstausweis von dort, der Sie eindeutig als Mitarbeiterin identifiziert.«

»Schlange«, wiederholte Jonathan gehässig. »Jetzt bekommst du, was du verdienst.«

»Sie brauchen gar nicht so zu grinsen.« Seine Mundwinkel fielen herab, als Myrna ihn in die Mangel nahm.

»Es wird Zeit, dass wir über das Geheimnis sprechen, das Sie drei verbindet.«

In diesem Moment ging die Tür ein weiteres Mal auf, und Thomas trat passenderweise ein. »Nanu? Was ist denn hier los? Wollten wir uns nicht aufteilen? Was habe ich versäumt?«

»Es hat einen Angriff gegeben.«

Er betrachtete Thea, die noch immer am Boden saß und sich von Susie verarzten ließ. Myrna erkannte nicht, ob sie Sorge oder sogar Angst in seinem Gesicht sah. Hatte er womöglich ein schlechtes Gewissen, weil er für Theas Verletzung verantwortlich war?

»Wer war das?«

»Das wissen wir nicht. Wo waren Sie zuletzt?«

»Ich habe noch immer das Arbeitszimmer nebenan auf den Kopf gestellt, aber unsere Handys müssen woanders liegen.« Er fixierte Enya.

»Ich weiß es doch auch nicht!«, rief diese genervt aus. »Ich hatte meine Anweisungen, und die habe ich befolgt. Lassen Sie mich endlich in Ruhe mit Ihren Anschuldigungen! Jeder hier weiß, dass Sie Miss Halligan getötet haben!«

Myrna stellte sich zwischen die zwei. »Lassen Sie das, alle beide! Ich habe genug von diesem ständigen Streit! Thea wurde verletzt, weil sie einen Hinweis auf Jonathan gefunden hat.«

»Na, dann ist der Fall doch gelöst. Er hat sie umgehauen.«

»Der Hinweis wurde aber bei Susie entdeckt.«

»Dann war sie es.«

»Sie sagt, dass sie ihn nur gefunden hat. Er ist dem Angreifer wohl aus der Tasche gefallen.«

»Und was wollen Sie nun von mir hören?«, fragte er genervt.

»Es lag sicherlich mehr im Tresor als ein einfacher Umschlag mit einer weiblichen Handschrift. Was war noch darin?«

»Gar nichts, und das Gegenteil können Sie nicht beweisen.« Sein Gesicht verfinsterte sich. »Sie werden kein schönes Leben mehr führen, wenn ich erst einmal mit Ihnen fertig bin. Ich werde Sie verklagen, bis Sie nur noch Strafzettel ausstellen dürfen.«

»Soll das eine Drohung sein? Da kann ich nur lachen.« Myrna provozierte ihn mit einem entspannten Lächeln.

Ein Stöhnen drang aus Theas Mund, als Enya sie auf die Beine hob und zur Pianobank führte. »Wir fangen gerade erst an«, sagte sie und biss die Zähne fest aufeinander. »Ihre Lügen halten *Churchyard Crimes* nicht auf. Früher oder später werden wir die Wahrheit herausfinden.«

Die Gemüter beruhigten sich. Niemand schrie herum oder wurde handgreiflich. Stattdessen verteilten sich die einzelnen Parteien wieder auf unterschiedliche Zimmer, um weiterzusuchen. Myrna hätte sie am liebsten alle in einen Raum gesperrt, aber sie hatte nicht die Befugnis dazu, sondern konnte nur zusehen und abwarten. Die Beweise behielt sie bei sich. So waren sie sicherer.

»Ich bleibe bei ihr. Gehen Sie und kümmern Sie sich um die restlichen Hinweise«, sagte sie zu Susie, die sich daran machte, Theas Kopf zu verbinden.

»Was ist mit meinem Ausweis? Die beiden werden ihn gegen mich verwenden. Ich habe nichts mit dem Vorfall von damals zu tun.«

»Das werden wir sehen.«

»Ich kann auch Penny nicht ermordet haben. Ich war die einzige Person, die nicht in ihre Nähe kam.«

»Wir alle hatten die Möglichkeit, auch Sie. Und wenn es nur der kurze Moment war, in dem wir zum Tisch gegangen sind und unsere Plätze gesucht haben.« Myrna wollte sie nicht in Sicherheit wiegen. »Wir werden sehen, wie sich dieser Fall entwickelt. Bitte achten Sie gut auf sich.«

Susie nickte einmal kurz. »Die Wunde ist nicht besonders tief und muss auch nicht genäht werden. Es wäre trotzdem gut, Schmerzmittel einzunehmen. Ich kann danach suchen, wenn Sie wollen.«

»Nein, keine Drogen!«, rief Thea sofort aus. »Ich möchte klar bei Verstand sein. Mehr als eine Beule bleibt sowieso nicht zurück.«

»Auch, wenn es wehtut?«, fragte Myrna besorgt nach.

Sie nickte eisern. »Das schaffe ich schon. Sie haben die Schwester gehört: Die Wunde ist nicht sehr tief und muss nur abheilen.«

Susie hielt Myrna den Rest vom Verband hin. »Soll ich oder möchten Sie?«

»Ich erledige das. Gehen Sie ruhig und schauen Sie den beiden Männern auf die Finger. Wir sollten uns mit der Suche beeilen. Bis jetzt waren wir nur im Haupthaus unterwegs, aber es gibt noch einen weiteren Flügel und den Turm.«

»Enya und ich haben das bereits gecheckt«, antwortete sie. »Man kommt von dort überhaupt nicht in die

Zimmer, und den Turm kann man auch nicht betreten. Alle Zugänge sind genauso abgesperrt wie die Fenster.«

»Also wollte Penny ihr Spiel auf das Haupthaus beschränken. Sehr interessant«, murmelte Myrna.

»Wieso zerstören wir nicht den Sicherungskasten? Vielleicht löst das einen Impuls aus, der die Rollläden öffnet.«

»Wissen Sie denn, wo er ist?«

Susie verneinte.

»Miss Halligan wird es uns nicht so einfach machen. Uns bleibt nichts anderes übrig, als das Rätsel von Manor Hall zu lösen und hoffentlich dadurch hier rauszukommen. Danke, Susie.«

Die Krankenschwester verließ das Zimmer.

»Ich weiche Ihnen nicht mehr von der Seite«, raunte Myrna ihrer Freundin zu.

»Kaufen Sie ihr die Geschichte von ihrem Ex-Mann und dem Neuanfang ab?«, fragte Thea misstrauisch nach.

»Keineswegs. Sie hat sich zum Weinen gezwungen, um uns zu täuschen. Weder sie noch Jonathan haben die Wahrheit gesagt.«

»Es gibt bestimmt irgendwo auch eine Bibliothek. Jedes ordentliche Herrenhaus hat eine.« Thea lächelte beim Gedanken an die alten Bücher. »Dort würde ich gern weitermachen.«

»Sind Sie sich sicher, dass Sie dazu in der Lage sind? Sie konnten kaum aufstehen, geschweige denn, laufen.«

Thea suchte ihren Blick. Wie gebannt wartete Myrna auf ihre Antwort. »Mir geht es, ehrlich gesagt, blendend. Die Platzwunde am Hinterkopf tut kaum noch weh. Viel Blut, wenig Wunde. Ich habe absichtlich etwas übertrieben, damit die anderen glauben, dass ich außer Gefecht gesetzt bin.« Sie zwinkerte verschmitzt.

Myrna erwiderte das Lachen nur zu gern. Sie war heilfroh, dass es Thea gut ging. »Sie Fuchs. Das habe selbst ich nicht durchschaut.« *Meiner Panik sei Dank.* »Darf ich Sie trotzdem stützen?«

»Dazu sage ich nicht Nein. Sie sollten überlegen, Krankenschwester zu werden, Evans. Der Verband sitzt perfekt.«

»Vergessen Sie's«, antwortete Myrna lachend.

***

»Die Luft ist rein«, flüsterte Thea und ging voraus.

Myrna drückte die Tür im Erdgeschoss lautlos zu. Einen Schlüssel für das Schloss gab es nicht. Sie setzten sich im Schneidersitz auf den Boden der Bibliothek und zogen ein paar Bücher aus den Regalen, um sie durchzublättern. In diesem Zimmer gab es keine andere Möglichkeit für ein Versteck. Da die Romane und Sachbücher alle in Reih und Glied standen, statt auf dem Boden verstreut zu liegen, nahm Myrna an, dass Thomas noch nicht hier gewesen war.

Sie hatte ein schlechtes Gewissen, als sie Thea mit dem verbundenen Kopf sah. Wäre sie doch nur bei ihr geblieben!

»Thomas und Jonathan verheimlichen uns etwas«, sagte Myrna.

»Das ist ja nichts Neues.«

»Ich glaube, Sie haben einen Beweis zerstört, der in diesem Umschlag war.«

Thea legte die Enzyklopädie beiseite und betrachtete neugierig das Kuvert. »Wessen Handschrift ist das?«

»Auch das wollten sie mir nicht verraten. Sieht weiblich aus.«

»Wir sollten sie mit der von Susie und Enya vergleichen.«

Myrna nickte bedächtig. »Lassen Sie uns zusammenfassen.« Sie hob einen Finger. »Hinweis eins ist die Krankenakte von J. Simon. Sie wurde 2017 wegen einer Nervenkrankheit im ›Hoskins Hospital‹ behandelt.« Der nächste Finger gesellte sich dazu. »Hinweis zwei: der Totenschein, ebenfalls von 2017, den Thomas Keagen vor unseren Augen verbrannt hat. Seine Patientin namens A. Sneijder ist womöglich das Mordopfer, um das es in diesem Spiel geht. Aber bedeutet das auch, dass er ihr Mörder ist? Und was haben die anderen beiden mit dem Fall zu tun?«

»Doktor Keagen ist als behandelnder Arzt eingetragen, der Todesgrund war eine Operation, die wahrscheinlich von ihm verpfuscht wurde. Es liegt nah, ihn als Täter zu sehen«, sprach Thea weiter. »Hinweis drei: der Dienstausweis der Krankenschwester. Miss Michaels hat im selben Krankenhaus wie Doktor Keagen gearbeitet. Was, wenn sie sogar seine OP-Schwester war, als A. Sneijder starb?«

»Das wissen wir erst nach mehr Recherche. Jedenfalls haben sie uns alle belogen und behauptet, sie würden sich nicht kennen. Zu guter Letzt der Kontoauszug von Mr Hart, auf dem mehrere mysteriöse Zahlungen der ›Moonshine & Parish GmbH‹ zu sehen sind. Das alles stinkt zum Himmel. Ich kann bis jetzt nur mutmaßen, aber in meinen Augen sind sie alle drei für das Verbrechen von damals verantwortlich. Sie stecken unter einer Decke, und wir werden es beweisen. Aus diesem Grund hat man Sie angegriffen.«

Theas Augen leuchteten. »Vielleicht liefern sie sich gegenseitig ans Messer und hoffen, dass der jeweils andere für das Verbrechen verantwortlich gemacht wird, wenn wir sie weiter unter Druck setzen.«

Myrna dachte nach. »Es muss einen Zusammenhang zu Penny Halligan geben. Und auch die Verbindung zu den beiden Patientinnen ist mir noch unklar. Ich werde mir immer sicherer, dass J. Simon in Wahrheit Pennys Mutter June Halligan war, die unter einem Decknamen in der Klinik behandelt wurde. Aber wer ist A. Sneijder? Eine Verwandte oder Freundin vielleicht? Würden wir Kontakt zu Callan aufnehmen können, hätten wir sicher schon ein paar Informationen mehr.« Sie machte eine Pause und grübelte. »Leider sind die Handys weg. Thomas hat den Safe geknackt, aber er war leer bis auf diesen Umschlag. Zumindest behaupten Jonathan und er das.«

»Woher hatte er die Kombination?«

»Das weiß ich nicht.«

»Und sie haben gelogen, was das Kuvert betrifft. Alles sehr verdächtig.«

»Wenn ich eines bei der Londoner Polizei gelernt habe, dann, woran ich einen Lügner erkenne«, sagte Myrna stolz. »Jonathan konnte mir nicht einmal in die Augen sehen. Er ist ein lausiger Jurist. Trotzdem würde ich sagen, dass der Doktor das größte Motiv hat. Die Todesursache war damals seine Operation. Haben Sie gemerkt, wie viel er trinkt?«

»Das war kaum zu übersehen.« Thea verdrehte die Augen. »Sie meinen, er hat ein kleines Problem? Für einen Chirurgen sicher ein Stolperstein. Was, wenn er vor sechs Jahren angetrunken im Operationssaal war und nur deshalb etwas schiefgelaufen ist? Das wäre ein Skandal gewesen. Man hätte ihn bis aufs Blut verklagt.«

»Und er hätte nie wieder als Arzt arbeiten dürfen.« Langsam fügte sich das Bild. Myrna dachte nach. »Welche Zimmer haben wir bis jetzt gesehen?«

Thea zählte munter auf. »Wir waren heute schon in der Eingangshalle, die wir noch immer durchsuchen müssen, im Salon haben wir getrunken, im Speisezimmer gegessen, haben nun das Billardzimmer, Sie das Arbeitszimmer und wir beide zuvor auch das Musikzimmer kennengelernt. Thomas war im Schlafzimmer oben randalieren. Die Küche und der Wintergarten im Erdgeschoss fehlen uns noch. Mehr Zimmer gibt es, soweit ich das beurteilen kann, nicht, da der Rest abgeschottet oder unbegehbar ist.« Die Kopfverletzung schien sie nicht einzuschränken, wenn sie das überhaupt jemals getan hatte.

Myrna kam ein erstaunlicher Verdacht. »Und nun sind wir in der Bibliothek. Merken Sie etwas?«

Thea ging ein Licht auf. »Wir sitzen auf einem Cluedo-Spielbrett fest. Wahnsinn!« Sie strahlte vor Begeisterung über das ganze Gesicht. »Auf so etwas muss man erst einmal kommen. Diese Penny Halligan wusste, wie man einen perfekten Krimiabend veranstaltet. Na ja, wenn sie dabei nicht tot umgefallen wäre. Andererseits macht der Mord an ihr es umso spannender, so traurig es klingt.«

»Fragt sich nur, wer die Figuren jetzt noch lenkt, wo sie nicht mehr da ist. Wenn dieser Thomas ausrastet, sind wir die Ersten, die er ins Visier nimmt. Wir sollten den Cognac vor ihm verstecken.«

»Meinen Sie, er hat mich angegriffen?«

»Es wäre möglich.«

Thea dachte kurz nach, schüttelte dann aber den Kopf. »Die Person muss kleiner gewesen sein. Thomas hätte von viel weiter oben zugeschlagen. Ich glaube nicht, dass er es war.«

»Wer dann?«

Myrna verteilte alle Beweise zwischen ihnen auf dem Boden. Sie benutzten Pennys Bibliothek wie die im Chamberling-Anwesen und funktionierten sie kurzerhand zu ihrer privaten Ermittlungszentrale um.

Thea deutete auf den Kontoauszug von Jonathan. »Könnte es sein, dass hinter dieser Scheinfirma kein Geringerer als Thomas Keagen steckt? Sobald erste Fragen laut werden und die Familie der Toten nachhakt, braucht man Verbündete, die einen schützen und vor Klagen bewahren. Jonathan hat sicher weitreichenden Einfluss. Eventuell hat er sich um einen falschen Totenschein für die Verwandten gekümmert und den echten verschwinden lassen. Zumindest konnte er jegliche Klagen abschmettern und das Krankenhaus sowie Doktor Keagen schützen. Verwandte hätten keine Chance gehabt, nachzuforschen. Tatsachen wurden verdreht, Akten gefälscht und die Familie getäuscht. Vielleicht ergibt sich hier die Verbindung zur Patientin ›J. Simon‹. Wurden ihre Akten womöglich vertauscht?«

»Wir wissen aber nicht, ob es seine Firma ist. Dafür bräuchten wir Callan. Er entspannt wahrscheinlich seelenruhig in Ihrer Bibliothek und liest einen Wälzer nach dem anderen, während wir hier gefangen sind. Wenn er nur wüsste, dass wir in der Falle sitzen und niemanden erreichen können ... Er würde sicher sofort aufbrechen und herkommen, um mitzumischen«, sagte Myrna und lächelte warm. »Leider müssen wir dieses Mal ohne ihn und seine Fähigkeiten auskommen.«

Es fühlte sich tatsächlich so an, als fehlte ihnen ein Teil. Ohne Callan waren sie einfach nicht komplett.

Thea beugte sich vor und suchte ihren Blick, während sie die nächsten Bücher herauszog. »Sie klingen fast so, als würden Sie das Hacken inzwischen mögen.« Ihr freches Grinsen steckte Myrna an.

»Ich werde mich nie ganz daran gewöhnen, die Grenzen des Erlaubten zu überschreiten, muss aber zugeben, dass seine ... Kunst ein paar Vorteile bringt, erst recht in einer ausweglosen Ermittlung wie dieser. Wir hätten den entscheidenden Vorteil mit ihm. Callan könnte sich ins Krankenhaus einschleusen und mehr über die Kontobewegungen des Arztes herausfinden. Er wüsste längst, ob es diesen ominösen Firmennamen wirklich gibt.«

»Jonathan wurde also für sein Schweigen oder seine Mithilfe bezahlt. Was ist mit Susie? Sie auch?«

»Davon gehe ich aus. Aus Angst vor Konsequenzen änderte sie ihren Namen und wechselte die Klinik. Vielleicht gibt es auch einen Hinweis auf ihr Schweigegeld, den wir nur noch nicht gefunden haben.«

»Es prallen alle drei Mitwisser von damals in Pennys Elternhaus aufeinander, und plötzlich ist unsere Gastgeberin tot. Das kann kein Zufall sein. Sie hat sie unter Druck gesetzt und mit Enthüllungen gedroht, also stellte man sie kalt.« Zwischen Theas Augenbrauen entstand eine nachdenkliche Falte.

Myrna schüttelte während ihrer Unterhaltung weiter Bücher aus und stellte sie anschließend zurück ins Regal. Sie mussten sich beeilen, ehe sie jemand störte. »Penny wollte die drei bloßstellen und ans Messer liefern. Sie hat über Jahre hinweg Beweise zusammengetragen und auf den passenden Moment gewartet. Alle drei hatten ein Motiv, sie zu vergiften. Aber hatten sie auch alle die Möglichkeit dazu? Da wären zum Beispiel Jonathans Zigaretten.«

»Aber er hätte beinahe selbst davon gekostet.«

»Das könnte eine Finte gewesen sein. Vielleicht wusste er, dass mindestens eine Person einschreitet«, erwiderte Myrna.

»Thomas hat Penny mehrmals berührt, als er sie aufgerichtet und später ihren Tod festgestellt hat. Er könnte ihr dabei etwas angetan haben«, sagte Thea aufgeregt.

»Aber die Symptome hatte sie da bereits. Nur Susie kam nicht in ihre Nähe. Wie soll sie Penny aus dieser Entfernung getötet haben? Sie saß nicht neben ihr, sondern wir. Und dass sie ihr aus der Entfernung einen giftigen Kuss zugeworfen hat, bezweifle ich.«

»Was suchen wir beide in dieser Runde?«, fragte Thea auf einmal. »Penny wollte sich an den Schuldigen für den Tod von ›A. Sneijder‹ rächen, mit dem wir nichts zu tun haben – oder etwa doch? Wusste Penny mehr von uns als wir selbst? Ich vertraue Ihnen, Evans.«

»Ich vertraue Ihnen auch am meisten von jedem in ganz Pendle. Das ergibt alles keinen Sinn.« Myrna schüttelte entschieden mit dem Kopf. »Ich kannte

Penny Halligan nicht einmal, bis mir Hank von ihr erzählt hat. Sie ist eine große Schauspielerin gewesen, aber ins Kino hat es mich seit ein paar Jahren nicht mehr gezogen.«

Sie biss sich auf die Wange. Nun hatte sie dieses Thema doch angesprochen, obwohl sie sich geschworen hatte, es verborgen in ihrem Herzen zu lassen.

»Möchten Sie jetzt vielleicht reden? Es ist niemand sonst hier, und ich bin eine gute Zuhörerin.«

»Seit wann? Immer, wenn ich Ihnen Vorschriften mache, rennen Sie doch bereitwillig in Ihr Verderben.« Sie lachten gemeinsam. Theas Blick sprach Bände. Sie würde auch dann nicht lockerlassen, wenn sie sie darum bat. Ein lang gezogener Seufzer entwich ihrer Lunge. »Ich finde Hank sehr ... interessant. Zufrieden?«

Thea klatschte in die Hände. »Ich wusste es! Der schneidige Wirt hat es Myrna Evans angetan.«

»Mehr als etwas Schäkerei gab es da noch nicht. Ich kenne ihn bloß aus dem Pub. Er flirtet gern mit mir und zeigt offenkundig Interesse, aber genau das macht mich stutzig.«

»Warum? Sie sind eine toughe, schöne Frau mit Herz und Verstand. Welcher Mann würde da nicht interessiert sein?«

Myrna lächelte dankbar. Sie war froh über Theas Worte, weil sie wusste, dass sie es ernst meinte. Alethea Shaw hielt auch ihre negative Meinung nicht zurück. Sie würde ihr immer auf den Kopf zusagen, wenn ihr etwas nicht passte.

»Manchmal ist Hank plötzlich distanziert und abweisend. Er hat ein Geheimnis. Ich werde nicht schlau aus ihm und traue mir den nächsten Schritt nicht zu. So langsam gehen mir die Ausreden aus.«

»Vielleicht vertraut er Ihnen nicht genug, um seine eigene Geschichte zu erzählen.« Theas Gesicht verfinsterte sich. Fast wirkte sie traurig. Sie dachte wahrscheinlich an Oakley Miller. Auch er hatte etwas zu verbergen, das Thea von ihm fernhielt. Sie beide waren sich ähnlicher, als Myrna glaubte.

Sie lehnte sich gegen das Bücherregal. »Hank ist ein toller Mann, aber ich habe eine gescheiterte Beziehung hinter mir, weil mein Partner nicht ehrlich gewesen ist. Er hat mich mit einer anderen betrogen.«

»Was für ein Schwein. Den hätte ich auch rausgeworfen.«

Myrna musste ungewollt lachen, weil Thea ihre kleine Geschichte mit einer erstaunlichen Trockenheit kommentierte.

Diese Szene musste auf einen Außenstehenden skurril und schön zugleich wirken, wie sie da auf dem Boden einer fremden Bibliothek saßen und über Männer und das Leben sinnierten. Um sie herum lagen allerhand alte Bücher mit verzierten Umschlägen und Lesebändchen. Man hätte diese Szene in einem Gemälde verewigen und die beiden für beste Freundinnen halten können. Myrna überlegte, ob sie das inzwischen vielleicht sogar waren.

Sie hatte sonst niemanden, der sich um sie scherte. Außer Thea und Callan fiel Myrna niemand ein, der sich um sie sorgte und sie wenigstens nach ihrem Befinden fragte – bis auf Hank, aber das ging meistens in einen Flirt über. Weder riefen die Kollegen aus London an, noch pflegte sie den Kontakt zu ihrer Familie, die lieber gesehen hätte, dass sie Architektin wie ihr Bruder geworden wäre.

Hinter Verbrechern herzujagen, schickt sich nicht, hörte sie die Stimme ihrer Mutter im Kopf. *So etwas machen nur Männer, aber doch keine Frau, die etwas auf sich hält.*

Myrna schüttelte ihre Erinnerungen ab. Dann war sie eben ein Einzelgänger, ein einsamer Wolf. Ein Schicksal, das sie mit Thea teilte. Es tat gut, ihre Geschichte zu erzählen und das Herz einmal auszuschütten.

»Jedenfalls kam ich erst zwei Jahre später dahinter«, sagte sie. »Ausgerechnet ich, die sonst alles und jeden entlarvt, bin auf die einfachsten Tricks und Lügen hereingefallen. Selbst Psychopathen hatten keine Chance gegen die berühmte Myrna Evans, mein Freund dagegen schon. Ich habe niemandem je davon erzählt, weil ich mich für mein Versagen geschämt habe. Können Sie sich das vorstellen?«

»Um ehrlich zu sein, nein«, antwortete Thea ruhig. »Sie sind die stärkste Frau, die ich kenne, und hätten darüberstehen können. Auch eine weltklasse Polizistin ist nur ein Mensch.«

»Danke, Thea. Ich glaube, das hat mir wirklich geholfen. Sie sprechen mir aus der Seele.«

»Das Problem mit der Nähe kommt mir bekannt vor«, sagte Thea. »Wegen meines Vaters und seiner Lügen lasse ich auch niemanden an mich heran. Man hat Angst, noch einmal verletzt zu werden und die Wunden aufzureißen, die bereits da sind. Stellt sich die Frage, ob wir andere über uns entscheiden lassen wollen, oder ob wir das Leben lieber selbst in die Hand nehmen. Manchmal ist ein Kopfsprung ins Wasser besser, als am Beckenrand stehen zu bleiben und anderen dabei zuzusehen, wie sie Spaß haben.«

»Das klingt fast nach einer irischen Lebensweisheit. Ich vermisse unseren Knirps. Wir wären deutlich weiter, wenn er bei uns wäre.«

»Lassen Sie ihn bloß nicht das mit dem Knirps hören.« Thea grinste. »Sie wissen, wie eingeschnappt er sein kann. Dann redet er wieder tagelang nicht mit uns.«

Myrna fiel in ihr Lachen ein. Ihre Brust entspannte sich, und der Kloß in ihrem Hals verschwand.

Sie lächelte beeindruckt. »Wow, so ein tiefsinniges Gespräch hätte ich mir gar nicht erhofft, Thea. In Ihnen stecken jede Menge Überraschungen.«

»Das muss an meiner Kopfverletzung liegen. Anders kann ich mir das nicht erklären.« Ihr Grinsen behielt sie bei. »Aber ich hätte nicht gedacht, dass Sie doch noch mit der Sprache herausrücken. Geben Sie Hank eine Chance. Nicht jeder Mann ist ein Arschloch.«

»Erst muss ich herausfinden, wer Alison ist. Er hat eine Notiz von ihr mit einem Herz versehen.«

»Könnte seine Schwester oder Cousine sein. Seien Sie nicht immer so misstrauisch, Evans. Der Wirt macht Ihnen sicher nicht umsonst schöne Augen. Sie sind dafür bekannt, alles und jedem eine Chance zu geben. Auf mich wirkt Hank nicht wie der typische Frauenaufreißer. Sie werden es nur herausfinden, indem Sie sich trauen.«

»Was ist mit Oakley und Ihnen? Hat er nicht auch eine zweite Chance verdient?«

Thea wandte sich ab und ging wieder ihrer Arbeit nach. »Das hat Zeit. Ich möchte jetzt nicht daran denken. Er hatte seine zweite Chance bereits und hat sie verspielt, indem er wieder gelogen hat.«

»Vielleicht hat er Angst, dass die Wahrheit schlimmer wäre als eine Notlüge«, sagte Myrna. »Denken Sie an Ihre eigenen Worte mit dem Kopfsprung, Thea. Das wird schon.«

Schweigend durchsuchten sie die Bibliothek, bis Myrna auf eine Fotografie in einem Märchenbuch stieß. »Hier ist etwas. Das kleine Mädchen in der Mitte könnte Penny sein, das daneben ihre Eltern.«

Sie blies darauf die Kerzen auf ihrem Geburtstagskuchen aus.

»Lebt der Vater noch?«

»Er ist vor fünf Monaten an Herzversagen gestorben. Vielleicht hat er den Verlust seiner Frau und die Besessenheit seiner Tochter nicht verkraftet.«

Thea nahm ihr das Foto ab und drehte es auf die Rückseite. Es war keine Jahreszahl notiert. »Irgendetwas stimmt damit nicht.« Sie tauchten nun wieder in den Fall ein. Der kurze private Moment war vorüber. »Der Kuchen ist eine Fertigmischung aus dem Supermarkt.«

»So etwas erkennen Sie?«

»Ich hatte ihn selbst als Kind. Meine Mum hat ihn mir zu beinahe jedem Geburtstag gebacken. Ich habe ihn für das Allergrößte gehalten, bis ich mit zwölf Jahren herausgefunden habe, dass man dafür kaum fünfzehn Minuten benötigt und alle Zutaten lieblos zusammengerührt werden.«

»Aber er blieb dennoch besonders, weil Ihre Mutter ihn extra für Sie gebacken hat, nicht wahr?« Myrna entlockte ihr ein melancholisches Lächeln. Sie verstanden sich.

»Das ist wahr. Aber geschmeckt hat er eigentlich nie.« Sie lachten leise.

»Was meinen Sie damit, dass etwas nicht stimmt?«, fragte Myrna und wartete gespannt ab. »Sie sieht ihr doch ähnlich, oder nicht? Ein kleines blondes Mädchen, frische sieben Jahre alt, mit lächelnden Eltern. Eine glückliche kleine Familie. Penny sieht ihrer Mutter sehr ähnlich. Sehen Sie, sie trägt sogar das gleiche Mal auf der Wange.«

»Ja, schon ...« Thea grübelte weiter und versetzte Myrna in einen Zustand der größten Gespanntheit. »Mein Bauchgefühl sagt mir schon seit Beginn des Abends, dass etwas nicht stimmt. Und nun meldet es sich wieder. Ich habe etwas Entscheidendes übersehen.«

Myrna wartete kurz ab, aber Thea blieb auch dann still. »Darf ich?«, fragte sie und nahm ihr das Foto ab, um selbst einen Blick darauf zu werfen. Ihr sprang nichts Verdächtiges ins Auge.

Myrna steckte es zusammen mit den anderen Beweisen weg. »Wir sollten Enya befragen. Sie ist die Einzige, die nicht zu den Tätern von damals gehört. Vielleicht kann man wenigstens ihr vertrauen. Eine weitere Verbündete gegen drei Verdächtige würde nicht schaden.«

10. Kapitel

Callan schwitzte unter der Last von Jolene Downing. Er hätte nicht für möglich gehalten, dass eine alte Frau so schwer sein konnte.

Sie folgten ihrem einzigen Verbündeten, der ihnen jetzt noch zu helfen wusste. Harry wartete an jeder Kurve brav darauf, dass sie aufschlossen. Manchmal bellte er, um ihnen die richtige Richtung anzuzeigen. Dieser Hund war Gold wert, auch wenn er die Brotkrumen gefressen hatte. Tiere fanden immer einen Weg nach Hause. Hundenasen waren den Menschen weit überlegen.

Ward schnaufte inzwischen wie eine Dampflok. Callan wunderte sich, dass der Sergeant überhaupt aufgetaucht war. So neugierig und hilfsbereit hätte er ihn nicht eingeschätzt. Vielleicht hatte Oakley ihn dazu genötigt.

»Da ist Licht!«, rief er nach hinten und brachte selbst Callan zum Strahlen.

Sie fielen und stolperten in die Bibliothek. Callans Hustenreiz meldete sich zurück. Oakley und Ward kümmerten sich um die beiden alten Damen, während Callan ein paar Wassergläser holte. Seine Hände und Beine zitterten wie Espenlaub. Er war dehydriert und erschöpft. Erst im Licht der Deckenlampe sah er, wie schmutzig seine Arme waren. Sein Gesicht würde nicht minder dreckig aussehen.

Gierig tranken sie. Niemand sagte ein Wort, solange die Vorräte in ihren Körpern nicht aufgefüllt waren. Callan war froh über den positiven Ausgang dieser wagemutigen Geschichte. Wenn er Thea und Myrna davon erzählte, würden sie Augen machen!

Nein, erst einmal wären sie wütend, dachte er. *Und danach erleichtert. Erst dann würden sie hören wollen, was du zu sagen hast.*

Aber was hätte er tun sollen? Jolene und Lucretia sich selbst überlassen? Callan redete sich ein, dass er aus Barmherzigkeit gehandelt hatte, dabei hatte er bloß einen Grund gesucht, endlich durch diese Tür zu gehen.

»Was war das da unten bitte?«, fragte er nach einer Weile in die Runde. »Hat Nathan Shaw ein Verlies bewacht? Wie weit erstreckt sich dieses Tunnelsystem mit den Türen? Gibt es noch mehr Eingänge?« Tausend Fragen schossen durch seinen Kopf.

Lucretia und Jolene wechselten einen Blick. Callan bemerkte ihr unauffälliges Nicken Richtung Ward. Dann schüttelten sie den Kopf. Offenbar wollten sie in seiner Gegenwart nicht sprechen.

Callan reagierte sofort. »Ich passe auf die beiden auf, während Sie sich ausruhen, Sergeant. Am besten gehen Sie heim und machen sich frisch. Du auch, Oakley.«

»Ich weiche meiner Tante nicht von der Seite«, antwortete er und verschränkte die tätowierten Arme. Er sah selbst verschwitzt und ausgelaugt wie ein Männermodel aus. Kein Wunder, dass Thea ihn heimlich anschmachtete.

Ward hingegen erhob sich schwerfällig. »Ich werde aufbrechen und das alles sacken lassen. Niemand betritt mehr dieses Labyrinth. Ich werde morgen im Archiv versuchen, etwas darüber herauszufinden. Bis dahin bewahren wir Stillschweigen. Ich möchte keine Panik im Borough. Außerdem muss der Fensterrahmen ersetzt werden.« Sein Blick ruhte auf Lucretia, die ergeben die Hände erhob.

»Wir kümmern uns darum. Versprochen. Bitte steck uns nicht ins Pendle-Gefängnis. Wir waren heute lange genug gefangen.«

»Keine Sorge, ich kann mir Schöneres für diese Nacht vorstellen, als euch zwei weiter zu bewachen.«

Wie zum Beispiel deine Whiskyflasche. Callan war ihm nicht böse. Nach so einem Abenteuer durfte sich jeder von ihnen ein Schlückchen genehmigen. Wenn das seine Mutter wüsste!

»Und ihr werdet euch bei Alethea Shaw entschuldigen«, sprach Ward weiter. Sie sahen den Ernst in seinen Augen.

»Muss das denn sein? Wir bezahlen gern alles, aber wir möchten nicht vor ihr kriechen.«

Ward ließ nicht mit sich reden. »Nichts da. Ihr seid in ihr Haus eingebrochen und habt Eigentum beschädigt. Was wolltet ihr eigentlich da unten? Und wie seht ihr überhaupt aus?«

Es folgte noch ein Blick zu Jolene. Lucretia fummelte nervös am Saum ihres Sweatshirts herum. Ihre schwarze Kleidung klebte an ihrem Körper und ließ sie noch schmaler, gar dürr erscheinen.

Jolenes Dutt war aufgegangen, und ihre grauen Haare hingen schlaff und verknotet herunter.

Callan goss ihnen Wasser nach. Sie brauchten jetzt Flüssigkeit. Alles andere konnte warten. Er bemühte sich, Ward zu beruhigen. »Ich bleibe sowieso die Nacht lang hier und werde beide selbst nach Hause begleiten, aber ich denke, es ist besser, wenn wir noch eine Weile sitzen und trinken.«

»Das beantwortet meine Frage nicht.« Ward blieb standhaft und fixierte die beiden. »Was habt ihr gesucht?«

Jolene ergriff schnell das Wort, als Lucretia bereits den Mund öffnete. »Wir waren nur neugierig, weil wir als Kinder von einem mysteriösen Labyrinth unter dem Chamberling-Anwesen gehört haben. Es war dumm von uns, und wir versprechen, dass es nicht wieder vorkommt. Wir haben die Größe der Tunnel und die Gefahr verkannt. Glaub uns, wenn wir dir sagen, dass wir daraus gelernt haben.«

Ward nickte. »Ich nehme an, dass diese Tunnel im Krieg gebaut wurden, um zu flüchten oder etwas hineinzuschmuggeln. Wahrscheinlich gibt es längst keinen anderen Ein- und Ausgang mehr. Ich werde dafür sorgen, dass diese Tür für immer verschlossen wird, damit so etwas nie wieder passiert.« Er gähnte. »Aber nicht mehr heute. Ich muss zurück auf meinen Posten. Wenn Evans hört, dass ich so lange weg war, wird sie stinksauer sein.« Harry erhielt eine ausgiebige Streicheleinheit. »Du hast uns gerettet, mein Kleiner. Dafür bekommst du ein paar Leckerli, wenn wir zurück sind.« Er wandte sich wieder den anderen zu. »Also, von mir aus können wir das auch unter uns behalten. Niemand betritt diesen Tunnel, dass das klar ist.« Drohend erhob er den Finger. »Das hier ist kein Witz. Hätte Oakley mir nicht verraten, dass Lu wieder eingebrochen ist, wäre ich gar nicht erst hergekommen.«

»Ich bin nicht *wieder* eingebrochen! Ich hatte beim ersten Mal einen Schlüssel!«, rief Lucretia und musste sich einen Rempler ihrer Freundin gefallen lassen. »Aua.«

»Geschieht dir recht. Sei gefälligst still. Du redest dich um Kopf und Kragen.«

»Du hast etwas versprochen«, sagte Oakley zu Ward.

»Ich weiß. Heute war ich als Freund hier, nicht als Ermittler. Das alles ist nie passiert. Trotzdem werde ich weitere Unglücke verhindern und Alethea Shaw nahelegen, die Tür zu versiegeln. Wir hätten heute alle sterben können.«

Oakley hielt seinen Blick fest auf seine Tante gerichtet. Selbst als Ward endlich ging, machte er keine Anstalten, dem Sergeant zu folgen.

Callan fasste ihn am Arm. »Ich achte auf sie«, sagte er mit eindringlicher Stimme. »Du brauchst dir keine Sorgen zu machen.«

»Sei mir bitte nicht böse, Callan, aber die Vergangenheit hat gezeigt, dass auch du manchmal mit dem Kopf durch die Wand willst und es nicht immer gut ausgeht.«

»Ich bin erwachsen«, zeterte Lucretia. Das Rot ihrer Haare leuchtete nicht mehr, so viel Staub lag darin. »Ich brauche keinen Babysitter.«

»Nicht?« Oakley kontrollierte, dass Ward das Haus wirklich verlassen hatte, ehe er die Stimme erhob. »Nun raus mit der Sprache! Ihr beide verbergt schon seit einer Weile etwas vor uns. Ich kann verstehen, dass ihr es vor Ward nicht aussprechen wollt, aber ich bin dein nächster und einziger Verwandter, Tante Lu. Ich kann euch nicht ständig vor Dummheiten bewahren.«

»Es ist alles bestens. Du hast unsere Geschichte bereits gehört«, antwortete Jolene eisern. »Beruhige du dich lieber wieder. Die Luft da unten scheint dir zugesetzt zu haben.« Sie hustete.

»Soll ich euch einen Arzt holen? Nicht dass ihr krank werdet.«

»Wir brauchen nichts, nur frische Luft. Lass uns hier zur Ruhe kommen. Wir sehen uns dann später, Oakley.« Lucretia legte ihre sehnige Hand an seine Wange. Ihre Augen schimmerten fast mütterlich. »Danke für alles, mein Junge.«

Callan sorgte für neue Getränke und ein paar feuchte Handtücher, um sich die Augen auszuwischen und durch die Haare zu fahren. »Wir sollten alle zuerst einmal runterkommen und etwas schlafen«, sagte er. »Geh nach Hause und leg dich ins Bett. Ich schwöre, dass die beiden heute keinen Unsinn mehr anstellen und bald nachkommen. Falls sie umkippen, bin ich da und rufe den Notarzt, aber bis jetzt sieht es nicht danach aus.«

Callan bediente den Mechanismus und versteckte die Tür. Er überlegte bereits, sie mit Brettern und Nägeln zu verbarrikadieren. Ein Schauer wanderte über seinen Rücken, als er an den geheimnisvollen Laternenmann dachte. Waren sie ihm in die Falle gegangen, oder hatte er sie sogar gerettet, indem er ihnen erst den Weg gewiesen und später Harry geschickt hatte?

Oakley musste bemerkt haben, dass er hier und jetzt nicht weiterkam. Er atmete tief durch. »Ich wollte euch nicht angreifen. Tut mir leid. Ich gehe jetzt spazieren und nehme danach eine lange Dusche. Das Gleiche empfehle ich euch. Die Nachtluft bewirkt wahre Wunder.« Er beugte sich zu Lucretia und wartete darauf, dass sie ihn ansah. »Und morgen früh reden wir in Ruhe über alles.« Es klang mehr nach einer Drohung als nach einem Vorschlag.

Oakley schenkte Callan einen letzten beschwörenden Blick, dann ging auch er. Alle drei entspannten sich sichtlich, als die beiden fort waren.

»Wieso darf dein Neffe nicht bleiben?«, fragte Callan sofort. »Ich dachte, ihr steht euch nah.«

»Eben. Oakley soll nichts von dem Bösen da unten erfahren. Das wäre zu viel für ihn«, sagte Lucretia deutlich ruhiger.

»Von dem Bösen?« Callan zog sich den Fußhocker des Sessels heran und setzte sich darauf. »Das klingt ja sehr verschwörerisch.«

»Du hast den Mann selbst gesehen. Wir waren nicht allein. Zum Glück haben Ward und Oakley nicht mehr daran gedacht, aber es wird ihnen spätestens morgen wieder einfallen. Wir brauchen eine passende Ausrede, sonst bohren sie nach.«

»Selbst wenn. Was ist daran falsch?«

Wieder wechselten sie einen Blick, den Callan schwer deuten konnte. Jolene nickte schließlich. Sie hatte Lucretia damit das Sprechen erlaubt. Es war deutlich, wer von den beiden das Sagen hatte.

»Es soll einen Goldschatz unter dem Chamberling-Anwesen geben.« Lucretia platzte beinahe vor Spannung.

Callan wartete auf die Pointe, doch es kam keine. Dann brach er in schallendes Gelächter aus und schlug sich auf die Oberschenkel. »Ihr seid köstlich! Ein Schatz hier in Pendle, von dem sonst niemand weiß? Das ist zu komisch!«

»Ich habe dir gesagt, dass uns niemand glaubt«, raunte Jolene ihrer Freundin zu. »Aber du musstest ihn ja unbedingt einweihen.«

Callan wischte sich eine Träne aus dem Augenwinkel und kam langsam wieder zu Atem. »Und deshalb seid ihr da runtergegangen und habt euer Leben riskiert? Für eine dumme Sage, die sich irgendjemand ausgedacht hat? Weil ihr gierig wart und auf alberne Geschichten hört? So etwas sind nur Legenden. Davon gibt es Hunderte in ganz Lancashire. Hexen hier, Geister da, jetzt noch ein Goldschatz. Wem soll er denn gehört haben? Den Tempelrittern oder doch eher einer fremden Kultur aus einer fernen Galaxis? Ihr habt eindeutig zu viel ferngesehen.«

»Ich habe gar keinen Fernseher«, erwiderte Jolene schnippisch.

»Ich hätte meine Schulden getilgt. Das ist keine Gier, du frecher Bengel!«, rief Lucretia empört. »Hab wenigstens etwas Respekt vor Älteren.«

»Ihr habt auch keinen vor Jüngeren. Macht es euch zu einem besseren Menschen, nur weil ihr ein paar Jahre mehr auf dem Buckel habt? Aber zurück zum Thema: Wer hat euch davon erzählt?«

»Du kannst es selbst im Archiv nachlesen. Wir reimen uns das nicht zusammen. Es sind uralte Überlieferung aus der Downing-Familie. Sie haben ...«

Jolene hob ihre Hand, damit Lucretia verstummte. »Sag nichts mehr.«

»Aber er hat uns erwischt, also müssen wir es ihm doch wenigstens einmal erzählen«, meinte Lucretia. »Mir gefällt es auch nicht, mit einer weiteren Person zu teilen, aber ohne Callan wären wir jetzt nicht hier.«

»Er glaubt uns sowieso nicht.«

»Ich würde sehr gern alles darüber hören. Vielleicht ist es eine gute Story für Theas Blog«, sagte Callan und erntete schockierte Gesichter.

»Auf keinen Fall wirst du es verbreiten! Das ist und bleibt unser Geheimnis!«

»Du hast gesagt, es steht sogar im Archiv, also ist es bereits öffentlich. Ihr wisst, dass ich eng mit ihr und Myrna befreundet bin. Ich kann es ihnen nicht verheimlichen, zumal wir gerade in Theas Haus sitzen.« Er steckte sein Handy ans Kabel und wartete geduldig, bis wieder ein Lebenszeichen aufblinkte. Zufrieden legte er es beiseite, als der erste Ladebalken erschien. »Wenigstens den beiden muss ich es sagen. Aber keine Sorge, sie schweigen wie ein Grab.«

Jolene rieb sich die Stirn und ließ es geschehen. »Es darf nicht die Runde machen. Für die alten Schriften im Archiv interessiert sich sowieso niemand außer uns. Denk an Miss Shaw und ihren Seelenfrieden. Sobald es auf diesem ... Blog landet, sieht und weiß es die ganze Welt. Es würden wieder Verrückte nach Pendle strömen und sie und uns belästigen.«

Als würdest du auch nur einen Hauch an Thea denken, dachte Callan. *Du würdest sie am liebsten davonjagen und selbst im Chamberling-Haus leben, wie ich dich Hexe kenne.*

»Dann erzählt es mir nicht für ›Churchyard Crimes‹, sondern als Dank für eure Rettung. Irgendetwas muss ich ihnen bieten. Thea und Myrna werden mir anmerken, dass ich was verberge. Spätestens, wenn Ward oder Oakley sich verplappern, wissen sie es. Ich möchte sie außerdem nicht belügen. Das könnt ihr nicht von mir verlangen.«

»Dann frag eben. Wir sagen dir alles, was wir wissen. Vielleicht verstehst du dann endlich, wieso wir unbedingt in dieses Haus mussten und uns jedes Mittel recht war«, sagte Lucretia.

»Das werde ich wahrscheinlich nie ganz begreifen, aber bitte«, antwortete er stirnrunzelnd. Er wurde aus diesen alten, verrückten Frauen einfach nicht schlau. »Woher stammt der angebliche Schatz? War Nathan Shaw etwa reich und hat sein Vermögen neben all den anderen Geheimnissen vor Thea verheimlicht?«

Lucretia beugte sich verschwörerisch vor. Ihre Augen wurden mit jedem Wort größer, Callans Interesse war nun doch geweckt, je länger er zuhörte. Und am Ende der Nacht war sogar er davon überzeugt, dass unter dem Chamberling-Anwesen ein Schatz vergraben lag.

***

Im Treppenhaus trafen sie wieder auf die beiden Männer.

»Wo waren Sie so lange?«, fragte Thea.

»Musik- und Billardzimmer«, sagten sie wie aus einem Munde. »Wir haben keine weiteren Hinweise entdeckt. Kamen Sie denn weiter?«

»Leider nein«, sagte Myrna und wurde nicht ansatzweise rot. Sie hatte das Talent, überzeugend zu wirken, selbst wenn sie log, dass sich die Balken bogen.

Thea war noch immer ganz hin- und hergerissen von ihrem kleinen Gespräch in der Bibliothek. Vielleicht hatte Myrna recht, und sie sollte Oakley erst richtig zuhören, ehe sie ihm den Laufpass gab. Thea würde sich sonst immer fragen, was gewesen wäre.

Nun wurden sie die beiden nicht mehr los, weil sie wie Schmeißfliegen an ihnen klebten. Auf diese Weise wäre ein Gespräch mit Enya unter sechs Augen nicht möglich. Aber sie mussten unbedingt mit ihr reden. Sie war die Einzige, die die Möglichkeit gehabt hatte, Penny einen vergifteten Teller vorzusetzen, besaß aber bis jetzt kein Motiv. Thea sträubte sich außerdem dagegen, das Mädchen zu verdächtigen.

»Am besten trommeln wir alle zusammen und treffen uns im Salon«, sagte Myrna.

Sie hörten laute Stimmen aus der Eingangshalle und wurden Zeugen einer verrückten Szene. Susie und Enya stritten heftig miteinander. Myrna fühlte sich an Susies Disput mit Jonathan keine Stunde zuvor erinnert. »Gib es mir!«, schrie sie immer wieder, aber Enya war schneller.

»Dann komm und hol es dir, du lahme Ente!«

Susie warf eine Vase nach ihr, doch Enya duckte sich rechtzeitig. Sie zerbrach am Fenster neben der Eingangstür. Beide Frauen zuckten zusammen und hielten inne.

»Damit wäre geklärt, dass die Scheiben bruchsicher sind. Wir kommen auch mit Gewalt nicht aus diesem Haus«, sagte Myrna laut genug, damit sie aufhörten. Sie hob beschwichtigend die Arme. »Was ist hier los?«

»Sie enthält mir einen Beweis vor, den wir gefunden haben!«, rief Susie außer Atem. »Hinter dem Spiegel steckte ein großes Kuvert.«

»Das *ich* gefunden habe, meintest du wohl!« Enya hielt Myrna ein Blatt Papier hin. »Das steckte darin. Sie wollte es mir danach wegnehmen. Ich traue ihr nicht.«

Thea reckte interessiert den Hals. Die A4-Seite sah fast genauso aus wie Jonathans Kontoauszug, nur dass dieses Mal Sheila Carmichael eingetragen war. »Sie hat auch fünfundzwanzigtausend Pfund erhalten«, raunte sie Myrna ins Ohr.

»Macht zusammen fünfzigtausend Pfund. Die Summe, die Penny dem Sieger des Rätsels versprochen hatte. Sie hat selbst darin einen Hinweis versteckt. Wäre sie nicht tot, würde ich sie für ihren Einfallsreichtum loben.«

»Was reden Sie denn da? Teilen Sie Ihre Erkenntnisse nun mit uns oder nicht?«, fragte Jonathan genervt. Wieder knurrte sein Magen. »Ich klage Ihre Antworten sonst ein, sobald wir hier rauskommen.«

»Da der Tresor leer war, wird das nicht so schnell passieren«, sagte Thea ernst. »Enya, gab es geheime Absprachen zwischen Ihnen und Penny, die Sie uns vorenthalten haben?«

Sie schüttelte so wild den Kopf, dass ihre Frisur durcheinandergeriet. Schnell strich sie sich den dunklen Pony glatt. Sie keuchte noch immer von ihrer kleinen Jagd durch die Halle. »Die Lady hat sich nicht dazu geäußert.«

Thomas schnaubte verächtlich. »Sie war weit entfernt von einer Lady. Hören Sie auf, sie so zu nennen.«

Enya schossen Tränen in die Augen. »Es tut mir leid, dass ich nicht helfen kann. Ich würde es so gern.«

»Und Sie haben die Box mit unseren Sachen ganz sicher im Safe des Arbeitszimmers verstaut?«, fragte Thea weiter.

»Ich bin mir sicher. Ich sollte sie reinstellen, zumachen und das Rad in irgendeine Richtung drehen. Mehr weiß ich nicht.« Ängstlich weiteten sich ihre Augen. »Werde ich etwa verdächtigt? Was hätte ich davon, sie zu töten?«

»Jeder in Manor Hall ist ein potenzieller Killer«, sagte Myrna. »Sie genauso wie ich. Bleiben Sie ruhig und versuchen Sie bitte, sich an alle Einzelheiten im Zusammenhang mit Penny Halligan zu erinnern.«

Gemeinsam gingen sie zurück in den Salon und setzten sich. Enya versuchte krampfhaft, nicht auf den Körper zu achten, der im Speisezimmer lag und immer steifer wurde. Dennoch wanderten ihre dunkelblauen Augen ständig zu Penny hinüber. »Kö... Können wir nicht woanders reden?«

Myrna zog eine Zwischentür zu und trennte die beiden Räume voneinander. »Jetzt besser?«

Enya atmete auf. »Ja, ein wenig. Ich kann sie da einfach nicht liegen sehen. Das ist grausam. Welches Monster hat ihr das nur angetan?«

»Jemand von uns, das haben Sie doch gehört«, sagte Thomas trocken und griff zu seinem Cognacglas.

»Das würde ich an Ihrer Stelle nicht mehr anrühren.«

Er hörte nicht auf Myrnas Rat und setzte es an die Lippen. »Das Risiko gehe ich ein.«

»Was ist mit der Theorie von dem Fremden?«, fragte Jonathan. Er warf sein Jackett neben Thomas auf die Couch.

Myrna runzelte die Stirn. »Das ist unwahrscheinlich, weil wir das komplette Haupthaus auf den Kopf gestellt haben. Wir wären einem siebten Gast sicher begegnet.«

»Nicht, wenn er einen Komplizen hat, der ihn versteckt«, meinte Susie.

Enya verneinte sofort. »Es existiert kein Kellereingang mehr. Der ist schon vor Jahren verschlossen und zugeschüttet worden, sagte man mir. Und woanders hätte er nicht hingekonnt. Einen Zugang zum Westflügel oder dem Turm gibt es gerade nicht.«

»Danke, Enya. Sollen wir Sie weiterhin so nennen?«

»Das wäre mir lieber. Es darf niemand erfahren, dass ich in einen Mordfall verwickelt bin. Dann würde mich niemand mehr buchen.«

»Ich verstehe. Aber zur Polizei müssten Sie dennoch, um Ihre Aussage zu machen. Da kommt niemand von uns drum herum.«

»Das werden wir ja sehen«, antwortete Jonathan verbissen. »Ich wette, die Köchin ist verdächtiger als ein angesehener Anwalt aus Bradford.«

Myrna widerte seine Überheblichkeit an. »Auch Anwälte landen mit den entsprechenden Beweisen im Gefängnis.«

Sie warf Thea einen bedeutsamen Blick zu. Jene sollte sich um den Rest der Gäste kümmern und sie ablenken, während sie sich mit Enya unterhielt. Thea verstand, fasste sich an die Stirn und brach theatralisch zusammen. Ihr vorgetäuschter Schwächeanfall zeigte Wirkung.

Myrna fasste Enya am Arm und zog sie mit sich in die Halle. »Wissen Sie irgendetwas von Pennys Plan? Hat sie Ihnen von dem Cluedo-Brett erzählt?«

»Cluedo?«

»Sie kennen doch dieses Gesellschaftsspiel?«

»Ja ... schon. Aber was hat das mit ... Oh, Sie meinen, dass das Haus wie ein Cluedo-Spiel aufgebaut ist, weil es eine Küche, ein Musik- und ein Billardzimmer hat.«

»Und eine Bibliothek, ein Arbeitszimmer, die Halle, den Salon, ein Speisezimmer sowie den Wintergarten. Ganz genau.« Myrna merkte selbst, wie ungeduldig sie klang, doch sie musste sich beeilen. Es war nur eine Frage der Zeit, bis die anderen sie und Enya vermissten.

»Aber dazu gehören keine Bäder und auch kein Schlafzimmer, soweit ich weiß«, sagte Enya stirnrunzelnd.

Myrna hielt inne. Das stimmte. Thomas hatte vorhin in einem Schlafzimmer gewütet und Gemälde zerstört. Auf dem klassischen Cluedo-Brett gab es nur die neun Räume, die sie genannt hatten.

Ihr kam noch ein anderer Gedanke. »Enya, lag das Besteck schon eine Weile auf dem Tisch?«

»Ich hatte alles vorbereitet, ja. Ganz so, wie sie es mir aufgetragen hat.«

»Könnte es sein, dass jemand das von Miss Halligan vergiftet hat?«

»Verdächtigen Sie etwa mich?« Sie riss ihre Augen auf. Ihre Brauen verschwanden unter dem dichten schwarzen Pony. Ihre Lippen bebten aufgeregt. Wieder sammelten sich Tränen in ihren großen Augen.

»Ich muss jede Möglichkeit in Betracht ziehen«, sagte Myrna schnell. »Wir hätten sicher alle ein Mal die Gelegenheit dazu gehabt, aber mir wäre aufgefallen, wenn einer der Gäste es in die Hand genommen oder mit etwas beträufelt hätte. Wie lange lag es bereits auf dem Tisch?«

»Erst kurz vor Mr Harts Ankunft. Er war der Erste.«

»Also hätte er die Chance gehabt, als Sie den nächsten Gast begrüßt haben. Es gibt keine Kameras im Salon oder im Speiseraum. Er war somit vollkommen allein.«

Enyas Gesicht wurde blass. »Sie meinen, dass er Penny ermordet hat?«

»Dank der Namensschilder wusste er, wo sie sitzen würde. Essen und Getränke können wir dagegen ausschließen. Was bleibt, sind Gläser und Besteck, die präpariert gewesen sein könnten.«

»Oder Jonathans Zigaretten«, sagte Enya. Sie war eine aufgeweckte junge Frau, die vor ähnlichen Ideen wie Thea und sie strotzte. Myrna ärgerte sich, sie nicht längst gefragt zu haben.

Plötzlich brauste Jonathan wutentbrannt an ihnen vorbei.

»Was ist denn mit dem los?«, fragte Enya. Sie drehte sich wieder zu Myrna. »Das habe ich übrigens in der Küche unter der Spüle entdeckt. Es ist June Halligans Tagebuch. Vielleicht bringt es Sie weiter.« Sie zog ein blaues Büchlein aus ihrer Schürze und gab es Myrna.

»Danke für Ihr Vertrauen.«

»Wollen Sie es sich nicht ansehen?«

»Ich warte damit auf meine Kollegin. Sie soll ihre Gedanken direkt mit uns teilen.«

»Ist sie auch ein Inspector?«, fragte Enya neugierig.

Myrna musste lächeln. »Nein, aber mindestens so neugierig und vorwitzig wie einer.«

Enya deutete Richtung Küche. »Was machen wir nun mit ihm?«

»Wahrscheinlich wurde Jonathan mal wieder geärgert. Da wir den Hinweis aus der Küche bereits haben, wird er dort nicht mehr fündig. Es kann uns also egal sein.«

Erneut wühlte Enya in ihrer Schürze. »Das müsste der letzte Hinweis gewesen sein. Er steckte in einer Lampe im Wintergarten. Sieht aus wie der Ablauf des heutigen Abends. Ich kam Susie ein paarmal zum Glück zuvor. Ich glaube, sie war auch deshalb sehr wütend auf mich. Natürlich steht der Mord an Penny nicht mit auf dem Plan.« Enya senkte den Kopf und schluckte.

Myrna legte eine Hand auf ihre Schulter. »Sie können nichts dafür. Wir finden den Mörder und bringen ihn hinter Gitter. Versprochen.« Dann warf sie einen Blick auf das Blatt in ihrer Hand. »Sehr interessant. Sie hat sogar Uhrzeiten notiert. Ein Grundriss vom Haus ist ebenfalls dabei.« Myrna weitete ihre Augen. »Hier steht außerdem, wie sich Penny vorbereitet hat. Aber wer ist *C*? Ein Komplize?«

»*C*?«

Myrna zeigte ihr die entsprechenden Stellen auf dem Spielplan. »Sie erwähnt ihn mehrmals im Zusammenhang mit der Informationsbeschaffung und mit dem Dinner. Also hat Penny nicht allein gearbeitet.«

»Ist ihr Verbündeter womöglich mit uns im Haus? Gibt es also doch eine neue Figur in diesem Spiel?«

Während die anderen im Salon blieben, schloss Thea zu ihnen auf. Die beiden ließen sie an ihrem Wissen teilhaben.

»*C* sagt mir nichts. Ich kenne nur *CC*, aber das steht für *Churchyard Crimes*.« Sie grinste wie die alte Thea.

Ihre Wunde schränkte sie tatsächlich nicht ein und ließ sie sogar scherzen.

Myrna steckte den Plan weg, der sie im Moment nicht weiterbrachte. Erst danach klappte sie das Büchlein auf und überflog die Seiten gemeinsam mit ihr. »June Halligan war unglücklich und schwer krank, litt aber nicht an einer neurologischen Schwäche, wie die Öffentlichkeit denkt, sondern an einem angeborenen Herzfehler.«

Thea blätterte ein paar Seiten vor. »Ihr letzter Eintrag handelt von ihrer bevorstehenden Operation bei Doktor Keagen, die sie ihrer Familie verheimlicht hat. Also wussten die Halligans nichts von dem, was wirklich in der Klinik vor sich gegangen ist. Selbst die Akteneinsicht hätte ihnen nicht weitergeholfen, weil die schiefgegangene Operation verschleiert wurde.«

Plötzlich rutschten Thea zwei gefaltete Papiere entgegen, die Myrna elegant auffing. Neugierig sahen sie hinein.

»Das ist ja noch ein Totenschein«, sagte Myrna.

»Und eine zweite Akte. Sehen fast identisch aus.« Thea runzelte die Stirn.

Myrna schüttelte den Kopf. »Nein, die Namen sind dieses Mal vertauscht. Es sind die Pendants zu unseren ersten beiden Hinweisen. Die Krankenakte von Mrs Sneijder erzählt uns alles über die Operation, an der sie letztendlich starb. Und J. Simon starb laut diesem Totenschein am selben Tag wie A. Sneijder, nur nicht an einer OP, sondern an einer Nervenkrankheit, wegen der sie auch behandelt wurde.« Sie hielt die beiden Krankenakten und den Totenschein nebeneinander. »Fällt Ihnen was auf?«

Thea beugte sich über die Papiere. Dann riss sie die Augen weit auf. »Das gibt es doch nicht! Geschlecht und Personalien sind absolut identisch! Das hier ist ein und dieselbe Person, nur unter einem anderen Namen!«

Myrna nickte. »Da Pennys Familie gesagt wurde, es wäre eine Nervenkrankheit gewesen, gehe ich davon aus, dass ›J. Simon‹ tatsächlich ihre Mutter war, deren Akte gefälscht wurde. Also müsste es sich bei ›A. Sneijder‹ ebenfalls um June Halligan handeln, die in Wirklichkeit bei Doktor Keagens Operation starb. Damit ist der Fall klar. Es gab von vorneherein zwei Akten und zwei Totenscheine. Penny muss es herausgefunden und nachgeforscht haben. Ihre Mutter ist das Opfer in unserem Krimispiel, der Arzt ihr Mörder.«

Sie bemerkten erst jetzt, dass Enya nicht mehr neben ihnen stand. Ihre Stimme kam aus dem Salon, in dem sie die Gäste zu beruhigen versuchte.

Thea klappte das Tagebuch erneut auf. »Hier spricht sie von Schwester Sheila, die sie betreut hat und ihr nicht von der Seite gewichen ist. Susie hat genauso viel Dreck am Stecken wie die beiden Männer. Stellt sich nur noch die Frage, was es mit der ›Moonshine & Parish GmbH‹ auf sich hat. Jede Wette, dass das eine Briefkastenfirma von Thomas ist und er seine beiden Komplizen für ihr Schweigen und ihre Lügen mit fünfundzwanzigtausend Pfund bezahlt hat.«

»Sie wissen doch, ich wette nicht«, sagte Myrna schmunzelnd. »Aber auch, wenn wir den Fall von vor sechs Jahren nun gelöst haben und das alles an die Öffentlichkeit bringen, wie Penny es allem Anschein nach wollte, bleibt immer noch eine Frage: Wer hat *sie* ermordet?«

Ein tiefes Stöhnen drang aus der Küche, dann ein Klirren. Sie eilten den Geräuschen nach und fanden Jonathan auf dem Boden vor. Er krümmte sich und hielt sich den Bauch. Um ihn herum lagen scharfkantige Scherben. Seine Kleidung war voller Flecken, sein Gesicht schmerzverzerrt.

»Mr Hart, können Sie mich hören?«, fragte Myrna energisch. Er sah durch sie hindurch und wirkte auf einmal völlig apathisch. Alles in Myrna zog sich zusammen. Sie hatte diesen Blick schon einmal gesehen, und da war es böse ausgegangen. Sein Schweiß war kalt, seine Kleidung klamm, aber er krampfte nicht – noch nicht.

Thea fackelte nicht lange und steckte Jonathan den Finger in den Rachen.

»Was tun Sie da?«, rief Myrna.

»Ihn retten. Wenn er sich vergiftet hat, muss das Zeug sofort raus. Und bewusstlos ist er ja nicht, also wieso nicht? Wir können ihm nicht anders helfen.«

»Holen Sie Susie und Thomas, schnell!«, befahl sie Enya, die durch den Lärm wieder zu ihnen aufgeschlossen hatte und nun wie vom Donner gerührt in der Tür stand. »Los jetzt!« Endlich regte sie sich und rannte davon.

Myrna hielt Jonathan fest und drehte ihn zur Seite, damit er sich nicht verschluckte. Thea zog ihren Finger eilig zurück, als er zu würgen begann. Danach entleerte er seinen Mageninhalt auf den Fliesen. Die Küche stank bestialisch, aber wichtiger war, dass sie diesem Mann das Leben gerettet hatten.

»Gut gemacht.« Myrna war erleichtert. Jonathans Lider flatterten, aber er war ansprechbar. »Mr Hart? Hören Sie mich?«

»Was? Ja ... ja, ich höre Sie. Was ist denn los?« Als Myrna ihn aufrichten wollte, schlug er orientierungslos nach ihr. »Lassen Sie mich ... mich schlafen ...«, nuschelte er und wollte sich beinahe in sein eigenes Erbrochenes legen.

»Nichts da. Sie kommen mit uns.«

Thea nahm seinen anderen Arm über ihre Schultern. Gemeinsam wuchteten und zogen sie ihn hinüber zum Salon. Thomas stieß auf dem Korridor beinahe mit ihnen zusammen.

»Was ist hier los? Das Dienstmädchen hat uns aufgescheucht.«

»Geht es ihm gut?«, fragte Susie panisch. »Ist er vergiftet worden?«

»Sieht ganz danach aus. Er soll sich jetzt ausruhen und eine Menge Wasser trinken. Enya, könnten Sie bitte bei ihm bleiben und ihn bewachen? Er darf nicht einschlafen oder davonlaufen. Suchen Sie einen Eimer oder eine Schüssel für den Fall, dass er sich noch einmal übergibt.«

Sie nickte eifrig und lief ins Bad. Währenddessen bedeutete Myrna ihrer Partnerin, mitzukommen. Es gab einen aktuellen Mordfall zu klären, und ein weiteres Puzzleteil war ihnen soeben vor die Füße gebrochen worden.

11. Kapitel

Jolene entriss Callan ihren Arm. Drohend erhob sie den Gehstock und richtete ihn auf den Teenager. »Wenn du mich noch einmal anfasst, setzt es was!«

»Ich wollte nur helfen.«

»Du führst mich zu meinem Haus, als würde es in den Knast gehen. Und so gebrechlich, wie ihr alle denkt, bin ich auch nicht. Also lass das gefälligst. Oder meinst du, ich laufe dir davon?«

Er fuhr sich durch die Locken und legte den Kopf schief. »Ich bin mir nicht sicher. Du hast dich da unten wacker geschlagen.«

»Danke, du dich auch. Ich nehme dir die Sache mit Victor auch nicht mehr übel.« An der Tür drehte sie sich noch einmal um und blickte ihm über die Schulter. Lucretia war hinter dem großen, schlaksigen Jungen kaum zu sehen. »Wir reden morgen, Lu. Und du, Callan ...« Sie tat so, als würde sie ihre Lippen verschließen.

»Ich weiß«, antwortete er und zwinkerte.

Jolene schnaufte und verdrehte die Augen. Sie war froh, endlich allein zu sein. Schlimm genug, dass dieser Healy nun von ihrem Geheimnis wusste. Nein, er würde es auch noch vor Alethea Shaw und Myrna Evans breittreten, sobald die beiden zurück waren. Dieser Plan war vollkommen aus dem Ruder gelaufen.

Drinnen lehnte sie sich gegen die Tür und schloss die brennenden Augen. Sie setzte sich und streifte die schmutzige Kleidung ab. Ihre Gedanken wanderten immer wieder zum Chamberling-Anwesen und den verborgenen Tunneln zurück. Wer sich die Mühe machte, ein derart komplexes Labyrinth zu bauen, der hatte mehr als ein bisschen Gold zu verbergen.

Jolenes Blick ruhte auf dem imposanten Gemälde ihres Vaters, das über dem Kamin hing. Sie glaubte beinahe, dass er sie mit seinen Augen verfolgte, als sie aufstand und sich vor ihn stellte. Vorwurfsvoll blitzte es darin. Sie hatte versagt.

Jolene riss sich los. *Ich habe wohl zu viel Staub eingeatmet. Schnell in die Wanne. Für heute ist es genug mit den Abenteuern und Geistergeschichten.*

***

»Ist es eine gute Idee, Jonathan bei den anderen zu lassen?«, fragte Thea und folgte Myrna zurück in die Küche. »Nicht dass der Mörder sein Werk dort beendet.«

»Es gibt noch immer die Möglichkeit, dass er es vortäuscht und selbst der Täter ist.«

Thea staunte. »Sie meinen, dass er sich absichtlich vergiftet hat, um von der Liste der Verdächtigen gestrichen zu werden? Für so ausgebufft halte ich ihn nicht.«

Sie betrachteten die Küche eingehend. Myrna sondierte das Gesamtbild, während sich Thea auf einzelne Punkte konzentrierte, die ihr ins Auge sprangen.

»Er hat heimlich gegessen, würde ich meinen«, sagte sie. »Die Scherben waren einmal ein Teller, und der Löffel liegt dort hinten.« Sie zeigte Myrna die Stelle.

»Bei seinem Stress und seinem knurrenden Magen kein Wunder. Hat er nach Rauch gerochen?«

»Nein, nur nach Erbrochenem.«

»Ich meine, bevor er sich übergeben hat.«

Thea dachte nach. »Auch dann nicht.«

»Gut, also war es keine Zigarette.«

»Und wenn er nur daran gelutscht hat?«

Myrna war anderer Ansicht. »Jonathan hat den ganzen Abend mit der Packung gespielt und manchmal eine Zigarette herausgezogen und zwischen den Fingern gehalten, ohne sie anzuzünden. Wenn das Gift so stark war, dass er nur davon beinahe getötet worden wäre, hätte er bereits vorher Anzeichen einer Vergiftung gezeigt.«

»Er hat jedenfalls ordentlich geschwitzt und sehr nervös gewirkt.«

»Das haben sie alle.«

»Bleiben wir also beim Essen. Sieht ganz nach der Suppe aus.« Thea deutete zum offenen Topf auf dem Herd. »Dazu passt die Farbe auf dem Boden. Orange und Braun.«

Myrna pustete eine kurze Strähne aus ihrer Stirn. »Aber wir haben alle davon gegessen. Das Essen kann es nicht sein. Hat er noch etwas berührt?«

Thea wagte sich vor und machte ein paar Schritte. Sie achtete darauf, nicht in Pfützen zu treten. »Sieht nicht danach aus.« Sie öffnete den Kühlschrank. »Auch hier ist alles bestens.«

»Bitte ziehen Sie einen Handschuhersatz über, wenn Sie hier etwas anfassen. Nicht dass man ihn über die Griffe und Türen vergiftet hat.«

»Dann wäre Enya längst tot. Sie ist die meiste Zeit in der Küche gewesen.« Thea zog ein paar Schubladen auf.

»Ach, sieh einer an. Hier liegt ihre Zutatenliste.« Stirnrunzelnd kam sie zurück und stellte sich wieder neben Myrna. »Das ist seltsam …«

»Was meinen Sie?« Sie warf nun ebenfalls einen Blick auf den Notizzettel. »Die Handschrift von Enya sieht jedenfalls anders aus als die auf dem Briefumschlag, den die Männer im Tresor gefunden haben. Es könnte also Susies sein.«

»Das meine ich nicht«, antwortete Thea nachdenklich. »Aber die Zutaten selbst kommen mir verdächtig vor.«

Thea ging die Liste einmal durch. Als Dessert hätte es ein Schokoladenküchlein mit flüssigem Kern gegeben. Sie ärgerte sich, dass es nicht dazu gekommen war. Ihr lief allein beim Gedanken daran das Wasser im Munde zusammen.

Sie schnipste, als ihr ein Licht aufging. Myrna wartete mit großen Augen ab. Thea zeigte ihr die Stelle. »Fällt Ihnen nichts auf? Schauen Sie mal beim Kuchen.«

»Sie verwendet Hafermilch anstatt Kuhmilch. Ein Zufall?«

»Auch die anderen Gerichte sind alle laktosefrei. Also hat entweder einer der Gäste eine Laktoseintoleranz, oder …«

»… oder Penny selbst. Dazu passt aber nicht ihr Geburtstagskuchen. Sie sagten, das sei eine Fertigmischung.«

»Ja, sie wird mit Quark und Milch zubereitet. Ihre Mutter könnte schon damals Ersatzprodukte genutzt haben, aber dann hätte sie wahrscheinlich gar nicht erst zu der Mischung gegriffen, sondern ein anderes Rezept genommen.«

»Sie könnte ihre Laktoseintoleranz sehr spät entwickelt haben. Die meisten leiden erst als Erwachsene darunter.«

Theas Blick ruhte weiterhin auf der Liste. »Wissen Sie, was hier nicht steht? Die Sahne.«

»Tatsächlich. Wir sollten Enya dazu befragen. Sie wird wissen, wie sie was zubereitet hat.«

Sie gingen zurück in den Salon, den sie bis auf Enya und den komatösen Jonathan leer vorfanden.

»Wo sind die anderen geblieben?«, fragte Myrna sofort und sah sich um.

Das Kaminfeuer war inzwischen erloschen.

»Susie wollte sich frisch machen und Thomas sich nach einem Fremden umsehen. Er glaubt fest an die Theorie, dass noch jemand im Haus ist.«

Thea seufzte. »Davon kann ihn wahrscheinlich niemand mehr abbringen. Lassen wir ihn in seinem Glauben. Wir hatten sowieso Fragen an Sie, Enya.«

Sie spitzte die Ohren. »Denken Sie, er hört mit?«, fragte sie und nickte in Richtung Jonathan, der apathisch in den kalten Kamin starrte.

»Nein, der ist in ganz anderen Sphären unterwegs«, sagte Myrna, nachdem sie seine Pupillen kontrolliert hatte. »Wir können offen sprechen.«

»Ich habe die Zutatenliste gefunden. Dabei sind mir einige Ersatzprodukte ins Auge gefallen, zum Beispiel Hafermilch. War jemand am Tisch laktoseintolerant. Wissen Sie davon?«

Enya nickte eifrig. »Miss Halligan selbst hat keine Milchprodukte vertragen. Sie hat das Essen nach ihren Wünschen zusammengestellt. Ich durfte nicht davon abweichen.«

»Was ist mit der Sahne?«, fragte Myrna weiter. »Ich kann mich nicht erinnern, ob Penny eine Haube in der Suppe hatte oder nicht. Auf den ersten Blick ist mir nichts aufgefallen.«

»Sie hat tatsächlich nur um einen Schluck Hafermilch in ihrer Suppe gebeten, um die Optik am Tisch zu wahren, wollte aber partout keine Sahne. Sie achtete als Schauspielerin streng auf ihre Linie. Deshalb sollte ich sie ganz normal herstellen und keine Ersatzprodukte dafür verwenden, weil es schlichtweg nicht nötig war«

»Das bedeutet, dass Penelope als Einzige am Tisch keine Sahne gegessen hat?«

»So ist es. Aber macht das denn einen Unterschied?«

Thea sah zu Myrna, die schluckte. »Es macht sogar einen gewaltigen. Jonathan hat von der Suppe genascht und ist umgefallen. Gab es noch Sahne?«

»Es ist etwas übrig geblieben, aber das habe ich weggestellt, als die Vorspeisen durch waren. Ich hätte es für den Abend nicht mehr gebraucht und hatte selbst genug davon, also steht die Schüssel nun im Kühlschrank.«

Myrna beugte sich zu Thea. »Nehmen wir an, er hat keine Sahne gegessen, als er noch einmal zugeschlagen hat, und Penelope aß von vorneherein keine in der Suppe.«

Enya sah von einem zum anderen und runzelte die Stirn. »Ich dachte, es wäre nur wichtig, wer was gegessen hat, und nicht das Gegenteil.«

»Aber gerade dieses Puzzleteil hat uns gefehlt«, antwortete Thea aufgeregt. »Die Suppe ist vergiftet, und in der Sahne steckt das Gegengift. Natürlich!«

»Wir wurden also alle vergiftet, aber nur Penny starb an der Dosis«, führte Myrna weiter aus. »Das bedeutet, der Mörder muss von ihrer Laktoseintoleranz gewusst haben.«

»Ich war es nicht! Wirklich!«, rief Enya ängstlich und hob ihre Hände, als würde man sie mit einer Waffe bedrohen. »Ich habe gar kein Motiv!«

Thea beobachtete Myrnas Reaktion, aber sie glaubte dem Dienstmädchen.

Ein markerschütternder Schrei hallte durch das Haus und unterbrach ihr Gespräch. Alle fuhren herum. Nur Jonathan starrte weiter ins Nichts. Sogleich kehrte eine gespenstische Stille ein.

»Was war das?«, flüsterte Thea wie erstarrt.

»Das muss Susie gewesen sein. Alle anderen Frauen sind im Salon«, erwiderte Myrna. »Jemand muss bei Jonathan bleiben. Er könnte sich im Notfall nicht verteidigen. Enya?«

Sie nickte eifrig. »Jawohl. Ich warte und passe auf.« Beherzt griff sie zum Schürhaken und setzte sich als Bewacherin vor den erschöpften Anwalt.

»Thea, Sie suchen das Erdgeschoss ab, ich im ersten und zweiten Stock. Wenn Thomas ihr etwas angetan hat, dann ...« Sie musste ihren Satz nicht beenden. Es war Myrna auch so anzusehen, dass sie innerlich schäumte. »Aber passen Sie auf sich auf. Dieser Mann ist gefährlich, und er hat getrunken. Ich möchte nicht, dass Sie noch eine Kopfverletzung erleiden. Rufen Sie sofort, wenn Sie Hilfe brauchen. Ich habe meine Dienstwaffe zwar nicht dabei, aber ein paar Kicks auf Lager, von denen dieser Arzt nicht einmal zu träumen wagt. Der wird sein blaues Wunder erleben.«

»Das glaube ich Ihnen aufs Wort, Evans.«

Sie trennten sich vor dem Salon.

***

Callan erwachte aus einem unruhigen Traum. Zunächst musste er sich orientieren und die Bilder aus seinem Kopf verbannen. In aller Ruhe sortierte er seine Gedanken.

Callan war von einem großen Schatten verfolgt und durch ein Labyrinth aus Dornenhecken gejagt worden. Überall hatten Grabsteine gestanden, und das gehässige Lachen von Lucretia hatte ihn auf seinem gesamten Weg begleitet.

Sein Herz beruhigte sich nach einer Weile. Das Handy war inzwischen komplett geladen und zeigte keine neuen Nachrichten an. Auch seine gesendeten wurden noch immer ignoriert.

Er war im Ohrensessel eingeschlafen, obwohl er sich zwanghaft hatte wach halten wollen. Einen Einbruch von Jolene und Lucretia erwartete er nicht mehr, aber der unheimliche Laternenmann ging ihm einfach nicht aus dem Kopf.

Müde rieb er seine Augenlider und streckte sich. Wenigstens die beiden Hexen würden inzwischen seelenruhig in ihren Betten liegen und für heute keinen Schaden mehr anrichten.

Callan wollte zum Colaglas auf dem Beistelltisch greifen, als ihm etwas ins Auge sprang. Schockiert hielt er inne und blinzelte ein paarmal. Sein Taschenmesser lag auch dann noch ordentlich verschlossen auf dem Tisch.

Ein Schauer lief ihm über den Rücken. Unruhig sah er sich in der Bibliothek um. Er war allein – dachte er zumindest.

Callan wehrte sich gegen die Vorstellung, dass ein Fremder es dort hingelegt hatte, während er geschlafen hatte. Er suchte nach Erklärungen, die mit Oakley und den anderen zu tun hatten. Sicher hatte es der Sergeant gefunden, als er nach ihnen gesucht hatte. Doch je mehr Geschichten sich Callan einfallen ließ, desto klarer wurde ihm, dass der Geist aus den Tunneln real war.

***

Thea suchte das Badezimmer auf und danach die Bibliothek, aber auch hier war Susie nicht zu finden. Von Thomas fehlte ebenfalls jede Spur. Als Nächstes inspizierte sie die Küche. Sie wollte gerade wieder gehen, als ein Schatten in ihrem Augenwinkel auftauchte.

Thea wandte sich um und stockte irritiert. »Wir haben Sie gesucht«, sagte sie zu Susie, die in der Tür stand und sie fixierte.

»Ich weiß. Es tut mir leid, Alethea.«

Sie wollte an Susie vorbei in den Flur gehen, um Myrna und den anderen Bescheid zu geben, dass alles bestens war. »Was meinen Sie?«

»Das hier.«

Plötzlich packte Susie sie am Hals und zog sie zurück in die Küche. Das alles passierte so schnell, dass Thea nicht reagieren konnte. Sie öffnete den Mund zum Schrei, schmeckte aber nur eine Flüssigkeit, die sie würgen und husten ließ. Den Rest davon schluckte sie ganz automatisch.

Entsetzt stieß sie Susie von sich, die sich nun wieder vor der Tür aufbaute. Ihre Augen funkelten, und ihre Mundwinkel zuckten grimmig.

Entsetzt starrte Thea die leere Pipette in ihrer Hand an. »Woher ...«

»Wo ich die herhabe? Oh, ich habe mich zwischendurch mehrmals im Bad frisch gemacht, wie du weißt. Natürlich war ich auf alles vorbereitet. Im Medikamentenschrank fiel mein Fläschchen niemandem auf, nicht einmal Thomas, diesem Wichtigtuer. Ich wusste, dass er völlig fehl am Platz ist, als ich ihn zum ersten Mal im ›Hoskins Hospital‹ getroffen habe. Dieser Säufer würde ohne eine OP-Schwester wie mich nicht mal ein Skalpell von einem Steakmesser unterscheiden können.«

Thea fühlte sich auf einmal elend. »Was ... Was haben Sie ... getan?« Ihr Kopf schwirrte, und sie musste sich an einem Schrank festhalten, um nicht umzufallen. Ihre Beine fühlten sich wie Wackelpudding an. Sie wollte nach Myrna schreien, aber sie brachte nicht mehr als ein leises Wimmern heraus. Susies Statur verdoppelte und verdreifachte sich, als hätte sie zu viel Alkohol getrunken und nun den Kater ihres Lebens. Die Müdigkeit wog bleischwer auf ihr, und die Helligkeit der Glühbirne schmerzte in ihren Augen. »Sie waren es«, brachte sie über die trockenen Lippen. »Sie ... haben Penny ... getötet.«

Susie kam näher. Thea wollte sie schlagen, verfehlte sie aber.

Das böse Kichern ihrer Gegenspielerin vibrierte in ihren Ohren. »Kämpf nicht dagegen an, Thea Shaw«, flüsterte sie ihr zu. »Du wirst gleich in einen sehr tiefen

Schlaf fallen. Aber davor wird dein Körper wie paralysiert sein. So lange wirst du mir zuhören. Keine Sorge, es wird nicht schnell gehen. Das meiste davon habe ich bereits für Penny aufgebraucht. Du hast bloß den kleinen Rest bekommen. Ich hätte nicht geglaubt, es wirklich noch zu benutzen. Das gibt uns die Zeit, die wir brauchen.«

»Wa...rum Penny? Wegen June?« Theas Zunge war bleischwer. Sie schwitzte und hielt sich wacker. Thea kämpfte gegen den Stoff in ihrem Körper an. »Klinik ... OP ... Thomas ...«

Susie nickte. »Ganz recht. Ich war damals OP-Schwester und habe Doktor Keagens Versagen live miterlebt. Er hatte Restalkohol im Blut, wollte seinen Platz aber keinem Kollegen überlassen. Wie hätte das denn ausgesehen?« Sie imitierte seine tiefe Stimme. »Den großen Doktor Keagen kann man nicht so einfach ersetzen.«

»Sie waren ... Teil des Spielplans und ... eingeweiht. *C* steht für Carmichael. Penny wusste von ... von Ihrer ... Vergangenheit.« Thea rieb sich über die Augen, aber ihre Sicht wurde auch dann nicht besser.

Susie wirkte überrascht. »Ich bin beeindruckt. Ich wusste gleich, dass du mir gefährlich wirst. Ich kenne dich und Miss Evans noch gut aus der Zeitung. Dein Blog ist zumindest in Lancashire berühmt.«

»Wann ... Suppe mit Nervengift?« Thea keuchte und kämpfte weiter. Sie suchte zeitgleich nach einem Ausweg aus diesem Dilemma. Zeit zu schinden und sich aufrecht zu halten, erschien ihr am sinnvollsten, jetzt wo Susie sie in die Mangel genommen hatte.

Ihre Angreiferin kicherte und schritt langsam durch den Raum. Thea fixierte die Tür. »Nervengift ist zu viel gesagt. Ich halte schließlich keine Pfeilgiftfrösche zu Hause. Es war vielmehr ein ungesunder Medikamentencocktail aus einer Überdosis Fentanyl und einer Prise Benzodiazepin aus dem Krankenhaus. Es hat eine Weile gedauert, bis ich die richtige Dosis und das passende Gegengift angemischt hatte, sodass es für einen saufenden Hünen wie Thomas genauso ausreichte wie für eine zierliche Person wie dich. Du glaubst ja nicht, wie schwierig es ist, nur eine bestimmte Person am Tisch zu töten. Penny hatte keine Chance. Nach wenigen Minuten begann bei ihr bereits die Atemdepression bis zum Schock und zu ihrem anschließenden Tod. Penny hat mir mit ihrem vielen Wein in die Karten gespielt. Alkohol verstärkt die Wirkung der Medikamente. Das kann ich bei dir nicht sagen.« Nun versperrte sie Thea wieder den Fluchtweg.

Ihre Chance war vertan. Sie suchte nach einer anderen Lösung, die es nicht gab. Thea probierte sich an einem Schrei, aber wieder versagte ihre Stimme. Sie hatte Probleme beim Schlucken, und das Atmen fiel ihr von Minute zu Minute schwerer. Sie versuchte, sich zu erinnern, wie lange es bei Penny gedauert hatte, konnte aber keinen klaren Gedanken mehr fassen. Bald würde ihre Lunge die Arbeit einstellen. Sie würde einschlafen und dabei ersticken. Vielleicht gab es vorher noch ein paar Krämpfe und Zuckungen, aber das wäre es auch schon.

Einzig Susies selbstverliebte Stimme war zu hören. »Ja, ich war bereits vor dem schicksalhaften Abend hier und bin das Spiel mit Penny durchgegangen. Die arme kleine Seele dachte doch, sie könne mir vertrauen.« Susie deutete ein Weinen an und lachte im Anschluss garstig. Sie hörte sich selbst gern reden. »Dabei habe ich die fertige Suppe gefunden und präpariert. Es war fast zu einfach. Die Zutaten der Sahne habe ich am selben Tag ausgetauscht. Enya wusste von nichts, als sie sie zubereitet hat. Ich musste darauf setzen, dass sie nichts bemerkt.«

»Welches Gegen...gift.«

»Ich habe Naloxon beigemischt, das die Wirkung des Fentanyls herabsetzt. Es dauerte eine Weile, bis ich die passende Menge zum tödlichen Mix kannte. Ihr werdet sicher gemerkt haben, dass manche von uns ab und an etwas, sagen wir, neben sich standen. Das ging aber vorüber.«

»Sie hat ... dir misstraut.«

Susies Miene verfinsterte sich. »Das habe ich nicht geahnt. Dieses Biest ist mir in den Rücken gefallen, nachdem wir alles haarklein geplant hatten, um Thomas und Jonathan ans Messer zu liefern. Ich wusste nicht, dass sie auch Hinweise streut, die auf mich deuten. Also haben wir uns gegenseitig verraten. Sie hat mich hintergangen, und ich habe sie ermordet, um endlich frei zu sein und keine Angst mehr zu haben, dass mein Geheimnis jemals ans Licht kommt. Leider kann ich mich nicht damit brüsten und muss meinen Sieg stattdessen still genießen.«

»Woher wusstest du ... von ... der Milch?« Theas Augenlider fielen zu, aber sie riss sie wieder auf, auch wenn ihre erschlafften Muskeln sie zu einer Pause zwangen. Ihr Körper wollte schlafen, ihr Geist um Hilfe rufen. Langsam sackte sie auf den Boden und starrte auf ihr verzerrtes Spiegelbild in der Schrankverkleidung.

»Du meinst, woher ich das mit ihrer Laktoseintoleranz hatte? Als ich sie vor sechs Jahren, kurz nach dem Tod ihrer Mutter, in der Klinik getroffen habe, war sie fast noch ein Kind. Sie hat angefangen, Fragen zu stellen und nachzuforschen. Ich wusste, dass sie uns eines Tages gefährlich wird, also habe ich die Seiten gewechselt, um meinen Kopf aus der Schlinge zu ziehen. Sie hatte die Tipps und Beweise größtenteils von mir. Den Rest hat sie sich selbst besorgt. Wir haben uns danach ein paarmal getroffen, um den Abend in Manor Hall durchzugehen. Ich habe es als ein Teil ihres Plans irgendwann automatisch mitbekommen. Du erfährst am meisten über einen Menschen, wenn du ihn beim Essen beobachtest. Glaub mir, kaum jemand täuscht dich, wenn es um seine Essgewohnheiten geht.«

»Jonathans Bauch...schmerzen.«

»Oh, dieser Idiot hatte Hunger und hat sich heimlich an der Suppe bedient, obwohl der Inspector ihn gewarnt hat. Er kann froh sein, dass er keinen ganzen Teller gegessen, sondern nur etwas genascht hat«, sagte Susie mitleidlos. »Aber dieser gierige Rechtsverdreher hatte immer schon mehr Glück als Verstand. Sein Bauchweh sollte in ein paar Stunden vorüber sein. Dank Ihnen hat er das meiste von dem Opioid sowieso erbrochen.«

Erbrechen! Natürlich!, dachte Thea hoffnungsvoll und steckte sich zwei Finger bis in den Hals. Dass sie darauf nicht schon früher gekommen war! Sie würgte, übergab sich aber nicht. Nach mehreren Versuchen gab sie es erschöpft auf.

Susie lachte wieder.

»Hast du ... gar kein Gewissen?«, fragte Thea weiter.

»Ich bin alles andere als kaltherzig. Glaub mir, ich fühle sogar sehr viel: Genugtuung, Stolz, Freude, Euphorie. Such dir etwas aus.«

Thea schüttelte ungläubig den Kopf. Zumindest meinte sie, dass sie es tat, aber wahrscheinlich bewegte er sich keinen Zoll vom Fleck.

Diese Frau war völlig verrückt.

Thea hoffte, dass sie das Gespräch noch so lange ziehen konnte, bis Myrna sich auf die Suche nach ihr begab.

Sie mobilisierte ihre letzten Reserven. »Jonathan schmetterte ... alle Klagen ab«, sie schluckte fest, »und schüchterte die Gegner ein, während ... während du die Akten im ... Krankenhaus ausgetauscht hast.«

»Absolut richtig. Hundert Punkte für die Totengräberin. Penny durfte nicht erfahren, was wirklich mit ihrer Mutter passiert ist. Aber wenn sie sich an uns dreien rächen wollte, was sucht ihr beide dann hier?« Sie runzelte die Stirn. »Das habe ich mich die ganze Zeit gefragt. Penny wollte es mir nicht verraten und meinte bloß, dass es mit einer echten Ermittlerin spannender werden würde. Kannst du mir das vor deinem Tod bitte erklären?«

Thea lächelte apathisch. »Wir sollten ... den Fall aufklären. Penny mochte den Blog. Sie hat uns ... in den höchsten Tönen gelobt.«

Susie biss sich merklich auf die Wange. »Raffiniert war sie, das muss ich ihr lassen. Aber du wirst nicht mehr zu den anderen zurückkehren, die ich mit meinem Schrei verwirrt habe. Ich musste handeln, als ich euer Gespräch über die Sahne belauscht habe. Mit deinem Wissen kann ich dich schlecht hier rausspazieren lassen. Ich möchte mich nicht als spannende Geschichte auf ›Churchyard Crimes‹ wiederfinden. Das verstehst du sicher.« Susie sprach die bösesten Dinge zuckersüß aus. Das machte sie in Theas Augen umso gefährlicher. Sie war schwer einzuschätzen. »Nun muss ich nur noch diese Enya und den Inspector aus dem Weg schaffen, die Beweise vernichten, die auf mich hindeuten, und die Morde Thomas und Jonathan unterschieben.« Es war nichts mehr von der ängstlichen, süßen Frau übrig, die Streit schlichtete und es jedem recht machen wollte. Sie war eiskalt. »Penny ist eben nicht die einzige Schauspielerin in der Gruppe. Ich habe mich als Opfer ausgegeben und ihr absichtlich Hinweise zu Doktor Keagen zukommen lassen. Nur auf diese Weise konnte ich ihr Vertrauen gewinnen und ihr weismachen, dass ich mich ebenfalls an den beiden rächen will. Ich wurde zu ihrer Verbündeten – dachte ich.«

Thea tippte sich an die Schläfe, wo noch immer der Verband ruhte. Eine Frage war nicht nötig, Susie begriff auch so.

»Ach, das. Ja, das war ich. Ich habe dir den Hinweis abgenommen, aber gemerkt, dass er mir noch nützlich ist. Es ging immerhin um Jonathan. Also habe ich ihn nicht zerstört, sondern behalten, um ihn euch auf dem Silbertablett zu präsentieren. Tut mir leid, aber durch den groben Schlag konnte ich den Verdacht recht gut auf Thomas lenken. Es hatte alles seinen Sinn.«

»Du ... kommst nicht davon«, sagte Thea und hustete, bis sie würgte. Ihre Atmung war flach und viel zu langsam. Außerdem fuhr ihr gesamter Kreislauf herunter.

Endlich konnte sie wieder rational denken, was die erschreckende Panik zuvor unmöglich gemacht hatte. Sie versuchte erneut, sich zum Erbrechen zu bringen, doch es wollte auch jetzt nicht klappen. Thea zog sich mit letzter Kraft an einer Schublade hoch und visierte die Tür an, fiel aber zu Boden und konnte nicht anders, als zu krauchen.

»Wo willst du denn jetzt hin?«

»Myr...na!«, drang ein heiserer Schrei aus ihrer trockenen Kehle, den niemand hörte.

Susie packte sie am Bein und zog sie grob zurück in die Küche. »Hiergeblieben! Wir sind noch nicht fertig!« Sie blickte hasserfüllt auf Thea herab, die zuckend auf dem Rücken lag und sich auf einmal klein und nichtig vorkam. »Hier und jetzt endet das Spiel. Ich bin die einzige Siegerin«, zischte Susie bedrohlich. Sie kniete sich neben Thea auf den schmutzigen Fliesenboden und war nun so nah, dass sie ihren widerlichen Atem auf ihrer Haut fühlte.

Thea roch Jonathans Erbrochenes um sich herum, das niemand weggewischt hatte. Eine Träne löste sich aus ihrem Augenwinkel und rollte über ihre Schläfe.

»Ein Jammer, dass sich Pendle einen neuen Totengräber suchen muss«, raunte Susie und strich ihr fast liebevoll eine Strähne zurück.

Angst schnürte Theas Kehle zusätzlich zu ihrer Atemnot zu. Sie dachte an Myrna, die sich irgendwo auf der anderen Etage aufhielt und wahrscheinlich Thomas Keagen in Schach hielt, während ihre Freundin um ihr Leben kämpfte.

Theas Kopf fiel zur Seite. Sie betrachtete ihr eigenes jämmerliches Gesicht in der verspiegelten Schrankfront. Plötzlich machte es *klick*. Innerlich lächelte sie. *Endlich weiß ich, was mir schon von Anfang an seltsam vorkam*, dachte sie. *Ich habe das Rätsel gelöst!*

Leider war es zu spät, um jemanden mit ihrem Wissen zu beeindrucken.

12. Kapitel

Myrna hämmerte gegen die Tür zum Badezimmer. »Aufmachen! Sofort!«

Sie hörte die Toilettenspülung und Wasser rauschen, bevor das Schloss klapperte.

»Kann man hier nicht mal in Ruhe scheißen? Ist das nun auch verboten?«, brüllte Thomas sie an.

Myrna wich kein Stück zurück. Ein übler Geruch strömte aus dem Raum. Schnell schloss sie die Tür. »Wo ist Susie?«

»Woher soll ich das wissen? Ich habe sie nicht mehr gesehen.«

»Wollen Sie mir weismachen, Sie hätten den Schrei überhört, der durch das ganze Haus scholl?«

Thomas zuckte mit den Schultern. »Vielleicht hat sie eine Spinne gesehen. Was weiß denn ich? So langsam dreht hier jeder durch. Erst stirbt diese Halligan, dann Jonathan mit seinem Fressanfall und nun auch noch Susie. Ich habe genug von euch allen.«

»Und ich erst, aber wir können uns unsere Gesellschaft heute nicht aussuchen. Die Nacht ist bald vorüber, und wir haben immer noch keinen Code für die Tür gefunden, obwohl alle Beweise zusammengetragen wurden.« Myrna verengte die Augen. »Alle bis auf einen.«

Thomas begab sich sofort in die Defensive. »Ich sagte doch schon, dass es nicht mehr als den Briefumschlag gab. Die Handys müssen woanders versteckt sein.«

Myrna fiel wieder das Schlafzimmer ein, das nicht zum Cluedo-Spiel passte. Sie ließ Thomas stehen und suchte die Etage weiter nach Susie ab. Vergeblich. Sie nutzte den Moment, um sich in dem verwüsteten Zimmer umzusehen, das sie bislang noch nicht unter die Lupe genommen hatte.

Myrna konzentrierte sich auf alles, was nicht stimmig war. Das Chaos erschwerte ihre Arbeit. Unter dem Bett entdeckte sie ein paar Dielenbretter, die sich farblich von den anderen unterschieden. Für einen uralten Boden sahen sie viel zu unversehrt aus. Der große Thomas hatte sich sicher nicht die Mühe gemacht, sich zu bücken. Myrna krauchte ein Stück auf dem Bauch, bis sie am Kopfende angekommen war. Mit spitzen Fingern hob sie die Dielen an und fing sich einen Splitter ein.

Der Schmerz war es wert. Sie fand ein Loch im Boden, in dem Enyas Box lag, die sie bereits kannte.

Myrna hielt inne. *Wie können unsere Geräte hier sein, wenn das Dienstmädchen sie im Tresor verschlossen hat? Es sei denn ... Nein, das passt nicht zusammen. Wenn noch jemand im Haus wäre, hätten wir es gemerkt. Es gibt nur uns sechs und die tote Penny im Speisezimmer.*

Sie ließ die Box, wo sie war, und verstaute nur ihr eigenes Handy in ihrem Dekolleté, das durch die vielen Hinweise und das Gerät immer voluminöser wurde.

Danach versteckte sie den Rest wieder unter den Brettern. Sie wollte sich diesen Vorteil zunutze machen, sobald sie wussten, wer der Mörder von Penny Halligan war.

Myrna stockte. Selbst ihre Atmung setzte aus, während sie konzentriert nachdachte. Sie führte sich das Gespräch mit Enya und Thea vor Augen. *Die Sahne ... Susie hat sie mir regelrecht aufgedrängt, obwohl ich sie nicht wollte. Wieso sollte sie so etwas tun, wenn sie nicht ...*

»Verflucht! Das war ein Trick!« Myrna rannte los und nahm immer zwei Stufen auf einmal bis ins Erdgeschoss.

***

Thea fühlte den Luftzug, als die Tür aufging. Müde drehte sie den Kopf, aber ihre verschwommene Sicht half ihr nicht dabei, die Situation zu erfassen.

Sie hatte das Gefühl, dass Susie mit jemandem diskutierte oder sogar weinte und schrie. Alles waberte durch ihren Kopf und vermischte sich mit noch verrückteren Träumen. Theas Sinne spielten ihr sicher einen Streich. Ihre Panik schob sich von Neuem in den Vordergrund, als sich eine Gestalt, nicht mehr als eine dunkle Silhouette, zu ihr hockte. Thea versuchte zu schreien. Mehr als ein Gurgeln war ihr nicht möglich. Noch mehr Demütigungen von Susie Michaels konnte und wollte sie nicht ertragen. Am liebsten hätte sie geweint.

Im Todeskampf ging ihr so vieles durch den Kopf. Ihr Vater, mit dem sie sich nie ausgesprochen hatte, Oakley, dem sie insgeheim eine dritte Chance versprochen hatte, und sogar Callan, dem sie nun nicht mehr von ihrem Abenteuer auf einem echten Cluedo-Brett erzählen konnte. Er hätte sicher großen Spaß daran gehabt.

Jemand beugte sich zu ihr und rief immer wieder ihren Namen. Leise und weit entfernt, doch sie hörte ihn ganz deutlich. Thea hatte das Gefühl, dass dieser Mensch ihr nichts Böses wollte.

Die bleierne Müdigkeit machte ihr zu schaffen, aber sie bündelte ein letztes Mal ihre Kräfte, um durchzuhalten und nicht ins Traumreich abzudriften.

Thea hatte keine Gewalt mehr über ihren Körper und konzentrierte sich auf ein einziges Wort: »Sa... Sahn...e!« Es ging in einem Röcheln unter.

Ihr Retter hatte verstanden. Er schaufelte ihr immer wieder kalte Schlagsahne in den Mund. Thea würgte und kämpfte, aber er zwang sie mit festem Griff dazu, die süße Köstlichkeit zu schlucken. Wenigstens das funktionierte an ihrem Körper noch. Es rettete ihr Leben.

Immer, wenn sie einzuschlafen drohte, schlug ihr jemand mit der flachen Hand auf die Wange und holte sie ins Hier und Jetzt zurück. Das Naloxon zeigte langsam Wirkung.

Nach einer Weile fühlte sich Thea nur noch ausgelaugt, aber nicht mehr wie knapp vor den Toren des Totenreiches.

Ihre Sicht wurde klarer. »Enya?«, hauchte sie überrascht. »Was machen Sie hier?«

»Ihnen das Leben retten.«

»Thea!«, schrie jemand hinter dem Dienstmädchen. »Thea, o mein Gott!« Myrna stürzte zu ihr und umarmte sie ein wenig zu fest, aber es störte Thea nicht. Die Wärme einer Freundin tat ihr sogar gut.

»Ich bin okay. Sie hat mich ... gerettet. Danke, Penny«, hauchte sie stimmlos und lehnte sich an die Schulter ihrer Kollegin.

»Penny? Wieso Penny?« Myrnas Stimme ging in einem Strudel unter.

Thea schloss ihre Augen. Es dauerte nicht lange, und sie war eingeschlafen.

***

Als Thea erwachte, traute sie ihren Augen nicht. Mehrere Sanitäter kümmerten sich um sie und Jonathan, der in diesem Moment auf einer Trage hinausgebracht wurde.

»Was ist hier los?«, fragte sie müde und streckte sich. Sie lag auf einer Chaiselongue im Salon. »Wie lange habe ich geschlafen?«

Myrna war sofort zur Stelle. »Beweg dich nicht zu schnell, sonst schwirrt dein Kopf. Es waren ungefähr dreißig Minuten, vielleicht vierzig. Die Ärzte sagen, dass du wieder wirst.«

»Seit wann sind wir beim Du?«

»Seit ich weiß, dass ich ohne eine Freundin wie dich nicht mehr könnte. Du hast mir einen riesigen Schrecken eingejagt.« Myrnas Bestürzung klang echt.

»Wie konntest du die Polizei rufen?«

»Ich habe die Handys unter dem Bett im Schlafzimmer gefunden und meines benutzt, als ich dich in Enyas Armen gesehen habe. Sie wird als Zeugin auftreten und deine Aussagen später bestätigen.«

Thea richtete sich auf. Ihr Blick fiel auf die Stelle, an der der Leichnam von Miss Halligan gelegen hatte.

Ein böser Gedanke schoss durch ihren geschundenen Kopf. »Susie!« Thea wollte aufspringen, aber ihre Beine ließen es nicht zu. Sie fiel schlaff zurück auf das Sofa. »Ich muss sie aufhalten! Sie ist die, die wir suchen!«

Myrna drückte sie sanft, aber bestimmt zurück in die Kissen. »Du musst gar nichts. Erst einmal sollte dein Körper wieder Kraft tanken. Susie sitzt bereits mit Handschellen in einem Polizeiwagen. Sie läuft uns nicht davon. Ihr erster Fehler war ihr Verhalten, als Penny am Boden lag. Keine Krankenschwester, die etwas auf sich hält, hätte derart panisch reagiert und nicht mitgeholfen. Wir hätten es schon dort ahnen müssen.«

»Aber wie ...« Thea sortierte ihre Erinnerungen, die sich wie Träume anfühlten. Nichts davon ergab Sinn. »Die Beweise? Haben wir welche?«

»Es gibt Tonaufnahmen aus jedem Raum außer dem Salon und dem Speisezimmer«, erzählte Myrna. »Ich habe die Mikrofone gemeinsam mit den Kollegen gefunden. Unser Verbrechertrio ist nach dem ersten Check davon ausgegangen, dass es das gewesen ist. Ihre Geständnisse und alles, was Susie dir angetan hat, ist auf Band. Sie kommen nicht davon und erhalten ihre gerechte Strafe. Sowohl für June Halligans vertuschten Mord als auch für den an ihrer Tochter. Leider kann Penny das nicht mehr miterleben.«

Thea packte Myrnas Arm und zog sie näher. »Es gibt da etwas, das ich dir sagen muss.«

***

Die Ärzte entließen Thea einen Beobachtungstag später aus dem Krankenhaus. Sie erwartete Myrna vor dem Eingang und wurde überrascht.

Oakley lehnte in cooler Lederjacke an seiner Kawasaki und hielt sein Gesicht in die Sonne. Sie betrachtete ihn eine Weile verträumt, bis er sie bemerkte.

Thea schluckte und wartete nicht darauf, dass sich ihr Herz beruhigte. Stattdessen stürmte sie auf ihn zu.

Oakley wich zurück und hob beschwichtigend die Hände. »Ehe du mich wieder zur Schnecke machst, hör mir erst einmal zu. Ich habe eine Menge Fehler gemacht, aber mir ist klar geworden, dass du die Wahrheit verdienst. Die ganze Wahrheit. Ich war ein Idiot.«

Er erschrak, als sie sich in seine Arme stürzte, statt ihn davonzujagen. Oakley brauchte eine Weile, um die Geste zu erwidern. Eine gefühlte Ewigkeit standen sie so da und umarmten sich.

»Wir werden reden. Über alles«, antwortete Thea erleichtert und blinzelte die Tränen weg, die in ihr aufstiegen. »Jetzt bring mich erst einmal zum ›Hills Inn‹. Callan war ganz erpicht darauf, uns eine unheimliche Geschichte zu erzählen, die uns angeblich aus den Schuhen haut.« Sie löste sich von ihm, obgleich sie gern länger seine Nähe gespürt hätte. »Du bist herzlich auf ein Ale eingeladen, wenn du willst.«

Oakley erwiderte das breite Lächeln und hielt ihr einen Helm hin. »Da sage ich nicht Nein. Vielleicht habe ich Callans Geschichte sogar ein paar Details hinzuzufügen.«

***

Myrna betrat schwungvoll die Polizeistation. »Ich habe es geschafft!«, rief sie jubelnd und holte ihren Kollegen aus seiner Computertrance.

Ward blickte auf und runzelte die Stirn. »Was meinen Sie? Der Fall Manor Hall wurde doch gelöst.«

»Nicht das, Harrison.« Myrna stützte sich grinsend auf den Tisch. »Ich habe endlich einen passenden Halter für Harry gefunden: mich. Ich werde mich ab sofort um ihn kümmern und befreie Sie von dieser Sorge.«

Wards Miene entgleiste. Er wurde blass und blickte immer wieder von ihr zu dem kleinen Jack Russell Terrier, der den Kopf schräg legte und Ward traurig beobachtete.

»Wissen Sie, Evans ...«, sagte er und räusperte sich verlegen. »Eigentlich würde ich ihn gern selbst behalten, wenn ich darf. Ich war vorgestern mit ihm beim Tierarzt und habe alles in die Wege geleitet.«

Myrna erhob sich erstaunt. »Ach ... Wollten Sie ihn deshalb auf einmal doch wieder sitten? Und wie kommt es plötzlich zu dieser Wendung?«

»Na ja, er hat mir bei einer Ermittlung geholfen und mir sogar das Leben gerettet. Ich glaube, ich will den Kleinen nicht mehr missen.«

»Von diesem Fall steht nichts in den Akten.«

»Sagen wir, er war privater Natur.« Ward wich ihr eindeutig aus.

»Soll ich nachbohren?«

»Besser nicht«, antwortete er mit hochrotem Kopf. Harrison strich sich nervös über den Bart. »Jedenfalls würde ich das Verhältnis zu Harry gern vertiefen. Ich bewege mich mehr mit ihm. Er hält mich fit. Außerdem ...« Er holte die fast volle Whiskyflasche aus der Schublade und stellte sie auf den Tresen.

»Wow, ich bin stolz auf Sie, Ward«, sagte Myrna und lächelte ehrlich. Sie nahm die Flasche an sich, ehe er es sich anders überlegte. »Harry ist bei Ihnen in den besten Händen. Aber ich dachte, Sie mögen keine Hunde.«

»Bei ihm ist das was anderes. Harry könnte doch unser Polizeihund werden. Wie fänden Sie das?«

Myrna lachte auf. »Dafür müsste er erst ausgebildet werden, aber zur Arbeit mitnehmen dürfen Sie ihn gern, solange er keine laufende Ermittlung behindert.«

»Danke, Evans.«

»Nicht dafür. Ich bin froh, dass er sein passendes Herrchen gefunden hat.« Sie machte eine Pause und setzte sich zu ihm. »Und nun zurück zu diesem ominösen Fall.«

»Evans, nicht ...« Sein Jammern ging in Lachen über. Harrison ließ sich breitschlagen, als sie nicht nachgab. »Wie wäre es mit einem Spaziergang?« Er wedelte mit der Leine. »Dabei redet es sich besser.«

Harry sprang aus seinem Körbchen und gesellte sich an seine Seite.

Myrna sah auf die Uhr. Vor dem Treffen im Pub war noch genug Zeit. Dort würden sie ihren Beitrag für ›Churchyard Crimes‹ besprechen, um den Mord beim Krimidinner abzuschließen. »Sehr gern, Ward.«

Ihr Herz machte einen Satz, als sie an Hank und seine braunen Augen dachte. Thea hatte gesagt, sie sollte ihm eine Chance geben und sich nicht von Zweifeln leiten lassen. Myrna würde ihn heute in ein Gespräch verwickeln und sehen, wohin die Reise führte. Ein Kopfsprung ins kalte Wasser war genau das, was sie nach Manor Hall brauchte.

***

Thea ließ ihr Fahrrad ins Gras fallen und betrat das Grundstück in der Summon Road. Gänsehaut lief ihr über den Körper, als sie an die Ereignisse in Manor Hall zurückdachte.

Es dauerte nicht lange, bis sie Schritte im Kies hörte.

»Ich wusste, dass Sie zurückkehren. Sie haben sicher Fragen«, sagte jemand hinter ihr.

Thea wandte sich um. »Ich konnte mich noch gar nicht richtig bei Ihnen bedanken, Enya«, sagte sie. »Oder soll ich Sie lieber Penny nennen?«

»Sie haben es also herausgefunden«, antwortete die Blondine. »Wie haben Sie mich erkannt? Ich hatte nicht umsonst Schauspielunterricht und diese Rolle seit Jahren geprobt. Man sagte mir immer schon ein jugendliches Gesicht nach. Was weniger Schminke, Kontaktlinsen, eine schwarze Perücke und das dazu passende, demütige Verhalten bewirken können, haben Sie live miterlebt.«

»Es war ganz großes Kino. Verraten hat Sie letztendlich das markante Muttermal.«

»Das müssen Sie mir erklären.«

Sie gingen ein Stück gemeinsam.

»Sie haben mich vor dem Krimidinner ein Mal fast über den Haufen gerannt. Unbewusst habe ich mir das

Muttermal damals eingeprägt, das später auch das kleine Mädchen auf dem Foto hatte. Als ich Penny im Salon begegnet bin, war es auf einmal auf der anderen Seite. Sie hat es sich auf die falsche Seite gemalt.«

Penny lächelte wissend. »Ich habe ihr gleich gesagt, dass sie sich nicht an Selfies von mir orientieren soll. Die sind nämlich meistens spiegelverkehrt. Tja, Hannah wollte noch nie richtig zuhören, aber ich brauchte sie wegen der großen Ähnlichkeit zu mir. Ich habe sie an diesem Tag leider erst zu Gesicht bekommen, als sie in den Salon kam und ihre beziehungsweise meine Gäste begrüßt hat. Da war es zu spät, sie auf den Fauxpas hinzuweisen. Es wäre auffälliger gewesen, wenn sich das Muttermal plötzlich bewegt hätte. Alle Achtung, Thea. Ihnen kann man nichts vormachen.«

»Aber wer war *unsere* Penny alias Hannah? Woher kannten Sie sich?«

»Die Tränen, die ich vergossen habe, waren echt. Hannah war eine Studienfreundin von mir. Wir wurden früher oft verwechselt. Ich habe sie ein paarmal als Double eingesetzt. Als gefeierter Star ist es wichtig, sich überall abzusichern.« Ihre braunen Augen schimmerten traurig. »Ich wollte auf diese Weise das echte Verhalten meiner Gäste beobachten, sie testen und aus der Reserve locken. Ich hätte nicht gedacht, dass Susie so weit geht.«

»Kaum jemand beachtet das Dienstmädchen. Das war schlau.«

Penny nickte bedächtig. »Dazu ein verboten kurzer Rock, damit selbst Thomas Keagen nichts bemerkt, sondern sich auf etwas anderes als mein Gesicht und meine Stimme fokussiert. Dieser Macho hat es nicht anders verdient, dass man ihn hereinlegt.«

»Kannte er Sie näher?«, fragte Thea.

»Sagen wir mal so: Ich hatte das Vergnügen mit ihm vor zwei Jahren, als er noch in Pendle gelebt hat. Es war etwas rabiat. Aber, um die letzten, entscheidenden Beweise zu finden, musste ich manchmal ungewöhnliche und verbotene Wege gehen.«

»Sie sind bei ihm eingebrochen? Hat er Sie erwischt?«

»Hat er.« Das Lächeln verbreiterte sich. »Er hat mich beinahe erwürgt, mich aber nicht erkannt. Als Souvenir habe ich ihm die große Narbe dagelassen.« Penny zwinkerte frech. »Sein Laptop war voll mit illegalen Geschäften. Dazu gehörte auch seine Briefkastenfirma, die ›Moonshine & Parish GmbH‹. Zu meinem Glück hat er sogar Dinge über Jonathan und Susie behalten. Vielleicht wollte er sie in der Hand haben und sie später erpressen, wenn er wieder Hilfe braucht.«

»Susie sagte, sie hätte Ihnen bei dem Schwindel geholfen? Wie kommt es, dass sie die Falsche ermordet hat?«

Sie gingen ein Stück und umrundeten Manor Hall. »Sie hat mich ein einziges Mal im Krankenhaus getroffen. Damals war ich sechs Jahre jünger. Schon beim nächsten Treffen ist Hannah für mich eingesprungen. Die List war perfekt. Susie dachte, dass sie ich sei.«

»Sie sind gar nicht laktoseintolerant«, sagte Thea, »sondern Hannah.«

»Das hat sich Susie leider gemerkt. Sie waren ein paarmal zusammen essen. Diese scheinheilige Frau hat allen Ernstes geglaubt, dass ich ihr verzeihe, wenn sie sich mit ihren Hinweisen bei mir einschmeichelt. Das Blutgeld von Thomas hat sie jedenfalls furchtbar gern genommen. Für mehr reichte ihr Gewissen nicht. Ihr war es bloß wichtig, selbst davonzukommen.« Pennys Miene verhärtete sich. »Sie hat nichts anderes verdient, als im Knast zu verrotten. Genau wie Thomas und Jonathan.«

»Werden die beiden verurteilt?«

»Das weiß ich noch nicht. Falls nicht, sind ihre Leben und Karrieren wenigstens zerstört. Ich werde dafür sorgen, dass keiner von beiden in seinen Beruf zurückkann.«

»Und Sie? Was ist mit Ihnen?«

Penny blickte in die Ferne. Die Sonne ging langsam unter und tauchte Maisfelder und Anwesen in ein warmes, fast beruhigendes Licht. Bei diesem Anblick hätte wohl niemand vermutet, was für ein Grauen sich erst vor Kurzem hier zugetragen hatte. »Ich habe meine Pflicht getan. Nun werde ich meine Freundin beerdigen und den nächsten Film drehen. Das Leben geht weiter, hat meine Mutter immer gesagt. Die 50er-Jahre habe ich gewählt, weil sie da geboren wurde. Das gesamte Spiel sollte eine Hommage an sie sein. Wir haben als Familie so gern vor dem Cluedo-Brett gesessen und gelacht.« Ihre Augen schimmerten verdächtig. »Das war vor sechs Jahren vorbei. Mein Vater hat es nie verkraftet, dass er sie gehen lassen musste. Der Name Simon war Mums Geburtsname. Er sollte ihrem Schutz dienen, weil ich ein gefeierter Star war und wir Paparazzi erwartet haben. Eine J. Simon hat es immer nur auf dem Papier gegeben. Letztendlich wurden wir mit einem falschen Totenschein abgespeist, auf dem etwas von einer Nervenkrankheit stand, die sie nie hatte. Meine Mutter war eigentlich herzkrank und bereits in

Behandlung. Ich habe noch heute ihr blasses, verschwitztes Gesicht vor mir, wenn ich die Augen schließe. Von ihrer Operation hat sie uns aber nie etwas erzählt. Wahrscheinlich wollte sie nicht, dass Dad und ich uns Sorgen machen. Es war ein Schock, als es dann plötzlich hieß, sie sei verstorben. Durch ihr Tagebuch bin ich auf die Wahrheit gestoßen. Sie haben unsere Familie gedemütigt und uns ins Gesicht gelogen. June Halligan wurde schließlich als A. Sneijder in den Tiefen des Krankenhauses verscharrt und vergessen, um keine Lücke in den Akten zu haben, aber auch niemals sagen zu müssen, was wirklich passiert ist. Das wäre ein Skandal für alle Beteiligten gewesen. Keagen und Hart haben jedoch nicht damit gerechnet, dass ich mich mit Susie zusammentue und mir ihr Wissen zunutze mache. Meiner Familie zuliebe wollte ich die Wahrheit erfahren. Ich brauchte Gerechtigkeit für meine Mutter.« Penny schluckte. Ihre Augen schimmerten. »Und nun sind sie alle fort.«

»Ich bin auch allein«, antwortete Thea einfühlsam. »Ich kann nur aus meiner Erfahrung sprechen, aber es wird besser. Und irgendwann werden sich ein paar dieser Wunden schließen. Ganz sicher.«

Pennys Blick ruhte auf ihr. Sie lächelte wieder. »Sie haben recht, Alethea Shaw. Ich habe gewusst, dass ich die Richtige für mein Spiel auswähle. Den Trick mit den Tonbändern habe ich mir übrigens von ›Churchyard Crimes‹ abgeschaut. Der Fall Hope Fernsby hat mich inspiriert und bestärkt.« Ihre Augen bekamen einen kämpferischen Ausdruck. »Auf jeden Fall werde ich vor meiner Abreise noch einmal nach Susie sehen.

Sie soll wissen, dass ihr Plan von Anfang an sabotiert worden ist und sie nie eine Chance auf den Sieg hatte.«

»Das wird sie bestimmt fuchsteufelswild machen«, erwiderte Thea grinsend. »Grüßen Sie sie von mir.«

Penny hielt ihr eine große Tasche hin. »Für Sie.«

»Was ist das?«, fragte Thea und wunderte sich über das hohe Gewicht.

»Ich hatte eine Siegprämie versprochen. Es war immerhin ein Spiel. Zwei Siegerinnen gingen daraus hervor.« Pennys Zwinkern ließ keinen Zweifel, dass sie es ernst meinte. Sie winkte im Weggehen. »Und schön brav mit Miss Evans teilen!«

***

Callan beeilte sich, den Bus nach Preston zu erreichen. Seine Mutter würde ihm den Kopf abreißen, wenn sie wüsste, dass er sich schon wieder im Chamberling-Anwesen herumgetrieben hatte und nun wahrscheinlich zu spät zur Schule kam. Da Thea ihre Nächte nun lieber bei Oakley verbrachte, stand das Haus früh morgens leer. Einer musste ja darauf achten.

Ohne ihr Wissen hatte er sich darin umgesehen, die Tunnel aber nicht noch einmal betreten. Myrna hatte kurzerhand ein Schloss angebracht und ihm den Schlüssel verwehrt. *Diese alte Spielverderberin!*

Wenn er nicht nach Spuren des unheimlichen Fremden suchte, wer dann? Myrna und Thea glaubten, dass der Mann seiner Fantasie entsprungen war, aber auch Jolene und Lucretia hatten ihn gesehen, selbst wenn sie ihn mit einem Toten verwechselt hatten.

Er beschleunigte seine Schritte und nahm die Abkürzung über den Friedhof zur Camelot Avenue. Callan stoppte abrupt, als er eine Person an Nathan Shaws Grab stehen sah. Sie beugte sich herab und legte einen Strauß weißer Lilien nieder.

Instinktiv drückte er sich gegen die verschattete Mauer und wartete ab. Es kam ihm verdächtig vor, dass jemand Anfang Mai mit einer langen schwarzen Kutte durch Pendle lief und sich am frühen Morgen auf dem Friedhof einfand. Vielleicht war es einer von diesen Spinnern, die zum Teufel beteten. Sie hatten in Pendle schon allerhand erlebt.

Callan hielt den Atem an, bis er das Gesicht des Fremden sah. Der Mann aus den Tunneln konnte es nicht sein, dafür war er zu klein. Die Gestalt sah sich kurz um, bevor sie verschwand.

Callans Herz rutschte in die Hose. Seine Anspannung fiel in sich zusammen. Er wollte rufen, doch ihm versagte die Stimme. Seinen kehligen Laut hätte man für den Schrei einer Krähe halten können. »Mum? ...«

Eines war gewiss: In Pendle gab es mehr Geheimnisse, als einem lieb war.

ENDE

Nachwort

Vielen Dank, dass ihr meinen Krimi gelesen habt! Ich hoffe, er konnte euch ein paar Stunden vom Alltag ablenken und hat euch eine spannende Zeit beschert.
Wie ihr sicher bemerkt habt, sind einige Informationen über das Borough Pendle in Lancashire Fakt, während andere meiner Autorenfantasie entspringen, um euch das Lesevergnügen so angenehm wie möglich zu machen und euch auf eine spannende Reise rund um Totengräberin Alethea Shaw mitzunehmen.
Nicht alles über Pendle entspricht der Wahrheit, weshalb ich trotz Hexenprozessen und seltsamen Erscheinungen immer zu einem Besuch des urigen Städtchens raten würde. Lasst euch von den herrlichen Landschaften verzaubern, genießt ein Ale im ›Pendle Inn‹ oder wandert rings um den Pendle Hill. Ob ihr ihn betretet, überlasse ich euch, denn bis heute soll es dort spuken … ;-)

Danksagung

Danke an das Team von dp DIGITAL PUBLISHERS für die nette Betreuung und die Chance, endlich einmal wieder in einem Verlag zu veröffentlichen!

Ein besonderer Dank gilt meiner fleißigen Lektorin Katrin Gönnewig, mit der das Arbeiten so angenehm wie möglich wurde. Danke für deine Mühe und die netten Gespräche. Das Buch hat durch dich den letzten Schliff bekommen.

Außerdem möchte ich mich bei Anne Peisler von dem dp Verlag bedanken, die das Projekt wunderbar begleitet hat, und bei Gisela B. Schmidt, die mich durch ihre Reihe erst wieder auf das Genre Cosy Crime brachte.

Ohne euch wäre das Buch nicht das, was es heute ist.